La señora Berg

Soledad Puértolas

La señora Berg

EDITORIAL ANAGRAMA
BARCELONA

Diseño de la colección:
Julio Vivas
Ilustración: «Woman in a Bar», © Jack Vettriano,
cortesía de Portland Gallery, Londres

© Soledad Puértolas, 1999
© EDITORIAL ANAGRAMA, S.A., 1999
    Pedró de la Creu, 58
    08034 Barcelona

ISBN: 84-339-1095-7
Depósito Legal: B. 20126-1999

Printed in Spain

Liberduplex, S.L., Constitució, 19, 08014 Barcelona

*A Ana María
Villanueva Guerendiain,
mi madre*

Parece mentira lo poco que pienso últimamente en la señora Berg. ¡Qué injusticia!, ¡con lo importante que ha sido para mí! La familia Berg vivía en el segundo, por lo que generalmente ninguno de sus miembros utilizaba el ascensor, y yo lo lamentaba, porque nada me habría gustado más que estar encerrado en la pequeña cabina en compañía de la señora Berg, aunque sólo fuera durante un fugaz minuto, y respirar su perfume allí, y mirarla a través del espejo, si es que no me atrevía a hacerlo directamente. No sé si hubiera podido soportar la emoción, porque la proximidad de la señora Berg me perturbaba de manera terrible, y tardaba un rato antes de que pudieran salirme las palabras cuando ella me hablaba y me miraba a los ojos.

Pero nunca coincidí en el ascensor con la señora Berg. Me la encontraba en el portal, porque, afortunadamente, ella entraba y salía de casa con frecuencia, envuelta en sus hermosos trajes, pisando con firmeza el pavimento con los pies enfundados en magníficos zapatos. Salía a la calle y entraba en la casa, iba y venía por la calle, haciendo recados, sonriente, amable con todo el mundo, y nadie se asombraba demasiado, me parecía a mí, de que una mujer superior como era ella estuviera entre los demás, moviéndose entre ellos, entre nosotros, con toda naturalidad, camuflada, como disimulando. Nadie se asombraba como yo.

Los más sorprendidos de todos, pensaba yo, tenían que ser los miembros de su familia, el casi desconocido, casi siempre ausente, señor Berg, y los cuatro hijos de los Berg, Jaime, Juan, Pedro y Miguel. Nombres simples, al borde de la vulgaridad. De estos cuatro hijos de la señora Berg yo podía ser amigo, por edad, de Pedro, y lo era, a menudo salíamos juntos, íbamos al cine o a los innumerables bares del barrio o al local de las máquinas de juego, tan cerca de nuestro portal. Pedro era simpático, y un excelente bebedor, pero yo nunca me habría hecho amigo suyo si no fuese porque era hijo de la señora Berg.

El mismo apellido me fascinaba. Berg, decía yo en voz baja, y dejaba la última sílaba flotando en el aire, en lugar de cortarlo, como lo pronunciaban casi todos los vecinos. Me gustaba ese final casi impronunciable, indeterminado, que me remitía al universo de los secretos y las promesas. Una palabra tan corta, tan llena. Un apellido alemán –o sueco, seguramente sueco, aunque el señor Berg era alemán, eso era seguro–, que sacaba a la señora Berg de nuestro mundo más cercano, que la rodeaba de una sensación de lejanía.

Bajaba los dos tramos de las escaleras que separaban su piso del nuestro y llamaba a su puerta. A veces me abría la misma señora Berg, me sonreía; a veces, no siempre, me daba un beso; me empujaba, no siempre, hacia dentro de la casa, y yo sentía la suave presión de su mano en la espalda y no me atrevía a quedarme quieto, como me hubiera gustado, para mantener un poco más ese contacto, sino que casi me iba corriendo por el pasillo, hacia la habitación de Pedro. La forma en que ella había pronunciado mi nombre, haciéndolo parecer maravilloso, un nombre que de repente caía sobre mí, completamente nuevo, sin estrenar, preparado para extraordinarias aventuras, se me quedaba guardada. «Pasa, Mario», había dicho. «Hola, Mario.» La voz suave, un poco arrastrada, intensa, acogedora. Yo escuchaba esa voz dentro de mí. Las palabras volvían. «Hola, Mario.» «Pasa, Mario.»

Pronunciaba mi nombre, es cierto, pero de lo único que hablaba la señora Berg era de sus hijos. Estaba pendiente de ellos, vivía para ellos, y yo no entendía por qué sus hijos, mis amigos, no se lo agradecían continuamente, por qué lo consideraban tan natural. Mi madre no era ni mucho menos así, desde luego; no podía evitarse esa comparación. Se ocupaba de nosotros, pero con cierto desinterés, se esforzaba, cualquiera podía verlo, le cansábamos, a veces, la irritábamos, y se enfadaba con nosotros y se quejaba de nuestro egoísmo y de lo poco que valorábamos su trabajo, toda su dedicación. Naturalmente, yo sabía que mi madre tenía toda la razón del mundo, y aunque le replicaba, acababa por callar, admitiendo, por dentro, que mi vida era bastante cómoda y que esa comodidad se la debía, sobre todo, a mi madre. Por eso me asombraba tanto la señora Berg, porque no me la imaginaba quejándose ni haciendo el menor reproche a ninguno de sus hijos. A ella la llenaban sus hijos, pensaba yo. La llenaban totalmente.

Hablaba con ella en su casa o en el portal. Me contaba, apesadumbrada, que Jaime estaba muy nervioso por los exámenes, que no dormía, que comía poquísimo, y ella iba al mercado a comprar un par de rodajas de merluza para Jaime, porque Jaime, durante los días dramáticos de los exámenes, sólo podía tragar el pescado. Me contaba, feliz, con los ojos brillantes, que Jaime había aprobado y que lo habían celebrado todos el domingo, habían tomado langostinos y champán francés. El señor Berg, por lo demás, era un entendido en vinos y licores –porque era su negocio y porque le gustaban– y había llevado a casa una caja de champán francés.

–Cuando vengas por casa, te daré una botella para que lo probéis –dijo aquella vez la señora Berg, que era muy considerada con mis padres, como con el resto de los vecinos, y que, además, apoyaba en todo a su marido, cuyos negocios parecían ser muy variados.

Una parte de ellos se desarrollaban en el mundo de la alimentación. El señor Berg, Markus Berg, cuyo nombre producía en mí una sensación de absoluta solidez, era representante comercial. En aquella casa siempre había nuevos productos alimenticios, nuevas marcas de conservas, de aceite, de mostazas, de legumbres secas, que toda la familia probaba y alababa con entusiasmo. Y, además de esos negocios en el mundo de la alimentación, había otros, coches, motores, asuntos de lo más diverso. Eso era Markus Berg, un hombre solvente, activo y eficaz.

Con todos aquellos negocios entre manos, se pasaba la vida viajando, y cuando la señora Berg, en su ausencia, hablaba de él, siempre acababa el comentario con una frase compasiva, como si llevar esa vida tan ajetreada fuera algo que agotara a Markus Berg. Estaba obligado a ella, parecía pensar la señora Berg, no tenía más remedio que ir de aquí para allá con muestras de aquellos variados productos, porque los Berg eran muchos, una familia casi numerosa, y el señor Berg se había comprometido a sacarlos adelante, a dar a sus hijos carreras universitarias, posición.

Lo cierto es que las pocas veces que vi a Markus Berg no parecía nada cansado. Era un hombre bajo, vigoroso, de gran musculatura. De lejos, apenas lo diferenciabas de sus hijos. Tengo la visión de Markus Berg en el cuarto de estar de su casa, sentado frente al televisor, sosteniendo una jarra de cerveza, riéndose de sus propias gracias, porque parecía muy extrovertido. Y una vez me lo encontré en el portal, acarreando dos pesadas maletas hacia la calle. Me ofrecí a ayudarle y cogí una de sus maletas y la introduje en el maletero del taxi que aguardaba delante de la puerta. Markus Berg estaba resplandeciente, muy bien peinado y trajeado, envuelto en un intenso olor a colonia. Me golpeó la espalda mientras me daba las gracias.

Pero aunque la señora Berg me hubiera expresado alguna vez su compasión por las fatigosas responsabilidades de su marido, estaba claro que el centro de su interés no era el señor Berg, sino los hijos que había tenido con él. Markus Berg cumplía con su parte, y ella se lo agradecía y se conmovía un poco, pero eso no era cuestionable. Ni siquiera era materia de preocupación. En cambio, los hijos eran un constante motivo de zozobra, porque las cosas estaban cada vez más difíciles en el mundo, no sólo por lo arduo que era encontrar trabajo, sino porque lo que la sociedad pedía no tenía nada que ver con las categorías que, según la señora Berg, sus hijos y ella misma valoraban más, la consideración, el respeto hacia los otros, la sensibilidad, en suma. Es verdad que tenían el ejemplo del padre, un trabajador infatigable y optimista, pero ella pensaba que sus hijos no habían salido a él, que estaban llenos de dudas, insuficientemente preparados para las exigencias de la vida. Suspiraba, preocupada, convencida de que sus hijos eran excepcionales, tenía miedo de que sufrieran decepciones e injusticias.

–Son muy distintos entre sí –me decía, reteniéndome en el cuarto de estar, desde el que me había hecho un gesto con la mano para que entrara a saludarla cuando yo iba por el pasillo, camino del cuarto de Pedro. Ella estaba sentada en su butaca, cosiendo, remendando la inacabable ropa de sus hijos–. Muchas veces me digo que no parecen hermanos, tan distintos son. Pero tienen eso en común, una sensibilidad especial. Son muy inocentes, se fían de todo el mundo, se entusiasman con todo, lo ponen todo, toda su ilusión, en el primero que llega.

Yo la escuchaba en silencio, asintiendo. Yo, que me creía poseedor de una sensibilidad especial.

Si Jaime, el mayor, se estaba siempre examinando, o, al menos, toda su vida parecía centrada en los exámenes, los otros tenían cada uno un campo propio, lleno de peligros, en el que se detenía, pensativa, un poco angustiada, la mirada de la señora Berg.

El problema de Juan, el segundo, eran los amigos, una inacabable sucesión de amigos, a cual más inconveniente, que no paraban de llamar a todas horas, bloqueando el teléfono.

–No te puedes imaginar –me decía, sosteniendo entre los dedos un botón que había de quedar pegado al puño de una camisa escocesa muy gastada– la cantidad de amigos que le llaman, amigos de todos los nombres posibles, e incluso algunos del mismo nombre, fíjate qué casualidad, hay por lo menos dos Santiagos, dos Danieles, ¡tres Sergios!... Yo los conozco por la voz, pero a algunos los confundo, porque algunos tienen la voz muy parecida. Y lo más curioso de todo, lo que me pone nerviosa de verdad, es que precisamente llaman cuando Juan no está en casa. Entonces, ¿con quién está?, me pregunto, porque Juan jamás dice con quién se ha citado, simplemente dice adiós desde la puerta, y yo no le pregunto nada, porque sé que eso le molesta. Se siente espiado, eso dijo un día, y me quedé de una pieza. ¡Espiado!, yo jamás he espiado a nadie –decía, un poco indignada, ofendida–, eso es algo que no va conmigo, me horroriza que piense que soy así, pero me gustaría que me hablara, que me contara cosas... Los amigos le han trastornado, son su verdadera familia.

Yo miraba los ojos de la señora Berg, agrandados tras el parapeto transparente de sus gafas. Eran unos ojos de color indefinido, profundos, en aquel momento dolientes, llenos de preguntas. Me pareció que estaba a punto de llorar. Miraba fijamente la aguja, que entraba y salía de los agujeros del botón pegado a la gastada camisa escocesa de uno de sus hijos y, por un instante, me miró a mí, como si yo pudiera explicarle algo que ella hasta el momento no hubiera entendido.

Naturalmente, yo trataba de consolarla. Le decía que eran cosas de la edad, que no se preocupara, que en medio de todo era mejor tener muchos amigos que no tener ninguno.

–Tienes razón –susurró–, eso sería mucho más raro.

Animado, seguí:

–Imagínese que Juan se pasara el día encerrado en su cuarto, que no se viera ni se tratara con nadie, aunque fuera un buen estudiante... Eso sería peor, ¿no?

Y ahora me doy cuenta de que no recuerdo bien cómo la trataba, seguramente no me atrevía a tutearla, pero a lo mejor lo hacía. Sin embargo, en la memoria, mis frases quedan envueltas en el tratamiento formal.

Recuerdo otra ocasión en que me retuvo en el cuarto de la plancha. Ahora estábamos los dos de pie, ella inclinada sobre la tabla de planchar, yo, apoyado en la pared.

–Me gustaría preguntarte una cosa –dijo, pensativa, algo indecisa–, ¿qué le pasa a Pedro? Tengo la impresión de que me oculta algo. Está muy escurridizo conmigo, yo diría que me rehúye. Antes no era así. Siempre ha sido el más comunicativo de todos. Pero ahora, cuando está entre nosotros, parece como ido. Se tumba en el sofá a ver la televisión y no dice nada. Su mente anda lejos –suspiró.

Quizá yo entonces me encogiera de hombros o dijera algo muy general sobre la edad –otra vez la excusa, el argumento de la edad–, porque era evidente, por un lado, que la señora Berg tenía razón, Pedro le ocultaba cosas: fumaba y bebía, por ejemplo, pero, por otro lado, no quería yo quedar, ni ante mí mismo ni ante la misma señora Berg, como traidor hacia mi amigo y, aunque de buena gana me hubiera estado allí un rato más, alegaba no sé qué y seguía por el pasillo.

Lo cierto era que todo lo que la señora Berg me decía de sus hijos –su única conversación, si se exceptúan los escasos comentarios dedicados a Markus Berg– no parecía estar especialmente dirigido a mí. En ningún momento llegué a pensar que ella me hubiera escogido como confidente de sus preocupaciones. Todo eso estaba en su cabeza, y en cuanto aparecía alguien por allí, alguien, eso es verdad, que lo pudiera entender, y ese requisito sí lo cumplía yo, se lo espetaba. La señora Berg estaba permanentemente ensimismada, dándoles vueltas a las vidas de sus hijos, y si hablaba conmigo de ellos era porque no tenía nada más que decirme, no tenía, en fin, nada especial que decirme a mí.

Lo comenté en mi casa alguna vez, en presencia de mi madre, esa total entrega de la señora Berg a sus hijos, y mis palabras irritaron a mi madre, lo advertí enseguida, porque su ceño inmediatamente se frunció, al mismo tiempo que yo caía en la cuenta de que mi comentario no había sido muy oportuno, porque podía interpretarse, como sin duda lo había hecho mi madre, como una acusación de dejadez por su parte. Y, todavía con el ceño fruncido, dijo mi madre:

–Si yo me gastara la mitad del dinero que ella se gasta en ropa y perfumes, en esta casa no se comería.

Y luego, más calmada, tratando, creo yo, de controlar su animadversión hacia la señora Berg, que tantas alabanzas, en su papel de madre, suscitaba en mí, mi madre comentó bastante detenidamente que la ropa que usaba la señora Berg era buenísima, sin la menor duda había sido comprada en las mejores tiendas de Madrid, no en las tiendas de moda del barrio, que también frecuentaba, porque ella la había visto desde la calle, sino en tiendas muy buenas del barrio de Salamanca. La ropa que llevaba la señora Berg era carísima, de firma. Ropa italiana y francesa, decía mi madre, quien, por su parte, era gran aficionada a los mercadillos y tenderetes callejeros y desde luego a las rebajas y muchas veces se compraba ropa que luego tenía que arreglar o adaptar a su talla, cosa que hacía con sus propias manos.

En lo que se refería a lo que la señora Berg gastaba en perfumes y cremas de todas clases, eso no se podía ni calcular, porque había coincidido alguna vez con ella en la perfumería de la esquina, que era muy buena –y a la que mi madre sólo iba en busca de algo excepcional, ya que normalmente compraba los productos de belleza en la droguería, porque eran mucho más baratos y, por lo que ella pensaba, igual de eficaces–, y había podido comprobar con sus propios ojos el extraordinario consumo de cremas y perfumes que hacía nuestra vecina. Para empezar, la dueña de la perfumería la trataba con enorme consideración, con ese respeto casi servil con que los tenderos tratan a los clientes superiores, y por lo que hablaban entre ellas, entre la señora Berg y la dueña de la perfumería, ya se veía lo mucho que entendía la señora Berg de todos esos productos. De esta clase de crema ya no me queda más que un poco, de esta otra todavía tengo, sí, la que me falta es ésta... Ésas eras las frases de la señora Berg, y la dueña, al final, le regalaba siempre un buen lote de productos de promoción, lo que jamás había hecho con mi madre, por supuesto. Aunque un día sí, un día la dueña de la perfumería le dio también a mi madre un lote de productos de promoción. Gracias a la intervención de la señora Berg, todo había que decirlo, admitió mi madre.

En un momento dado, la señora Berg advirtió la presencia de mi madre en la perfumería y la saludó muy efusiva, porque era simpática, eso a mi madre no le costaba nada reconocerlo, y después de pagar todas sus cremas y despedirse de la dueña, dijo:

–Lola, regálele alguno de esos artículos de promoción a esta señora, que es vecina mía.

Y guiñó luego un ojo a mi madre, pero no de esa forma chabacana en que muchas personas guiñan un ojo, sino muy rápida y suavemente, precisó mi madre, porque mi hermana Teresa, que admiraba a la señora Berg de forma incondicional y la tenía por modelo de elegancia, había preguntado, asombrada:

–¿De verdad te guiñó un ojo?

Lola atendió a mi madre de manera muy distinta a como había atendido a la señora Berg. Con mi madre fue seca y distante –siempre era así, dijo mi madre–, pero no se atrevió a desobedecer a la señora Berg, no fuera a ser que luego preguntara, y le dio a mi madre nada menos que tres muestras gratuitas de cremas de una casa francesa muy afamada y exquisita y dos pequeños frascos de perfume, y mi madre aún usaba las cremas, porque las estaba haciendo durar, combinándolas con las suyas habituales, las que compraba en la droguería. Por grande que fuera su escepticismo hacia las cremas caras, aquel regalo le había encantado.

De manera que el discurso de mi madre en contra de la señora Berg finalizó así, de esa forma tan ambigua, con aquel deje de admiración, de agradecimiento.

Quizá fuera ese día, después de la pregunta de mi hermana, cuando caí en la cuenta de toda la admiración que sentía Teresa hacia nuestra vecina. A mi hermana no le impresionaba, como a mí, la entrega de la señora Berg a sus hijos, sino, precisamente, lo que mi madre había criticado primero, su forma de vestir. Algunas veces le había oído yo comentar a mi hermana la elegancia, el estilo de la señora Berg, y había añadido que, de mayor, le gustaría ser como ella, e incluso a veces la imitaba deliberadamente, como sin duda lo hacían otras chicas de la vecindad, porque la señora Berg era un modelo para todas.

El caso fue que de repente quedó ligado en mi cabeza aquel comentario de mi madre –el relativo a sus gastos en ropa y productos de belleza– con todos los anteriores de mi hermana, reforzados ahora por su pregunta sobre ese gesto de la señora Berg, guiñar un ojo, que a Teresa le había parecido algo inverosímil, y comprendí que parte de la atracción que siempre había ejercido sobre mí la señora Berg se basaba en la ropa, en esas telas admirables y carísimas que envolvían su cuerpo, que se ceñían a él como si hubiesen sido cortadas y cosidas exclusivamente para ella. Hasta el momento, no había reparado en sus trajes, pero empezó a nacer en mí, en esa época difusa de los comentarios de mi madre y de mi hermana, una especie de obsesión morbosa por los vestidos de la señora Berg.

Sobre todo en verano. El calor permitía a nuestra vecina hacer una exhibición de telas ligeras y diseños atrevidos, que conferían a su cuerpo una capacidad de magnetismo que, yo estaba seguro, no sólo me afectaba a mí. La señora Berg era una mujer alta y bien proporcionada, de formas rotundas, casi generosas. Era muy rubia, posiblemente teñida –sin duda, teñida, decía mi madre, aunque admitía que tenía las facciones de una mujer rubia. De niña, había debido de ser rubia, concluía mi madre–, y su piel, al inicio del verano, era blanquísima. Poco a poco, iba adquiriendo un color ligeramente dorado. Nunca la vi completamente bronceada, fuera porque su piel no alcanzara esa tonalidad, fuera porque no se expusiera al sol. Había nacido en un pueblo costero, en algún lugar entre Barcelona y Tarragona, un pueblo que en verano se llenaba de veraneantes, y era allí donde había conocido a Markus Berg. Ya por entonces Markus Berg tenía un piso en Madrid, un piso-oficina, siempre pensé que en el centro de Madrid, en la calle Mayor o la calle del Arenal. Quizá me lo dijera Pedro Berg.

Los vaporosos vestidos de verano de la señora Berg me volvían loco. Salía a la calle muy de mañana, aprovechando las horas en que el sol aún no se había apoderado del aire y se podía andar con cierto desahogo por las aceras cubiertas de sombra, entraba y salía de las tiendas, daba una vuelta por el mercado, y la gasa o la seda del vestido ya estaban alrededor de su cuerpo; esos trajes tan admirados por las mujeres del barrio –y, a partir de un momento indeterminado, también por mí– no se reservaban para una ocasión especial, ni siquiera para las tardes. La señora Berg se los colocaba al punto de la mañana. Y en su casa, yo lo sabía muy bien, estaba siempre vestida con ellos, ya se dedicara a coser o a planchar o a ordenar armarios, que eran las principales ocupaciones de la señora Berg, por lo que yo había ido deduciendo, ya que tenía a su servicio a una mujer que cocinaba y limpiaba la casa y que sólo iba por las mañanas.

Cuando más me gustaba la señora Berg era cuando cosía. Tenía a sus pies un gran canasto de ropa sin planchar, ropa de hombre, en su mayor parte –sobre todo, camisas–, y ella siempre estaba repasando costuras abiertas, pegando botones, arreglando un desgarrón. Dejaba luego en otra cesta –ésta reposaba sobre una silla, al otro lado de la señora Berg, y era una cesta plana, en forma de bandeja– la prenda recompuesta y daba un suspiro de satisfacción al contemplarla, ovillada, preparada, sin duda, para ser planchada.

Me habría gustado poner en las manos de la señora Berg mi propia ropa para sentir luego su huella tan cerca de mí. Algo de su olor debía de quedar impregnando a la ropa de sus hijos. Me gustaba aquel desfile de prendas masculinas entre sus dedos, esa inspección a la caza de un descosido, de un botón perdido. Los ojos de la señora Berg, al recorrer la ropa, la hacían suya, se la apropiaban, y nada deseaba yo más que ser absorbido por ella. Y era, ese de coser y remendar, un acto tan natural en ella que podía hablar al mismo tiempo sin interrumpirlo.

Las grandes preocupaciones que sus hijos le suscitaban eran vertidas mientras ella miraba, examinaba, la ropa, mientras la aguja entraba y salía en la tela, mientras enhebraba la aguja, mientras la tijera cortaba el hilo. Y estaba verdaderamente procupada por el examen de Jaime o por los amigos de Juan o por los secretos de Pedro, pero seguía cosiendo, y llegué a pensar que coser la consolaba y que, rodeada de la ropa de sus hijos, remendándola y arreglándola casi indefinidamente, la señora Berg se sentía útil, providencial, poderosísima.

Pero, aun cuando estaba muy preocupada por sus hijos, aun cuando no veía más que problemas y peligros por todas partes, la señora Berg parecía bastante feliz. Desde el cuarto de Pedro, la oíamos canturrear por el pasillo, sin duda ordenando los armarios de ropa blanca. Cantaba, y sonreía y se reía también, a pesar de llevar esa inquietud dentro de sí que me comunicaba en cuanto podía.

Una mañana de verano de mucho calor, subí a la azotea con los dos hermanos pequeños de los Berg, Pedro y Miguel. No recuerdo cuáles eran nuestros propósitos, pero el caso fue que, al ver la manga de riego medio recogida en un rincón, decidimos darnos una ducha, y nos quitamos las camisas y los pantalones, nos quedamos sólo con los calzoncillos puestos, y, empapados de agua fría, tomamos el sol, echados sobre las baldosas. Entonces apareció la señora Berg y dijo, al vernos: «¡Qué suerte!, ¡qué frescos estáis!» Y Miguel, sin que nosotros nos diéramos cuenta, cogió la manguera y apuntó hacia su madre, que recogía la ropa del tendedero, porque en aquella época los vecinos podían subir a la azotea a tender la ropa y luego, creo recordar, el acceso a la azotea se cerró y sólo los porteros podían utilizarla. La señora Berg, al sentir el chorro de agua fría sobre su cuerpo, dio un grito y corrió a refugiarse detrás de la ropa tendida, pero su hijo Miguel la perseguía, implacable. Ella nos pidió ayuda a Pedro y a mí y nosotros nos abalanzamos sobre Miguel para quitarle la manguera, y caímos los tres al suelo, de nuevo empapados, mientras la señora Berg cerraba apresuradamente la llave del agua. Y luego se echó a reír, palpándose el vestido mojado, pegado al cuerpo.

Esa visión de la señora Berg, con el pelo y el vestido mojados, riéndose, celebrando, en fin, la broma de su hijo pequeño, me penetró y desató fantasías nocturnas, porque la verdad es que al principio yo me esforzaba en no pensar en ella por las noches. Habiendo otras mujeres que me atraían, chicas de mi edad o un poco mayores, trataba de no centrarme en la imagen de nuestra vecina, la madre de mis amigos, con la conciencia subterránea de que eso no se podía hacer, pero no pude alejar de mi mente su traje mojado, transparente, que surgía con fuerza incontenible en cuanto, dispuesto a dormir, apagaba la luz de la mesilla.

Y, de todos modos, aun a partir de ese día, luché por mantener mi admiración por la señora Berg en un plano ideal, platónico, porque sabía que no podía ser de otra manera, lo sabía sin más, sin analizarlo ni rebelarme, casi sin sufrir por ello, quizá imaginaba que siempre hay un amor así, inalcanzable y remoto, y que ese amor nos sirve de guía para otros mucho más materiales y realizables. Puede que la señora Berg haya sido siempre el modelo de todas las mujeres de las que me fui enamorando, la referencia íntima de mis emociones, aunque durante largas épocas casi la haya llegado a olvidar por completo. Pero por aquella época sí puedo afirmarlo categóricamente: sólo me gustaban las chicas en las que podía encontrar algún parecido con ella, aunque fueran rasgos muy superficiales, como la ropa, para la que yo ya era obsesivo, y buscaba, entre las mujeres, a aquellas que usaran vestidos ligeros, porque el tacto, o la mera posibilidad del tacto, de esas telas delicadas excitaba todos mis sentidos. Me enloquecía, sobre todo, ese límite del traje sobre las rodillas, ese momento en que la tela daba paso a la piel, y el movimiento de las piernas llevando la tela de aquí para allá, imaginaba la tibieza de ese aire agitado entre las piernas y la falda, el roce de la tela. Supongo que esa sensibilidad exacerbada, esa mirada obsesiva a las piernas de las mujeres, se la debo a la señora Berg.

En realidad, me parecía una especie de privilegio poder admirarla tan de cerca, y aunque al principio de mi amor por ella había envidiado a sus hijos, que aún la tenían más cerca que yo y que, eso era lo más envidiable, ocupaban, según yo había deducido, toda su atención, enseguida los dejé de envidiar, porque, estando tan cerca, ellos no podían verla de verdad. Siendo sus hijos, no podían amarla como yo. Era asombroso –y envidiable– que les quisiera tanto y que todos sus pensamientos se refiriesen a ellos, pero eso me daba a mí muchas oportunidades, porque me convertía en un interlocutor muy apropiado para sus cavilaciones.

En cuanto a ellos, sus hijos, no sé hasta qué punto eran conscientes de la dedicación que les ofrecía su madre. Quizá lo consideraban normal. A veces, incluso, había creído yo percibir alguna leve queja, un breve comentario, un suspiro de resignación, como si se sintieran algo sofocados por el interés y la constante atención de su madre y pidieran, de manera abstracta e instintiva, más independencia; quizá, que ella dejara de tratarlos como a niños.

Yo callaba. Estaba atento a sus comentarios, a la información que, de forma indirecta, me daban sobre las costumbres y el carácter de su madre, pero me guardaba muy bien de decir nada, de hacer ninguna comparación. Si suspiraban, si se quejaban un poco, dando a entender que estaban hartos de la tutela de su madre, si decían algo que sugería que su atención era un poco agobiante, como la de todas las madres, yo callaba, como si ése fuera un asunto desconocido para mí o no me hubiera parado a reflexionar sobre él o no tuviera nada que decir al respecto, como si, en fin, yo no supiera nada de madres ni quisiera saberlo.

Por lo demás –eso lo comprendí poco a poco, al principio no lo advertí–, ella siempre me hablaba cuando me encontraba a solas con ella, cuando no estaban sus hijos delante. Me hablaba de sus hijos, concluí, precisamente porque no estaban delante. No habría tenido ningún sentido hablarme de sus hijos delante de ellos.

Todos los Berg tenían la cualidad de recibirte, de saludarte, con un gesto o unas palabras que sugerían un fondo insondable de calidez. Siempre me sentí bien recibido en casa de los Berg, no sólo por la tendencia de la señora Berg a retenerme a su lado, estuviera ella donde estuviera, en el cuarto de estar, cosiendo, en el de planchar o por el pasillo, ordenando armarios, sino porque aquella casa tenía algo de acogedor y, a la vez, de exhibicionismo.

Los miembros de la familia Berg te acogían como si fueras uno más, lo cual les permitía olvidarte un poco, no ocuparse mucho de ti, y yo siempre tuve la impresión de que actuaban así para demostrarte que su ambiente era abierto y deseable. No eran formalistas, no había ningún protocolo en aquella casa. Incluso en la mía, a decir verdad, había cierto protocolo. En mi casa hubiera sido, por ejemplo, impensable que un invitado se dirigiera solo a la cocina para coger algo de la nevera. Que se sirviera él mismo un simple vaso de agua, eso nos hubiera asombrado a todos, y a mi madre la hubiera escandalizado, desde luego. A los invitados había que atenderles. Más tarde, esos formalismos se relajaron, pero existían como normas, aunque luego se quebraran. En cambio, en casa de los Berg no había esa clase de normas, y los Berg parecían orgullosos de su forma de vida y la exhibían ante ti, precisamente al no darte la condición o categoría de invitado, al tratarte como a un miembro más de la familia. En eso, Markus Berg, que era el cabeza de la familia, no encajaba en la típica imagen del alemán rígido y terriblemente rutinario, ese alemán que siempre imaginamos vestido de militar avanzando por la calzada con pasos enérgicos y rítmicos y de cuyas ideas no nos fiamos en absoluto. Quizá fuera por su ascendencia sueca. Pero tampoco Markus Berg producía, como se suele esperar de los escandinavos, una impresión de frialdad. Irradiaba solidez, pero no frialdad ni severidad ni gravedad. Markus Berg infundía en el ambiente una corriente no sólo cálida, sino alegre, informal, casi frívola. Si Markus Berg vivía en Madrid, era por algo. Si había conocido a su futura mujer en un pequeño pueblo a orillas del Mediterráneo, era por algo, por lo mismo.

El que nuestra vecina me hablara de sus hijos siempre que se encontraba conmigo quizá formara parte de ese contexto de naturalidad en el que discurría la vida de los Berg. Hablaba de sus hijos conmigo porque yo era su amigo y ella la madre. Estaba preocupada y daba por sentado que sus preocupaciones me interesaban porque atañían a mis amigos. Las puertas de su piso estaban siempre abiertas para mí. Eran más que amigos, parecían quererme decir con su comportamiento, eran casi de la familia.

Un atardecer de verano regresaba a casa, andando desde la plaza de Colón, y en la calle de San Bernardo, a la altura de la parroquia de los Dolores, vi a la señora Berg –la vi de espaldas y la reconocí por el traje, porque me sabía de memoria todos sus vestidos– y, no sé por qué, pensé que salía de la iglesia, aunque nunca había imaginado en ella inclinaciones religiosas. Mi paso era más ligero que el suyo, y cuando estuve a su altura, volví la cabeza para saludarla. Me miró, un poco perpleja, aún sin saber quién la miraba ni por qué motivo, y luego, al reconocerme, dio un suspiro de alivio.

–He salido a pasear –dijo–, hace una tarde estupenda. En casa me sentía encerrada. Tengo muchas cosas que hacer, pero no me apetecía hacer nada.

Quizá ella me preguntara de dónde venía yo, y estaba preparando la respuesta, cuando me sorprendió con una proposición.

–Vamos a tomar algo –dijo–, ¿te apetece una cerveza? Déjame invitarte.

Naturalmente, dije enseguida que sí, quizá sólo asentí, dentro del asombro que me causó su invitación, y entramos en el bar que estaba ahora a nuestra altura, que era también una cadena de hamburgueserías, pero que tenía, a la entrada, un espacio relativamente agradable donde se podían tomar copas. Los dos pedimos cerveza.

Yo no me atrevía a mirarla de frente, pero era evidente que la señora Berg se sentía allí como en su casa. Se comportaba con la misma naturalidad, la misma impresión de que todo a su alrededor le pertenecía. Llegaron las cervezas y yo me bebí la mía de un solo trago. Pedí enseguida otra. Ella bebía muy lentamente.

–Estoy muy preocupada por Miguel –dijo entonces, y yo sentí que todo volvía a encajar–. Me cuesta decirlo –suspiró, dio un pequeño sorbo a la cerveza–, pero miente, miente sin parar. Ya no puedo distinguir la verdad de la mentira, nunca sé a qué atenerme. Siempre lo hizo, desde luego, de pequeño se inventaba muchas historias, pero todos lo celebrábamos, sus historias nos hacían gracia, quizá ése fue el error, nos reíamos, en cierto modo le animábamos a inventar. Pero ahora todo se ha descontrolado. Miente por sistema. En lugar de decirme que ha quedado citado con un amigo me dice que ha quedado con otro, todo lo cambia, como si no tuviera más remedio que hacerlo, como si no soportara las cosas como son. Estoy muy preocupada.

Quizá fuera porque no estábamos en su casa sino en un bar, quizá el asunto fuese distinto de todos los que me había comentado con anterioridad, pero el caso fue que por primera vez sentí su preocupación y yo mismo me sentí preocupado y sentí deseos de ayudarla. Creo que le pregunté si se lo había comentado a su marido e incluso a sus hijos, los mayores, y dijo que sí, que todos lo sabían, que de vez en cuando le reprochaban a Miguel que se lo inventara todo, pero que en el fondo no le daban importancia, no veían la gravedad del asunto. Se enfadaban con Miguel, echaban pestes de él; en realidad, no le soportaban, lo cual agravaba el problema, dijo la señora Berg.

Apenas tuve tiempo de decirme: Estoy en Hollywood con la señora Berg, nos estamos tomando una cerveza. Estaba sucediendo algo extraordinario, algo que quizá había imaginado, estar a solas con ella en un bar, fuera de casa, pero nunca lo había imaginado como algo que pudiera suceder, sino como algo en lo que se podía pensar, y ahora, mientras sucedía, no podía pensar. Pero estaba nervioso y bebía, concentraba todos mis sentidos para estar a la altura de las circunstancias y no actuar como un idiota, ser el interlocutor que la señora Berg esperaba de mí.

Y allí estuvimos, la señora Berg y yo, en la penumbra del bar, tan cerca de nuestros pisos, de nuestra casa común, hablando como dos amigos que comparten sus preocupaciones, preguntándonos de qué manera se podía intervenir en aquel mundo fantástico, engañoso, en el que vivía el menor de los Berg.

–Quizá haya que aceptarlo –dijo ella–, quizá, si sabemos esperar, todo esto se pase. A lo mejor es una forma de llamar la atención, quizá Miguel esté intentando decirnos algo y, si le pido que vea a un psicólogo, lo echo todo a perder. Primero, no va a hacerme ningún caso, eso desde luego. Alguna vez he hecho referencia a los psiquiatras y enseguida dijo que todo eso era un camelo. Además, estoy segura de que si le dijera que quizá debiera consultar a un psicólogo, se sentiría ofendido, rechazado, sé que interpretaría mis palabras como si yo quisiera quitármelo de encima. Lo conozco muy bien –suspiró–, no puedo decirle eso.

Yo trataba de escucharla, como siempre, no sé qué le diría, quizá que mentir no era tan grave, que seguramente exageraba, ¿quién no miente a sus padres? El hecho de que Miguel les mintiera, a ella y a todos los demás miembros de la familia, no significaba que mintiera a todo el mundo. Hay personas que son completamente distintas, en realidad mejores, fuera de sus casas, lejos de sus familiares, personas que por alguna razón se sienten coartadas, limitadas dentro del núcleo de la familia, pero que, fuera de él, respiran un aire de libertad y se comportan con toda normalidad. Y creo que al final, cuando yo ya me había bebido dos cervezas y aún había algo de la suya en el fondo del vaso, la señora Berg estaba menos preocupada. Y recuerdo que se dejó invitar, porque le dije que si pagaba ella me sentiría avergonzado. Me miró, sonriente, con algo de picardía, me pareció, y dejó en paz su bolso, que había llegado a abrir para introducir la mano en busca de la cartera.

En la calle, recorrimos los metros que nos separaban de nuestra casa y entramos juntos en el portal. La señora Berg se dirigió hacia las escaleras y yo la seguí, aunque siempre utilizaba el ascensor, pero me pareció ridículo separarme de ella en el vestíbulo, más aún cuando ella no hizo ningún ademán de despedida. Le dije adiós en la puerta de su casa y seguí escaleras arriba. Me miró, sorprendida, como si hubiera esperado que yo entrara con ella en el piso. Mascullé algo sobre Pedro, que luego le llamaría, que a lo mejor bajaría a recogerle.

Y todo siguió su curso. No volvimos a encontrarnos por la calle ni llegamos a tomarnos juntos otras cervezas. Su piso y el portal fueron los escenarios de los posteriores encuentros. Volvió a hablarme de las mentiras de Miguel junto a la tabla de la plancha y mientras clavaba los ojos en la ropa que cosía en el cuarto de estar. Las mentiras de Miguel y la vida oculta de Pedro y los amigos de Juan y los exámenes de Jaime: su cantinela, sus desvelos, sus obsesiones. Nuestro encuentro por la calle, las cervezas de Hollywood se guardaron en algún lugar silencioso, secreto. Ni ella ni yo lo mencionamos nunca, como si antes de separarnos lo hubiéramos acordado así, como si supiéramos que eso no se podía repetir, que había sido algo excepcional y que, como todo lo excepcional, debía ser tratado con mucho cuidado.

Yo seguía contemplando sus trajes vaporosos, aspirando el perfume que la envolvía, deteniendo la mirada en sus manos, su cintura, sus piernas, el suave pelo rubio que ella se apartaba de la frente y de la nuca con un gesto rápido de las manos como si quisiera apartar de sí todo el calor del verano. Contemplaba esos gestos, que aún me perturbaban, y, al mismo tiempo, me iba alejando de ellos, los iba apartando de mí como ella trataba de apartar el calor al mover las manos.

Y supongo que esos gestos ya estaban muy lejos cuando me casé y me fui a vivir a otro barrio, en las afueras. Cuando iba a visitar a mis padres pensaba en ella y me preguntaba si me la encontraría, si habría cambiado, si el transcurrir del tiempo no estaría dejando sus huellas en aquel cuerpo magnífico, en aquel rostro ovalado y anguloso que me parecía tan perfecto y enigmático. Y en alguna ocasión mi madre habló de ella, de nuestra vecina, y dijo, sin duda con más simpatía que en el pasado, que seguía siendo muy guapa, una mujer interesante, dijo, una mujer a quien se le nota la edad y no importa.

–Siempre se ha cuidado mucho –dijo mi madre, ahora ya sin censura–, pero no se ha operado, eso seguro.

Y a mi madre eso le parecía una virtud, porque estaba profundamente en contra de las operaciones de cirugía estética. La ofendían, atacaban no sé qué principios íntimos que no quería discutir. No sólo era por el elevado coste que las mujeres pagaban por ellas, que también la escandalizaba, habiendo, decía, tantos problemas en el mundo –y no poseyendo ella, desde luego, mucho dinero, aunque eso no lo decía–, sino, sobre todo, por la inútil y nefasta lucha contra el tiempo que representaban. Y había ahora otro vínculo entre ellas, un vínculo que había existido siempre, pero que ahora emergía por primera vez, seguramente porque ahora hablaban más entre ellas cuando se encontraban, quizá porque estaban más solas, ya que los hijos, los de la señora Berg y los de mi madre, empezaban a vivir por su cuenta. Ninguna de las dos eran de Madrid. En cuanto lo descubrieron, pudieron describir e intercambiar versiones más o menos idílicas de sus respectivos pasados. No dudo de que mi madre habría sacado a relucir la famosa casa de Huesca frente al parque, por desgracia ya demolida, y supe, a través de los comentarios de mi madre, que la vida de la señora Berg, antes de casarse, había sido bastante placentera. Era hija de un constructor –no dijo arquitecto, sino constructor– y en aquel pueblo costero al sur de Barcelona se había divertido mucho. Durante los veranos había mucha vida, mucha agitación. Mi madre me transmitió la imagen de una joven alegre, muy guapa –de eso yo no podía dudar– y muy dispuesta a pasárselo bien. Imaginé a esa joven bailando en los locales nocturnos de moda, o tomando el sol en la playa, medio cubierta con un ajustado bañador –aunque a la señora Berg, me lo había dicho alguna vez, no le gustaba tomar el sol; pero quizá a aquella joven sí–. Incluso la imaginé sentada de medio lado, como se sentaban las chicas de la época, en el sillín de atrás de un velomotor, con los brazos alrededor de la cintura de un chico guapo, extranjero alguna vez, o muchas veces. Hasta que apareció Markus Berg. Mi imaginación ponía mucho de su parte, pero estaba claro que mi madre y la señora Berg se hacían confidencias, se contaban retazos de sus vidas. Y, al parecer, concluían siempre, de acuerdo las dos, que jamás hubiesen imaginado que iban a acabar por vivir en Madrid. No sé si llegaron a confesarse mutuamente que añoraban aquella parte de sus vidas o que miraban, al menos, hacia atrás con cierta melancolía, pero yo tenía la impresión, mientras mi madre me hablaba, de que las dos se referían al pasado con añoranza. De manera que ahora la señora Berg se había convertido casi en una amiga de mi madre, quien en el pasado tanto la había criticado, aunque siempre con un punto de reserva, como si supiera que no estaba siendo del todo justa con ella.

Ahora, mi madre no sólo alababa la simpatía y cordialidad de la señora Berg, no sólo resaltaba los puntos que tenían en común –quizá sólo uno, pero muy importante: ninguna de las dos había nacido en Madrid–, sino que también la tenía por modelo, y elogiaba su gusto en el vestir, como Teresa lo había hecho en el pasado mientras mi madre miraba hacia otro lado, un poco ofendida. Así supe que la señora Berg seguía siendo un modelo para muchas mujeres.

–De todos modos –concluía mi madre–, es mucho más joven que yo.

Era cierto, y precisamente esa diferencia de edad entre mi madre y la señora Berg me había permitido a mí en la adolescencia considerar a la señora Berg como una mujer muy distinta de mi madre, una mujer con la que se podía soñar. Sin duda, nuestra vecina se había casado muy joven, mientras que, por el contrario, el de mis padres había sido un matrimonio tardío, uno de esos matrimonios que ya nadie espera, y cuando ellos hablaban de su vida anterior, de su vida de solteros, yo sentía que, sobre todo, la vida de mi madre había quedado interrumpida –había sido abandonada allí, en el caserón de Huesca– y que la familia que luego había fundado –cuyo resultado éramos Teresa y yo–, ya en Madrid, se había llevado muchas cosas por delante, porque mi madre tuvo que abandonar la ciudad donde había nacido y adaptarse al ritmo y las costumbres de una enorme ciudad desconocida, a la vida que un funcionario público le podía ofrecer, mientras que la vida de mi padre prosiguió su curso.

Yo escuchaba ahora, años después de los días en que me pasaba las tardes en casa de los Berg, ese comentario de mi madre: la señora Berg seguía siendo una mujer muy guapa, pero mi curiosidad se quedaba ahí, mis fantasías ya habían alcanzado su punto culminante tiempo atrás y puede que en el fondo yo no quisiera encontrarme con ella y comprobar, por mucho que las palabras de mi madre sugirieran lo contrario, que ya no era la mujer de mis sueños.

Mi amigo Pedro tampoco vivía ya con sus padres. Ninguno de los Berg vivía con sus padres. Sea como fuere, con los problemas que la señora Berg siempre veía en las vidas de sus hijos o con otros distintos, o quién sabe, quizá sin muchos problemas, los Berg habían construido sus propias vidas fuera del hogar materno, y también era ahora mi madre quien me informaba alguna vez de esas vidas, porque, entre las muchas cosas que mi madre y la señora Berg se contaban en sus encuentros fortuitos –nunca deliberados ni planeados, desde luego, eso se deducía sin ningún género de dudas–, también hablaban de sus hijos. Les gustaba –ésa era la idea que me transmitía mi madre– seguir la pista de esas vidas que antes habían estado tan cerca de ellas, y al darse la una a la otra los detalles más llamativos y destacados de la vida actual de sus hijos –la ciudad donde vivían, el aspecto y el carácter de las nueras, los estudios de los nietos, un premio recibido, un viaje...– se hacían la ilusión de que aún estaban cerca.

Pero estábamos lejos. A partir de un momento, los recuerdos familiares se hicieron remotos e irreales, como si pertenecieran a otros o como si se hubieran quedado allí, encerrados en escenarios decorados de forma anticuada, vagando entre pasillos y habitaciones que ya no nos pertenecían, sostenidos en ese aire lleno de olores de comida, de lejía, de cera para muebles, que no tenía nada que ver con el olor de nuestras casas actuales, como si aquellas comidas y productos de limpieza hubieran sido radicalmente distintos de los nuestros.

La señora Berg era parte de ese mundo, y la conmoción que me había causado se quedó allí, junto al piso de mis padres, junto a los muebles oscuros y el olor estancado, ese olor que el aire que entra por las ventanas abiertas no puede llevarse.

Pero las personas entran y salen de los pisos, andan por las calles, tienen uno y más mundos, las personas están por encima de los recuerdos que tenemos de ellas, y así, la señora Berg, mucho después de que yo la hubiera dado por perdida o la hubiera perdido de forma inconsciente, volvió a mí aunque luego otra vez se perdiera y la olvidara.

No sé si la hubiera reconocido, porque ciertamente había cambiado y no soy de esas personas que miran mucho a los demás como si anduvieran a la búsqueda de fantasmas personales e incluso impersonales, pero ella sí me reconoció, aunque tuvo sus dudas y quiso asegurarse. Se acercó a mí, abriéndose paso entre la gente que llenaba la sala de exposiciones en aquel acto igual a tantos otros al que había tenido que acudir porque el pintor que colgaba sus cuadros en esa sala me había llamado a la hora de comer y había insistido en que fuera. Estaba histérico, pensaba que no iba a ir nadie –«¡Hay tantos actos en Madrid», se había lamentado, «tantas inauguraciones, exposiciones, conferencias, presentaciones de libros...!»– e imaginé que debía de haber llamado a cada una de las personas que ahora llenábamos la galería.

–Soy Marta Berg –dijo ella al fin, la mujer que se me había acercado–, la madre de los Berg, tus amigos... –aclaró, ante mi desconcierto.

Y entonces comprendí que nunca había sabido el nombre de la señora Berg o quizá no había reparado en él o no lo había retenido en mi memoria.

–¡Cuánta gente!, ¿verdad? –siguió ella–. Yo no pensaba venir, pero una amiga mía, que conoce mucho al pintor que expone los cuadros, me ha llamado para que la acompañara. El propio pintor la ha llamado a ella, estaba nerviosísimo. La verdad es que mi amiga no pensaba venir, pero no ha tenido más remedio, después de la llamada... ¿Qué te parecen los cuadros? Yo no sé qué pensar, no entiendo mucho de pintura...

Yo la escuchaba, reconociéndola ahora, encontrándola tan guapa y atractiva como siempre, a pesar del tiempo transcurrido, pero lejana, al fin lejana. Por primera vez no me hablaba de sus hijos.

–Hace tanto calor en esta sala... –se quejaba, abanicándose.

De hecho, hacía tanto calor y había tanta gente, que algunas personas fueron saliendo a la calle, y Marta Berg y yo fuimos literalmente empujados hacia la puerta.

–¡Qué alivio! –dijo en la calle–. Y tú, ¿también eres amigo del pintor?

–Y a mí también me ha llamado –dije.

–¡Qué suerte tener tantos amigos y que todos le hagan caso! –se rió.

Entonces la invité a cruzar la calle y a ir al bar de enfrente, desde donde se podría ver si salía su amiga de la galería.

–No me importa nada mi amiga –dijo, sonriente, Marta Berg–. Siempre que la acompaño a algún sitio de éstos nos perdemos. Bueno, ella es la que suele desaparecer. Por una vez, seré yo la que desaparezca.

Me habló un poco de esa amiga, una tal Amalia, separada dos veces, siempre en busca de aventuras.

–¿Y Markus? –le pregunté–. ¿Sigue viajando tanto?

–Sí –dijo, pensativa–. Tal vez últimamente viaje menos, pero es verdad, ha estado muy poco en casa, yo he educado a mis hijos sola, bueno –sonrió–, si es que los he educado...

Habíamos ido hasta el fondo del bar y estábamos sentados delante de la barra. Yo había pedido un whisky. Marta Berg Coca-Cola con ron.

–Es la segunda vez que estamos en un bar –dije, y no pude añadir: Marta–. Nos encontramos por la calle y me invitaste a tomar una cerveza en Hollywood, ¿te acuerdas?

–¡Claro que me acuerdo!, ¡cómo no iba a acordarme! –dijo–. Te quedaste un poco sorprendido, me parece que no te lo esperabas. Pero yo estaba pensando en tomarme una cerveza antes de encontrarme contigo, no quería llegar tan pronto a casa, no tenía ninguna prisa. Cuando pienso en esa época de mi vida me parece tan extraña...

–Sólo hablabas de tus hijos –me atreví a decirle–. Estabas siempre muy preocupada por todos sus problemas, los exámenes, los amigos, los secretos... Incluso me acuerdo de lo que me hablaste aquella tarde en Hollywood, me hablaste de Miguel, dijiste que era un gran mentiroso, una especie de fabulador compulsivo. Estabas verdaderamente preocupada aquella tarde.

Marta Berg me miró muy sorprendida.

–¿De verdad? –dijo luego–, ¿sólo te hablaba de mis hijos?, qué cosa más rara...

–Bueno –dije, más animado–. A mí me irritaba un poco, no podía entender que no tuvieras otra cosa en la cabeza, siempre tus hijos... Hasta me daban envidia, seguro que mi madre no hablaba tanto de mí.

Marta se echó a reír y su pelo rubio, quizá más corto que antes, se agitó.

–Puede ser –dijo–, si tú lo recuerdas así, es que debe de ser verdad, pero créeme que yo no lo recuerdo, no era consciente... ¡Vaya! –exclamó–. Debía de ser un poco pesada, lo siento...

Le pregunté por ellos, por los problemas de cada uno de sus hijos. Se rió, muy asombrada de que los recordara con tanta precisión. Sí, los exámenes de Jaime, ¡qué nervioso se ponía! Ahora se había convertido en un hombre muy tranquilo, un feliz padre de familia... Juan seguía teniendo muchos amigos, siempre estaba de un lado para otro, y su mujer era igual que él, muy viajera, muy animada... De Pedro tampoco tenía queja, tan serio. No pensaba más que en el trabajo. Miguel sí, seguía con sus mentiras, bueno, pero no pasaba nada, era fantasioso, tenía mucha imaginación... Era al que más veía, vivía cerca de su casa. Parecían felices, aquellos chicos sensibles, esos hijos que tanto le habían preocupado. Se parecían mucho a ella, dijo, siempre había creído que se parecían mucho a ella, que no estaban lo suficientemente preparados para afrontar las dificultades, pero, por fortuna, habían heredado también el sentido práctico de su padre, el sentido comercial de Markus Berg.

–Nunca se conoce del todo a los hijos. Me he llevado muchas sorpresas –dijo en tono alegre.

Comprendí entonces que nos estábamos hablando como viejos conocidos, que nos habíamos tuteado desde el primer momento y que ahora podíamos empezar a hablar de otros asuntos, no sólo de sus hijos. Quería preguntarle por qué me había dicho eso, que su vida era tan extraña por aquella época, cuando yo vivía en casa de mis padres y era amigo de su hijo Pedro, tan serio ahora, tan precoz fumador y entregado bebedor en el pasado, con la esperanza de que ella me hiciera una confidencia importante y yo pudiera luego hablarle de sus trajes, de la atención que llamaban en el barrio, porque creo que en el fondo todos nos preguntábamos lo mismo, ¿por qué iba así vestida desde el punto de la mañana?, ¿para quién?

Pero una mujer tocó el brazo de Marta y dijo que la había estado buscando por la sala. Iba acompañada de un hombre maduro que por alguna razón no me gustó nada. Tenía algo avasallador dentro de él, que se expresaba no sólo en sus gestos, amplios y resueltos, sino en los ojos, en todas las facciones de su cara.

–Es mi amiga Amalia –dijo Marta.

Y Amalia y aquel hombre, que me fue presentado por Amalia sin que yo pudiera retener el apellido larguísimo que pronunció –sólo recuerdo el nombre, José Luis–, se hicieron con la conversación, pidieron más copas, dijeron que podíamos ir a cenar a este o a aquel sitio, hablaron de muchos restaurantes, que eran desechados inmediatamente por una u otra razón, por inconvenientes de todo tipo. Yo miraba a Marta a la espera de un signo, una señal que me indicara qué debía hacer yo, cómo podía sacarla de allí y recuperar el hilo de nuestros remotos encuentros.

Pero Marta no me enviaba ninguna señal, apenas me miraba. Parecía lejana y pensativa. Al fin, Amalia y José Luis se decidieron por un restaurante que quedaba en la otra punta de Madrid. ¿Y qué problema había?, comentaron, ante una leve reacción de extrañeza por mi parte, ¿es que no había taxis?

Miré el reloj, dubitativo, como si en la esfera blanca pudiese leer un mensaje, pero sentí entonces una ligerísima presión en el brazo. Marta se apoyó en mí al bajar del taburete y, aunque el gesto sólo duró un instante, supe que tenía que acompañarles.

–Yo iré delante –dijo José Luis, mientras sostenía la puerta de atrás del taxi, y las damas y yo, yo en medio, nos acomodamos en el asiento.

Luego, le dio la dirección al taxista y, tras posar el brazo en el respaldo del asiento del conductor, se volvió hacia nosotros con expresión de suma satisfacción. Lo vamos a pasar de miedo, parecía decirnos.

Lo cierto era que en aquel momento yo me sentía mucho mejor, porque las caderas y las piernas de las dos damas se apretaban contra mi cuerpo, quizá involuntariamente, pero proporcionándome un calor muy reconfortante. Me concentré en las posibles señales que podían venirme a través del contacto con aquellos cuerpos, sobre todo, del de la señora Berg, pero casi llegué a pensar que el muslo de Amalia era más activo y que caía sobre el mío de manera intencionada, por así decirlo, forzada. Y como Amalia era, además, una mujer de pechos muy voluminosos, cada vez que su muslo, respondiendo a un vaivén –forzado– de su cuerpo, se clavaba en el mío, su pecho me presionaba el brazo.

Salí del taxi bastante más animado y con el ánimo proclive a la aventura. Nunca sabes cómo puede acabar la noche, me decía. Y aunque Marta Berg seguía con aquella actitud de indiferencia que había tomado desde que Amalia y José Luis hicieran su irrupción, yo ya me había abandonado, y mi curiosidad y mis expectativas habían experimentado variaciones favorables.

En la cena, José Luis, como era de esperar, llevó la voz cantante. Se ocupó de encargar un vino caro –el más caro de la carta, según deduje, mirando de refilón la carta de vinos, que él estudió vertiginosamente– y nos animó luego a pedir una cantidad enorme de platos, como si aquélla fuera nuestra única oportunidad para comer, no sólo en un restaurante bueno como aquél, sino en cualquier otro, y no sólo en un restaurante, sino en nuestras casas y en casas ajenas. Quizá no volveríamos a comer en toda nuestra vida.

Y comimos y bebimos de forma espectacular, desde luego. Recuerdo al camarero, depositando continuamente bandejas de comida en nuestra mesa, descorchando una nueva botella de vino.

–Todo esto es muy digestivo –decía José Luis, satisfecho–. Los buenos productos siempre sientan bien. De un buen vino se puede beber todo lo que se quiera, lo que no se puede es mezclar. Y hay que mantener el nivel de alcohol en la sangre, eso es fundamental.

Debo reconocer que, mientras nos ocupábamos de mantener el nivel de alcohol en la sangre, se me pasó por la cabeza, en un momento de terror, la idea de que al final José Luis me propusiera que compartiéramos la cuenta de la cena, que debía de ser disparatada, pero los mismos vapores del alcohol ahuyentaron enseguida el temor y restablecieron la altura de mi ánimo y aun la fueron elevando, si bien sería más preciso decir confundiendo.

Todo era confusión y caos. Hablábamos muy alto y todos a la vez. Supongo que llamábamos la atención y que no debíamos de concitar la simpatía de los otros comensales. Nuestro ostentoso despliegue de apetito, por no decir de gula, tenía que ser un castigo para las personas comedidas o razonablemente educadas. Pero a lo mejor hasta despertábamos envidia, dados los baremos de la estridente sociedad en la que vivimos sin expresar continuamente nuestra extrañeza, no sólo por los ruidos y salidas de tono que se producen en ella, sino por asuntos de mayor envergadura e importancia.

Marta Berg era en realidad la más discreta. Es verdad que se reía mucho y que comía y bebía sin parar, pero apenas hablaba. No relataba anécdotas, no contó ningún chiste. Éste fue, sin lugar a dudas, el capítulo más lamentable, el de los chistes. Por fortuna, fue breve. Aunque intenso. José Luis contó media docena de chistes de una grosería descomunal y la propia Amalia, que se reveló como buena comedianta, se embarcó en el relato de por lo menos tres de esos chistes larguísimos cuyo mayor mérito es el trayecto, más que el desenlace. Fue Marta Berg quien puso término a esta horripilante sección al declarar que era ya muy tarde y que, después de aquella pantagruélica cena, necesitaba respirar aire fresco.

Entonces José Luis tuvo un gesto muy caballeroso, porque, tras pedir la cuenta, me pidió que acompañara a las señoras a la calle, si es que querían andar un poco, mientras él se ocupaba del pequeño trámite del pago. Las señoras, primero, quisieron ir al servicio y yo, que también fui, las esperé en la puerta, y luego salimos los tres y anduvimos a lo largo de la calle. Amalia se apoyó en el brazo de Marta y yo me puse al otro lado, con la esperanza de que Marta, a su vez, se apoyase en mi brazo, cosa que no hizo. Sin embargo estábamos los tres lo suficientemente cerca unos de otros, y oí perfectamente las palabras de Amalia, dichas en voz baja.

–Quiero que vengáis todos a casa –dijo–. Me apetece mucho, pero ya sabes lo que me pasó la última vez. Te lo pido por favor.

Sentí una gran intriga, y también un poco de horror. Aquellas palabras, «lo que me pasó la última vez», llevaron a mi imaginación a crear descontroladamente escenas bastante violentas y, además, me espantaba la perspectiva de que la velada se prolongara en exceso, sobre todo, tratándose de una velada que iba a discurrir en un piso, porque, como me sucede con todos los pisos ajenos, me producía, sólo de pensarlo, una intensa sensación de claustrofobia. Pero Amalia consiguió arrancar a Marta la promesa de que no la dejaría sola y yo sabía, por mi parte, que mi misión era no dejar sola a Marta, de manera que cuando José Luis se reunió con nosotros y Amalia nos propuso a todos ir a su casa a tomar una copa, hice un leve, irremediable, gesto de aprobación, en apoyo del entusiasmo que la invitación de Amalia levantó en el entregado José Luis.

Otra vez estábamos dentro de un taxi, otra vez sentía en mi cuerpo la presión de los cuerpos de las damas. Sin embargo, quizá porque había hecho mella en mí el horror que mi imaginación, completamente por su cuenta, había creado, ahora estuve más atento a la situación general y, por determinados indicios y comentarios, deduje que José Luis no había estado nunca en el piso de Amalia y que tal vez esa noche fuera muy importante para él. Quizá fuese excepcional.

De manera que llegamos al piso de Amalia, en el otro extremo de Madrid. No pude por menos que pensar que estábamos trazando en la ciudad el dibujo de un itinerario muy extraño, que estábamos uniendo puntos muy distantes y dispares, que éramos unos peones que alguien llevaba de aquí para allá con un fin preciso que ignoraríamos siempre. El grupo que formábamos José Luis, Amalia, Marta Berg y yo, que parecía haberse formado por casualidad, era en realidad el producto de años, de siglos, de meditación. Había llegado nuestra hora y no podíamos fallar. Sólo había que seguir la corriente.

El piso de Amalia era pequeño, pero tanto el arquitecto del edificio al que el piso pertenecía como la misma Amalia, en su calidad de inquilina y seguramente de decoradora del piso, habían dejado en él una huella de pretenciosidad. El arquitecto –me conocía bien el gremio– era de esos que, para camuflar la más que dudosa calidad de los materiales empleados, recurría a detalles de cierto impacto. El piso tenía una pequeña terraza que se abría desde el cuarto de estar –creo que Amalia lo llamó «salón»–, a la que todos nos asomamos enseguida para que Amalia nos mostrara una por una las plantas que la llenaban.

–He querido hacer una especie de invernadero –dijo, pasando por alto el hecho más que evidente de que los invernaderos son lugares cerrados, techados.

Luego, en el cuarto de estar, que era minúsculo, nos ofreció la copa prometida. Había de todo en aquel cuarto, toda clase de muebles, objetos y cuadros de los más variados estilos. El mueble bar era, posiblemente, el mueble más exótico de la sala. De laca negra, con incrustaciones de nácar, me remitió repentinamente a la casa de las tías de Novelda, primas segundas de mi padre, que solían encargarse de buscar una casa para que pasáramos el verano.

Eran unas señoras solteras, orondas y satisfechas, que sentían predilección por los objetos de estilo oriental. Cada vez que las visitábamos, nos preparaban una impresionante y variadísima merienda, en la que no faltaban bollos, tortas, pastas, chocolate y toda clase de embutidos, pero, antes de sentarnos todos alrededor de la gran mesa, porque era una merienda en toda regla y se hacía en el comedor, mostraban a mis padres sus últimas adquisiciones, de las cuales me vinieron en ese momento a la memoria, mientras miraba el mueble bar del piso de Amalia, un biombo gigantesco ante el que daban, mis dos tías, verdaderos alaridos de placer, porque lo habían comprado a precio de ganga siendo como era una pieza única, y, por encima de todo, me acordé de la caja china, que nos disputábamos mi hermana y yo, porque las tías, una vez que consentían en dar por concluida nuestra merienda –ellas y mis padres aún permanecían un buen rato sentados a la mesa–, nos permitían jugar con ella. La depositaban sobre la alfombra y nosotros íbamos sacando la sucesión de cajas y bandejas lacadas, plenas de dibujos, y las innumerables fichas de nácar que la caja china contenía. En cada una de las fichas de nácar había grabado un paisaje, todos distintos. Muy parecidos, pero distintos.

En la disputa silenciosa que tenía lugar sobre la alfombra, tan cerca de mis padres y mis tías, era mi hermana quien solía ganar. Me arrebataba con sigilo y decisión la caja o la ficha o la bandeja que yo estaba contemplando. Yo no podía protestar, no sólo, quizá, por la presencia tan cercana de las autoridades, sino porque vagamente temía que se me dijera que ese juego, abrir el contenido de la caja y desparramarlo, y contemplar con fascinación las superficies lacadas y llenas de dibujos dorados –una multitud de pequeñas figurillas entrando y saliendo de pabellones situados en un jardín en el que no faltaban riachuelos, montañas, vallecillos, pinos y arbustos variadísimos– de las cajas y bandejas, y comparar los dibujos grabados en las fichas, todo ese lento entretenimiento, no era del todo propio de un chico, o de un niño, puesto que estos recuerdos me parecen muy remotos. Teresa se comportaba con la caja china como si estuviera absolutamente segura de que le pertenecía y yo intuía que ese derecho que ella no dudaba en atribuirse estaba basado en que ella era niña y yo niño. En todo caso, nunca pasó de ser una sensación mía, no recuerdo que mis padres ni mis tías dijesen nunca nada parecido.

Amalia abrió el mueble bar y pudimos comprobar que estaba muy bien provisto. Marta pidió un whisky muy aguado, y José Luis y Amalia optaron por el bourbon y finalmente me convencieron a mí para que me uniera a ellos.

–Después del vino, el bourbon –dictaminó José Luis.

Marta estaba sentada en una butaca enfrente de mí. El vaso de whisky descansaba sobre una mesita cercana, y ella ni lo miraba, como si hubiera decidido no beberlo. Ahora que la tenía enfrente, podía observarla mejor que en el restaurante, incluso que en el bar al que habíamos ido al salir de la galería de arte, momento, por cierto, que ahora parecía muy lejano. Como aún no era verano, no llevaba puesto uno de sus legendarios trajes vaporosos. Estaba sobria y circunspecta dentro de un traje de chaqueta oscuro –era difícil determinar la tonalidad, porque tenía un brillo tornasolado que, según le diera la luz, lo que dependía también de los movimientos de Marta Berg, parecía o marrón o gris– que me recordó la seguridad con que mi madre decía que la señora Berg se gastaba todo el dinero en ropa. Y también en cremas y en perfumes.

Miré sus piernas, enfundadas en medias negras o

muy oscuras, y en ellas se quedó atrapada mi mirada, como siempre me había sucedido; de nuevo me quedé imantado a esa blanda línea de la falda en la que finalizaba el traje y se iniciaba la exhibición de las bellísimas piernas de la señora Berg.

Ocupado en esta observación silenciosa, y despreocupado, no sé bien por qué –seguramente por el efecto que me estaba haciendo el bourbon sobre el efecto que ya me había hecho el abundante vino consumido durante la cena–, de que Marta se sintiera incómoda ante mi absoluta falta de pudor o disimulo al contemplarla, no me di cuenta de que la pareja que se había acomodado en el otro extremo de la sala, que, al ser la sala tan pequeña, estaba prácticamente a nuestro lado, había pasado, si puede decirse así, a mayores. Volví la cabeza hacia ellos, atraído por el ruido de gemidos y gruñidos que salía de allí, y vi un amasijo compacto e incalificable del que salían piernas y brazos de hombre que se enredaban en piernas y brazos de mujer. Busqué los ojos de Marta Berg, pero los tenía perdidos en la pared de enfrente, sobre mi cabeza, o quizá en la terraza tan impropiamente llamada invernadero por su propietaria.

Pasado un insufrible lapso de tiempo, el amasijo del sofá se deshizo un poco, se puso en pie –en cuatro pies–, y abandonó, tambaleante, la sala. Respiré con alivio, me levanté yo también y salí a la terraza. Sin dejar casi en ningún momento de mirar a Marta Berg, por supuesto. Ella aprovechó mi leve distancia para cambiarse de lugar. Primero, apagó un par de lámparas de luz cegadora, de lo que me alegré, y luego se echó sobre el sofá que había ocupado la fogosa pareja. Y de esto también me alegré.

Me asomé a la calle entre la fronda de la terraza, hice acopio de fuerzas, y entré de nuevo en la sala.

–¿Estás dormida? –pregunté.

–No –dijo Marta–, pero estoy muy cansada. Podemos hablar, puedo hablar con los ojos cerrados, es muy relajante.

La contemplé, ahora los dos inmersos en la penumbra, y tuve la necesidad imperiosa de sentarme en la alfombra, apoyando la espalda en el sofá en el que ella estaba echada. Ahora sentía su cuerpo muy cerca, casi pegado a mi nuca. Ella no dijo nada, pero yo sentí que mi proximidad no le molestaba, casi me atrevía a pensar que le agradaba.

–En el bar –empecé, remontándome a la prehistoria– me dijiste que Amalia siempre se pierde cuando salís juntas, pero esta vez no ha sido así.

–Es verdad –dijo, y su voz sonaba muy cerca, susurrante, un poco adormilada–, pero es que ha cogido miedo. La última vez que salió con un hombre, un completo desconocido, se llevó un buen susto. Lo trajo aquí y casi la mata. Resultó ser una especie de sádico. Por suerte, había dejado la puerta abierta, cosa que no acabo de entender, debió de ser que entraron con mucha prisa, sin darse cuenta de lo que hacían, y unos vecinos oyeron los gritos y se enfrentaron al hombre.

–Qué horror –murmuré, palpando al fin la historia que había presentido un rato antes, mientras paseaba con Marta y con Amalia por la calle a la espera de José Luis.

–Sí, es una historia horrible –dijo–. Se comprende que Amalia haya cogido miedo. Por eso me ha pedido que la acompañe, ya no se fía.

—Y José Luis, ¿es también un desconocido? –pregunté.

—No, José Luis es un viejo amigo, pero la verdad es que es la primera vez que se acuestan. Nunca se sabe. Es un hombre casado, formal, pero, claro, siempre puedes llevarte una sorpresa.

—De manera que nosotros somos ahora los guardianes de tu amiga, los carabinas –dije.

—Algo así –contestó, riéndose un poco, riéndose con los ojos cerrados, me dije–. La verdad es que te agradezco mucho que hayas venido con nosotros. En menudo plan te he embarcado.

—Nunca, en ningún momento de la noche, he podido estar seguro de si querías que fuera con vosotros, no me has dicho nada, no me has hecho ninguna señal –dije, y mis palabras cobraron un tono de protesta.

—No podía pedirte una cosa así –dijo–, pero ¿cómo no iba a querer que vinieras? No sabes cómo te lo agradezco.

Entonces nos quedamos callados largo tiempo, y yo tuve la sensación de que era su cuerpo, su muslo, lo que estaba pegado a mi nuca, tenía casi la seguridad de que mi cabeza descansaba en su muslo y de que ella me acogía blandamente. En cualquier momento me acariciará la cabeza, me dije, pasará sus dedos entre mi pelo. Y, al fin, mientras lo sentía, mientras sentía el calor de su cuerpo bajo mi nuca, mientras aguardaba a que sus dedos se enredaran en mi pelo, retrocedí, traje al presente los recuerdos, me atreví a preguntar:

—¿Por qué te has extrañado tanto antes, en el bar, cuando te he dicho que siempre me hablabas de tus hijos cuando nos encontrábamos?

–No –dijo–, no me he extrañado de eso, mis hijos me preocupaban mucho, lo que me ha extrañado es que te lo hubiera dicho a ti, de eso no me acuerdo, la verdad. ¿Cómo me voy a acordar de lo que hablaba contigo si casi no he hablado contigo? Pasabas muy deprisa por el pasillo hacia el cuarto de Pedro. La única vez que hablamos fue aquella que has recordado antes, cuando tomamos una cerveza juntos en Hollywood la vez que nos encontramos por la calle, y me acuerdo de que tú te empeñaste en pagar, ese detalle se me quedó grabado. No sé por qué, pero me asombró. Quizá en ese momento me di cuenta de que tú, además de ser el amigo de mis hijos, eras un chico con quien acababa de tomar una cerveza en un bar. –Se calló, y yo sentí que sonreía, su voz sonaba como cuando se sonríe–. De todos modos –prosiguió–, que te hablara de mis hijos es lógico, ¿no?, tú eras el amigo de mis hijos, yo, la madre de tus amigos, eso era lo que teníamos en común, ¿de qué otra cosa podíamos hablar?

–Bueno, siempre se puede hablar del tiempo, de cosas generales –dije–. Son mis temas de conversación preferidos. Yo tenía la impresión de que eras una madre maravillosa, entregada, y tus hijos me daban mucha envidia, no pensabas más que en ellos.

Creí percibir el débil sonido de una tenue risa en los labios de Marta.

–¡Qué lejos está todo eso!, ¿verdad? –dijo, pero en un tono que me pareció de complacencia, como si no lamentara que ese tiempo hubiese quedado atrás–. Háblame de ti ahora, ¿qué has hecho en todos estos años? Sé algunas cosas por tu madre, pero muy poco, hablamos alguna vez por la calle, cuando nos encontramos, todo se dice muy deprisa en esos momentos. Ahora tenemos una buena oportunidad para hablar, si tú no tienes prisa.

–¿Piensas quedarte aquí toda la noche? –le pregunté, porque, más que de la mía, prefería que hablásemos de su vida.

–Bueno, me da igual –dijo–. No me voy a ir hasta que Amalia me lo diga, quizá venga de un momento a otro a decirme que todo va bien, quizá no aparezca hasta mañana. Markus está de viaje y le he dicho que salía con Amalia y que seguramente dormiría en su casa. No tengo ningún compromiso. –Se calló y yo dejé transcurrir un rato, por si volvía a hablar de su vida, pero Marta volvió a insistir–. ¿Y tú? Creo que te casaste, anda, cuéntame cosas de ti...

Mi vida. Resumir mi vida en unos minutos, en la oscuridad de una pequeña sala abarrotada de muebles, sentado sobre la alfombra, recostado sobre unos cojines y la cabeza sobre el sofá, tan cerca mi nuca de ese cuerpo de mujer tendido en el sofá. La señora Berg a mis espaldas, su voz saliendo desde atrás. Pero tan cerca, la voz no venía del pasado, de nuestros remotos encuentros en el piso de abajo, sino de atrás, del mismo sofá en el que mi cabeza se apoyaba. Un piso desconocido, un lugar que repentinamente había empezado a existir, como si estuviera colgado en el vacío, cayendo sobre mí, atrapándome. Hice lo que pude. Le conté mi vida a la señora Berg, a una mujer que se llamaba Marta y que había sido la señora Berg, a ese cuerpo que irradiaba un suave calor que era como una caricia que se posara en mi nuca o era más bien mi nuca la que descansaba en ese calor como en una almohada y, apoyado en ese calor, hice un resumen de mi vida, un esquema, unos datos sueltos, deshilvanados, que a mí me parecieron muy escasos, como pequeños puntos perdidos, deambulando, sin rumbo, en la inmensidad del universo. Como si no hubiera vivido o como si ésa no fuera mi vida, ese absurdo esquema de vida, igual a todos los esquemas, abstracto, impersonal.

–Pero ésta no es mi vida –le dije a Marta–, no suena como mi vida, es una vida contada desde fuera.

–Sí –suspiró, a mis espaldas–, las vidas se cuentan desde fuera, lo que ocurre por dentro no se puede contar. A mí también me pasa –dijo–. No creas que le pasa a todo el mundo. Mucha gente se cree que lo que cuenta, lo que puede contarse, lo exterior, es la vida, la verdadera vida. Amalia, por ejemplo. Me llama y me dice: No sabes qué de cosas tengo que contarte, y se pone a hablar y no para, y no comprende que en realidad no me está diciendo nada, que todo eso son palabras casi vacías, sin nada detrás, palabras muertas. Se quedaría muy asombrada si yo le dijera algo así, no lo entendería, porque ella no ve las palabras por dentro, no lo necesita, da por sentado que salen del centro de su vida y llegan al centro de la mía. Sería absurdo hablar de esto con ella. A la vez –siguió, y sentí sus ojos cerrados por la voz suave y monocorde que me llegaba de ese rostro dormido–, todo eso que Amalia me cuenta, esas cosas que no son la vida, que no sugieren nada, que aburren terriblemente, tienen una consistencia, un tono, y eso sí que transmite algo, transmite su identidad, su personalidad. Lo que importa cuando Amalia me hace el relato de sus aventuras no son las aventuras, tediosas, como te digo, por mucho que ella se esfuerce en subrayar que son extraordinarias, es más, cuanto más insiste, más anodinas y vulgares resultan, no, las aventuras no importan nada, pero, a pesar de ellas, Amalia está allí, en el relato, por debajo o más bien por encima de todas esas insignificantes y casi fastidiosas cosas. Mi amiga Amalia está allí y yo la reconozco y le agradezco que, una vez más, se dirija a mí porque eso significa que confía en mí, que quiere mantener el vínculo que nos une, aunque ninguna de las dos pudiera explicar ahora en qué consiste el vínculo, pero de alguna manera nos resulta necesario, nos alivia, quizá por su mero carácter de vínculo con algo o con alguien, porque todo vínculo es una tentativa de escapar del vacío. El vacío... –repitió, con una voz que parecía salir del vacío, de las cosas dormidas o vacías.

–Éstas son las cosas en las que uno piensa cuando tiene los ojos cerrados –dije, un poco asombrado ante su discurso, pero no del todo asombrado porque, inexplicablemente, esperaba una conversación como la que estaba teniendo lugar–. Pero quizá haya personas que estén más solas que otras, o que se sientan más solas, y eso hace que las relaciones entre las personas sean tan difíciles, porque algunas veces se tarda un tiempo en descubrir si la persona que tienes al lado es o no como tú.

–Sí –dijo Marta–, hay un tipo de personas que están provistas, por así decirlo, de unos ojos interiores –dijo Marta–. Se cierran los otros, los exteriores, y ves todo esto. Estas personas son las que están más solas, desde luego.

–¿Y Markus?, ¿es también de esa clase de perso-

nas? –pregunté, aunque sabía o intuía el contenido de la respuesta.
De nuevo escuché una suave risa, muy breve, un corto sonido gutural.
–Markus, de parecerse a alguien, es más como Amalia que como yo –dijo–. Pero la verdad es que Markus no se parece a nadie. Quizá por ser extranjero, no lo sé, quizá es que el carácter alemán, predominante en él, sea así. Markus nunca cuenta nada, sólo se ocupa de vivir, de ir de un lado para otro. Muchos negocios y muchos amigos, eso es la vida para él. Y no es que sea un hombre callado, todo lo contrario, es hablador, pero no cuenta las cosas que le pasan o que le han pasado, como si no tuviera recuerdos, como si lo que le sucede no discurriera en el tiempo y luego no hubiera forma de organizarlo.
–¿Y de qué habla? –pregunté.
–Ya te lo he dicho –repuso Marta–. Sobre todo, de sus negocios. Pero habla también de todo lo que ve, de lo que hay a su alrededor. Es muy aficionado al deporte, cuando llega a casa enciende el televisor y busca la retransmisión de un encuentro deportivo, el que sea, si puede ser fútbol, mejor, pero si se encuentra con un campeonato de baloncesto o con un partido de tenis, pues estupendo, abre una lata de cerveza o se sirve una copa de vino, da igual, lo que esté más a mano, se recuesta en el sofá y se pone a mirar la pantalla con la mayor atención y a lanzar gritos y comentarios, absolutamente dentro del espectáculo que se retransmite, como si estuviera presenciándolo en el mismo estadio. Es admirable.
–A mí también me gusta el fútbol –admití, sintiendo de pronto una corriente de simpatía hacia Markus

Berg, a quien, era cierto, recordaba en la actitud que acababa de describirme tan fielmente Marta–. He coincidido muy pocas veces con él, con tu marido –dije–, pero siempre me ha dado la impresión de ser un hombre muy comunicativo, que se llevaba muy bien con sus hijos, en realidad parecía uno de ellos. Tenía un aspecto muy juvenil.

–Y lo sigue teniendo –rió suavemente Marta–, ha pasado algo de tiempo, pero se conserva bien, desde luego. Hace bastante deporte. Acaban de abrir un gimnasio cerca de casa y ya se ha hecho socio. Al parecer se trata de un gimnasio estupendo. Markus está encantado. Incluso hay cafetería y dan unos platos combinados muy buenos. Muchas veces se queda a comer.

–¿Y tú?, ¿no vas al gimnasio?

–No soporto esos ambientes –susurró–, toda esa gente vestida para hacer deporte exhibiéndose de un lado para otro. De joven me gustaba mucho la bicicleta, pero ya ves, en Madrid no se puede ir en bici, lo fui dejando... Ahora lo único que hago es andar, ando bastante, me gusta sentirme cansada al final de los paseos, me doy unas buenas caminatas, me gusta la sensación de agotamiento físico cuando vuelvo a casa. Entonces me ducho, me tomo una cerveza y ya estoy lista para las tareas.

–¿Las tareas del hogar?

–Sí, las tareas del hogar. Aunque no es lo mismo que antes, cuando mis hijos vivían todos en casa. Entonces estaba siempre muy ocupada, ahora casi me tengo que inventar las tareas. Me gusta ordenar los armarios, ir a buscar algo y encontrarlo enseguida, saber dónde están las cosas. Y las cosas, si no las ordenas constantemente, se mueven solas, se cambian de sitio, no hay manera de localizarlas cuando las necesitas. Así que hay que estar encima de ellas todo el tiempo, pero no me importa, tengo tiempo de sobra.

»Me gusta tener tiempo –prosiguió, como si lo estuviera descubriendo en ese mismo momento–, me gusta esa sensación de estar dentro del tiempo, observándolo. A lo mejor estoy leyendo un libro, y de repente caigo en la cuenta de que me he olvidado del tiempo, así que dejo el libro y me pongo a pensar, en nada en concreto, me pongo, más que a pensar, a mirar lo que está sucediendo, al libro y a mí, su lectora, detenidos, avanzando poco a poco, no porque nosotros, el libro y yo, avancemos, sino porque nos llevan, nos trasladan. Eso es algo que me asombra muchísimo, en el fondo no lo puedo entender, por eso tengo que detenerme y verlo, pero es difícil percibirlo si no pones toda la atención, el cambio está en los matices que ha ido adquiriendo la luz, en la leve superficie de polvo que de pronto descubres sobre la repisa que por la mañana estaba inmaculada...

»Por eso no me gusta viajar –dijo, después de un suspiro–. Cuando nos casamos, Markus quería que le acompañara en todos sus viajes y lo hice, hasta que me quedé embarazada de Jaime, bueno, durante los primeros meses del embarazo aún le acompañé, pero al final me sentía muy cansada y decidí quedarme en casa, entonces descubrí que no me gustaba nada viajar, era como si todo ese tiempo de los viajes se me hubiera ido no se sabía adónde, pero lo había perdido, no era un tiempo mío, pertenecía a las ciudades en donde habíamos estado, a los trenes y a los autobuses, las estaciones y las carreteras, se había quedado fuera de mí, y eso me resultaba insoportable. A partir de entonces sólo he viajado lo indispensable y siempre que lo he hecho me ha acometido invariablemente esa sensación, la de que el tiempo se me escapaba y me dejaba al margen, desprotegida, sin referencias. Es algo que yo misma no acabo de entender, porque el tiempo no es como un paraguas o una cornisa bajo la que te puedes resguardar, y, sin embargo, algo de eso tiene para mí. Yo tengo que estar al lado del tiempo, vigilándolo, mirándolo todo el tiempo.

–Suena muy fatigoso –dije–. Mirar el tiempo todo el tiempo. Y redundante. Pero creo que lo entiendo. Hay veces que me ha pasado algo parecido, situaciones muy extrañas en las que me he encontrado con el tiempo cara a cara y he visto que estábamos los dos atrapados en un lugar cerrado y no podíamos salir de él, no había llave. Han sido ratos muy desagradables, casi angustiosos, y he llegado a pensar que si se repetían tendría que hacer algo, consultar a un médico, pero la verdad es que han sido casos aislados y supongo que a todos nos pasa eso alguna vez. Me parece que lo que te sucede a ti es justo lo contrario, a ti te gusta estar encerrada con el tiempo y lo que no soportas es que alguien abra la puerta y el tiempo se te vaya, e incluso cuando eres tú la que se va y es el tiempo lo que se queda en el cuarto, sientes que es el tiempo lo que se ha marchado y tú quien se queda, quien ha sido abandonada.

–¡Qué bien lo has descrito! –susurró, a mis espaldas, y sentí una oleada de calor en la nuca, una caricia de su calor–. Muchas veces, cuando me levanto por las mañanas, tengo la sensación de que no podré alcanzar el tiempo. Estoy tan lejos de todo que lo único de lo que tengo ganas es de morirme. Casi todas las mañanas son así. Llorar y morir, es lo único que puedo hacer, pero no hago ninguna de las dos cosas. Me arreglo y me visto como si tuviera cosas importantísimas que hacer, salgo a la calle y estoy pendiente de las palabras y los gestos que me dirigen los demás, los saludos, las pequeñas preguntas sobre la salud, sí, me agarro a todo eso, voy andando sobre una cuerda sostenida en el aire... Llega la hora de comer y ya veo que no me he muerto. Por las tardes ya estoy dentro del tiempo, aunque esté agotada, aunque se me haya puesto un dolor de cabeza horrible. No importa, ya estoy dentro del tiempo...

»Algunas veces ocurre algo mágico –dijo después de una pausa–. Ahora, por ejemplo, me siento muy bien, ya ves que esta noche es larguísima. No hay ningún cambio en la luz. Fuera, la oscuridad es completa y nos llegan siempre los mismos ruidos, los frenazos de los coches y el chirriar de las ruedas sobre el asfalto, y los mismos olores, este olor a cera de muebles y a rosas marchitas de esta sala, mezclado con humo de tabaco. Todo está así desde hace un buen rato, nosotros tampoco nos hemos cambiado de sitio. ¿Te has fijado en que estamos hablando en voz baja? No nos atrevemos a levantar la voz.

–Un momento mágico –dije, echando un poco más la cabeza hacia atrás, hacia ella, hacia la magia.

Y entonces sucedió. Estuvimos completamente quietos, sin hablar, escuchando los ruidos de la noche al otro lado del muro de la casa, filtrándose a través de las ventanas y del balcón de la terraza, el chirriar de los coches habitados, pensé, gente que se desplazaba, que se deslizaba dejando el tiempo a sus espaldas, el olor a nardo del perfume de Marta que se percibía por debajo del olor de cera que impregnaba los muebles y del olor del tabaco, la penumbra inalterable y nuestras voces ya silenciadas, guardadas, innecesarias, nuestros cuerpos tan cerca, respirando uno junto al otro, levemente separados por la franja vacía que quedaba entre mi nuca y su muslo. ¿Dónde estaría su mano, la mano que hubiera debido posarse sobre mi cabeza y acariciarme el pelo, la frente? La mano no se movió, nada se movió durante mucho tiempo, la mano descansaba en alguna parte, muy cerca de mí.

De repente, comprendimos que ya estábamos en otro lugar. En el cuarto ya había claridad, una luz blanquecina que borraba la penumbra. Sentí que ella cambiaba de postura; a mis espaldas, algo rozó mi nuca, una oleada de olor a nardo se derramó sobre mi cabeza.

–¿Has dormido algo? –preguntó, y su voz se me había acercado, ya era una voz despierta, de mujer incorporada.

Me volví poco a poco hacia ella, como si tuviera mucho miedo de moverme, como si no estuviera seguro de poder hacerlo, y apoyé el codo en el sofá.

–No, no he dormido nada –dije, mirándola, asombrado de verla tan compuesta, con el pelo lacio cayendo sobre su frente, tan rubio y brillante, los ojos sonrientes, la cara descansada–. ¿Y tú? Tienes todo el aspecto de haber dormido mucho y muy profundamente.

–¡Qué dices! –protestó–. ¿Cómo voy a dormir bien en un sofá? ¡Si nos hemos pasado toda la noche hablando! No sé qué tonterías habré dicho, creo que bebí demasiado.

Mi mano estaba ahora tan cerca de su brazo que con un pequeño movimiento suyo habríamos quedado enlazados. Pero se oyeron unos ruidos en el piso, voces, pasos, grifos, puertas. Amalia apareció en la sala. Llevaba puesta una bata de felpa, una especie de albornoz.

–¡Dios santo! –exclamó–. Aún estáis aquí, lo había olvidado por completo... –Se echó a reír de forma estentórea y me tendió las manos–. Levántate, por Dios, tienes que estar incomodísimo, no puedo mirarte, qué espanto, ¿has pasado toda la noche así? Ay, Marta –dijo, sin solución de continuidad, dejándose caer en el sofá, al lado de Marta, casi encima de ella–. No puedes imaginar lo que ha sido, qué hombre, un experto, incansable, hacía tiempo que no me había pasado nada igual, ya me había olvidado de lo que es el amor cuando es bueno, qué placer, Dios santo... Pero este chico... –dijo, mirándome de nuevo–, no sé lo que pensarás, hijo, la vida puede ser dura, ¿sabes?

Yo, que al fin había conseguido levantarme, luchado con mi cuerpo entumecido, y me había sentado en una butaca, asentí.

–No te preocupes por Mario. Es de toda confianza –dijo Marta.

–Pero ¿quién es? –preguntó Amalia, clavando los ojos en mí–. ¿De dónde ha salido?

–Es un viejo amigo –dijo Marta, ahorrándose la historia de nuestra vecindad, lo que desde luego me pareció muy bien.

–Nada de viejo –dijo Amalia, tras otro acceso de risa esplendorosa–. Bueno, voy a preparar café. Estoy hambrienta. –Se levantó de un salto y dio un gruñido, imitando a un animal, un tigre o un león, quién sabe, un animal salvaje, luego, dando más saltos y gruñidos, se fue por el pasillo.

Miré a Marta, que se estaba riendo. Amalia volvió a aparecer.

–Si alguien se quiere dar una ducha, he puesto toallas limpias en los cuartos de baño –anunció, con el orgullo de la perfecta anfitriona.

–Sí –dijo Marta, incorporándose lentamente, poniéndose en pie–. Darse una ducha es una buena idea, ¿no te parece?

Se fue, riéndose todavía, y yo salí a la terraza. Un día de sol, susurré, mirando la calle, abajo, y la desconocida casa de enfrente, cansado, sin haber dormido, pensando por un momento en mis problemas, en lo que me esperaba al volver a casa.

Mi vida me esperaba. Claudia. Podía llamarla ahora, mientras Marta se duchaba y Amalia estaba en la cocina, preparando el desayuno. Podía no llamar y aparecer en casa dentro de una hora, después de desayunar y acompañar a Marta a su casa. Tenía la seguridad de que Claudia no estaría preocupada, sólo terriblemente enfadada. No quería escuchar su voz. Fui a la cocina, donde Amalia me recibió con un grito de animal salvaje, y esta vez no parecía una imitación, sino algo completamente genuino, era *su* grito.

–Ay, no sé ni cómo te llamas. Ah, sí, Mario –dijo–. Siéntate, Mario, por Dios. Mira que pasarte la noche sentado en la alfombra. Yo no te hubiera tratado así, te lo aseguro.

Hacía calor en la cocina y Amalia se había quitado la bata de felpa. Ahora lucía un cuerpo generoso, medio cubierto por una combinación muy ceñida. Los pechos, de una redondez incitante, estaban prácticamente desnudos.

–No me importa repetirlo –dijo, ya sentada, atacando una tostada bien untada de mantequilla y mermelada–, pero ha sido una noche excepcional, chico. No lo hubiera imaginado, la verdad, creía que iba a ser una cosa corriente, mero trámite, ya sabes. Hay que hacerlo y se hace. Se come, se bebe y se hace. Yo no soy de esas mujeres que van animando el cotarro y luego les dan a los hombres con la puerta en las narices. Yo no me echo para atrás, es por principio. Me hubiera ahorrado muchos disgustos, todo hay que decirlo, una mujer como yo se expone mucho. Disgustos y decepciones. Pero es cuestión de carácter. No puedo cambiar. Yo voy por la vida con todas las consecuencias. Jugadas completas. Sí, me expongo, pero ¡qué demonios!, a veces sale bien. Una joya, un verdadero experto, eso me ha tocado esta noche, la lotería, Mario. Él venía muy preparado, ya te imaginas, estos ejecutivos de hoy saben latín, los que lo saben, claro, y lo miden todo muy bien, un poco de esto, un poco de aquello... ¡Cielos!, ¡el paraíso! Yo ya no quiero nada más, lo juro, una cosa así de vez en cuando y ya está. No metería yo a un hombre en casa por nada del mundo, qué lata, ni siquiera a éste –se rió, dudando, se encogió de hombros, como desprendiéndose de él–, pero si no lo haces de vez en cuando todo acaba siendo un asco.

Entonces entró Marta. Sonreía, había venido sonriendo por el pasillo.

–¡Cuánto hablas! –exclamó, mirando a su amiga–. ¿Cómo puedes comer y hablar al mismo tiempo?

–Dentro de un rato estaré muerta –dijo Amalia–. Me iré a la cama y me quedaré traspuesta. Voy a descolgar el teléfono. Todo lo que quiero es dormir.

–Sí –dijo Marta, sentándose a la mesa y alargando luego la mano hacia la cafetera–. Yo también quiero dormir.

Aún flotaba a su alrededor un resto del olor a nardos de su perfume, pero, sobre todo, olía a agua y jabón, a toalla mojada. No se había secado el pelo y se lo había peinado hacia atrás y así, sin ápice de maquillaje, sin disimular ni en lo más mínimo su edad, Marta Berg estaba más guapa que nunca, quizá por todas esas cremas carísimas que, según decía mi madre, utilizaba.

–Podías haberte secado el pelo –dijo Amalia–. El secador está en el tercer cajón de la derecha, creo, o en el cuarto, no sé.

–Tengo calor –dijo Marta– y me gusta sentir la cabeza mojada, me despeja. La calefacción está muy fuerte.

–No lo entiendo –dijo Amalia–. A primera hora la ponen muy fuerte y luego está flojísima, pero el portero dice que es cosa de la instalación, que él no toca nunca los mandos de la temperatura. Es autorregulable, eso dice.

–De todos modos, hoy va a hacer un día estupendo –dijo Marta, mirando hacia la ventana.

Cada dos por tres, yo miraba el reloj. Eran las ocho y media. ¿Qué haría Claudia? Las niñas salían de casa a las nueve, y yo prefería llegar cuando ellas se hubieran ido, pero no mucho más tarde. En la situación inversa, siendo yo el que esperara en casa un amanecer el regreso de Claudia, me había puesto enfermo de impaciencia y había llamado a multitud de amigos y conocidos en busca de una pista de Claudia. Al fin había dado con un rastro de ella, pero eso no me había calmado, en cierto modo aquella pista, que eliminaba la posibilidad de un accidente, cuya sombra amenazante me había atormentado durante toda la noche, abría otra posibilidad, la de la aventura amorosa, y, por fugaz que fuese, aunque la supuesta aventura sólo abarcase unas horas y no se tratara de nada serio, nada amenazador, a decir verdad, en ese momento aún me dolió más que la idea del accidente. Me dolió y me fastidió, y cuando Claudia –una Claudia sonriente y feliz, radiante, ajena a todo dolor y a toda elucubración, aunque herméticamente callada– hizo al fin su aparición en casa, la ira apenas me permitía articular palabra y tuve que hacer verdaderos esfuerzos para no lanzarme violentamente sobre ella.

Pero eso estaba lejos, no muy lejos, pero lejos. Marta terminó su café, se puso en pie y me golpeó ligeramente en el hombro.

–Vamos –dijo–. Acompáñame a coger un taxi.

Amalia se había ido quedando paulatinamente callada, como si ese sueño profundo que ya nos había anunciado hubiera empezado a reclamar sus derechos, y cuando se levantó para abrirnos la puerta y despedirnos, lo hizo con un gran esfuerzo. Arrastraba los pies, enfundados en unas espantosas zapatillas color malva –me fijé en aquel mismo momento– y se tapaba la boca, de la que sólo salían bostezos y pequeñas exclamaciones de cansancio. Pero, en el momento de decirme adiós, sacó fuerzas y se abalanzó sobre mi cuerpo, aplastando contra mi pecho sus inmensos senos semidesnudos. No tuve más remedio que responder a su abrazo y estrecharla un poco contra mí, aunque no hacía ninguna falta, y, finalmente, la empujé levemente hacia atrás porque pensé que se me quedaría pegada –y dormida sobre mí– para siempre.

Ni siquiera me fijé entonces en si Amalia y Marta se besaron al despedirse, ni me fijé en qué se dijeron o en si se dijeron algo. Me sentía abrumado por el abrazo de Amalia –y también aliviado, al haberme desprendido de él– y me lancé en busca del ascensor, apreté el botón y me sumergí en el ruido que provenía del invisible hueco por el que el ascensor se iba aproximando. Me volqué en la percepción de ese ruido como si fuera algo importante, instintivamente, quizá porque aquel ruido apagaba, o al menos amortiguaba, la ansiedad que me producía encontrarme a esas horas en el rellano de esas escaleras, donde jamás había estado, ni a esas horas ni a otras, entre dos mujeres, tan amigas entre sí, tan cómplices, cuyas vidas me eran en realidad tan ajenas.

También la de Marta, también la vida de la señora Berg me era de repente ajena. Y, sin duda, la complicidad que existía entre ella y la mujer de los pechos inmensos, cuya presión aún podía sentir en mi cuerpo, como si hubieran dejado una huella física en él, la alejaba más de mí. Me hubiera ido corriendo escaleras abajo o hubiera entrado solo en el ascensor que, según indicaba un círculo de luz verde, se encontraba ya en nuestro rellano, de no temer comportarme como un ser infantilizado e incongruente, porque no era lógico que abandonara así la casa donde, por absurdo que ahora me pareciera, había pasado la noche, acompañando a la señora Berg, que a su vez acompañaba, aunque sin estar estrictamente a su lado, a su amiga Amalia. Había sido el temor de Amalia a una agresión –una agresión sexual, algo que ya había sucedido una vez– lo que nos había obligado, cada uno obedeciendo a sus propias demandas y compromisos, a la señora Berg y a mí a pasar la noche incómodos y en vela, pero ahora esa Amalia, completamente satisfecha, estaba somnolienta y fuera de todo peligro.

Cargado de esa vaga pero aguda irritación que me había impedido mirar a las dos amigas mientras se despedían, entré en el ascensor con Marta Berg, sin darme cuenta de que esa situación era insólita para mí, que tanto hubiera deseado, cuando vivía en casa de mis padres, tan cerca de los Berg, poder compartir con ella ese pequeño espacio íntimo y cerrado. Pero algo muy dentro de mí debió de alertarme, y a medio camino me calmé, y seguramente contribuyó a ello el que Marta se pasara la mano por el pelo, húmedo aún, mirándose al espejo. Así se restableció nuestra intimidad. Yo miré de lado a la imagen del espejo y capté esa mirada extrañada bajo la cruel luz de neón, la luz de una mañana de invierno congelada y expuesta sólo para nosotros, esos ojos fatigados y un poco espantados que decían con toda claridad que no habíamos dormido, y, mientras descendíamos hacia la calle, donde nos separaríamos, sentí nostalgia de la noche recién concluida, esa noche llena de palabras que había terminado en un silencio atemporal y mágico, y sentí una punzada de dolor en la nuca que no había sido acariciada, un peso allí, una ausencia destinada a crecer.

Marta, ya en la calle, me pidió que no la acompañara hasta su casa, porque ya empezaba a haber mucho tráfico, sólo hasta el taxi, dijo. Pero yo me negué, porque en ese momento no podía dejarla. Todo sucedía demasiado deprisa, y entré en el taxi con ella y di la dirección de la casa de mis padres. Me pareció que ella sonreía, complacida.

–¿No vas a llegar a tu casa demasiado tarde? –me preguntó, con un matiz de preocupación en la voz.

–Ya da igual –dije, aunque mentía, porque unos minutos, una hora más de retraso sobre todo el retraso de la noche es mucho, y yo lo sabía por mi propia experiencia de la espera.

Pero en cierto modo ya todo daba un poco igual. La escena que me aguardaba de regreso a casa me producía un cansancio anticipado, como si ya la hubiera vivido muchas veces y me la conociera de memoria, ¿es que era necesario repetirla de nuevo?, ¿no podía librarme de ella? Y supongo que también por eso, por el deseo de aplazarla, más aún, de eliminarla, subí al taxi con Marta Berg e incluso luego, cuando llegamos a su casa –la casa de mis padres–, bajé con ella y la despedí y luego anduve un rato hasta que tomé otro taxi.

La despedida fue muy rápida. Creo que los dos, sin necesidad de ponernos de acuerdo, comprendimos que teníamos que decirnos un adiós silencioso, uno de esos adioses que se dicen los amigos que van a verse enseguida, seguramente al cabo de unas horas.

Ella se dirigió al portal que durante tantos años había sido mi portal, y yo eché a andar hacia un extremo de la calle, pero la veía, porque andaba en diagonal, y la vi entrar en el portal y desaparecer, y tuve que andar un poco más porque se me había formado un nudo en la garganta y, de coger un taxi, no habría encontrado la voz con que indicar al taxista la dirección de mi casa, y comprendí que esa emoción que me impedía hablar se debía no tanto a la desaparición de Marta Berg después de aquella larga noche de muchas palabras y eternos silencios mágicos, sino a haberla visto de nuevo en el portal de mi casa, la casa de mis padres. Era el pasado lo que me emocionaba, mis sueños de adolescente enamorado de una vecina, la madre de mis amigos, una mujer vestida con trajes vaporosos y muy caros, que son la admiración del barrio, que paga cuentas elevadísimas en la perfumería, una mujer que hablaba siempre de sus hijos, que parecía siempre muy preocupada por ellos y, sin embargo, una mujer misteriosa.

Después de aquella noche, yo seguía sin conocer el misterio de la señora Berg. Su imagen de mujer misteriosa permanecía inalterable, y el constatar esa permanencia, repentinamente, me reconfortó, porque en cierto modo me daba la razón, me permitía mirar al adolescente enamorado con comprensión.

En la glorieta de Quevedo hice detenerse a un taxi y al fin me encaminé hacia mi casa, hacia mi vida, esa vida que le había contado, convertida en datos aislados, deshilvanados, impersonales, a Marta Berg. La vida de un hombre casado, quizá aún enamorado, pero estragado por algo. También el adolescente que se dormía pensando en nuestra admirada vecina se sentía estragado por algo. Siempre esa carga, ese vacío que era una carga. En algunos momentos había desaparecido, pero ahora estaba allí, ante mis ojos, cayendo y arrastrándome. Y ni Marta Berg, a quien acababa de decir adiós, ni mucho menos Claudia, cuyo enfado debía de haber ido en aumento y a esas alturas podía desembocar en cualquier espantosa escena, podían ser mis interlocutoras.

En medio del tráfico creciente de Madrid, mientras regresaba a casa sin haber dado señales de vida desde la tarde anterior, como quien ha pasado la noche en la comisaría o víctima de un secuestro, me sentí bajo el peso insoportable de esas cargas, la de mi culpa y la del vacío. Ambas cargas estaban unidas por un lazo casi férreo, por una argolla, porque, ciertamente, yo había sido desconsiderado con Claudia al no avisarla de que llegaría tarde o llegaría por la mañana, pero si no lo había hecho, si ni siquiera había podido hacer una cosa tan fácil como acudir a un teléfono y marcar el número de mi casa, era por el vacío, esa desesperación interior que me obligaba a permanecer quieto, agazapado en el interior de las cosas, a la espera de un milagro redentor. Mi atención estaba entonces tan concentrada e inmovilizada en esa espera que me era completamente imposible dar un solo y mínimo paso en otra dirección, como si ese algo impreciso que quizá se presentara –y me salvara– se me pudiera escapar mientras yo hacía ese leve movimiento.

Pero si yo me hubiera atrevido alguna vez a dar a Claudia una explicación como ésta, su indignación se habría convertido en algo mucho peor. Su enfado circunstancial, aunque tenebroso, tal vez habría dado paso a una especie de mirada general condenatoria que bien podía suponer un alejamiento irremediable, una ruptura. De hecho, ya había tenido atisbos de esa posibilidad cuando en alguna de mis conversaciones con Claudia –no en conversaciones tranquilas, desde luego, sino en momentos de tensión y conflicto– yo había intentado llegar algo más lejos en mis explicaciones. Entonces ella se había cerrado en banda.

–No –había dicho muy tajante–, todo eso es inaceptable, eso te pertenece a ti.

Y su mirada, cargada de ira, tenía, al mismo tiempo, tanta claridad, que lo comprendí y lo acepté como una verdad indiscutible: hay razones que no se pueden dar, razones que sólo existen en nuestro interior y que, si las seguimos punto por punto, nos llevarán a la más absoluta soledad. Y como yo no quería esa soledad y estaba, además, enamorado de Claudia, tuve que callarme, y ahora tendría que volver a callarme y quedarme a solas con mi culpa y mi vacío.

Todo eso significaba fortaleza, esa palabra tan llena de escenas medievales, de estampas, ilustraciones medievales, castillos, fosos, dragones que escupen fuego. Estaba claro que Claudia vivía en una fortaleza y eso me había impresionado desde que la había conocido. Me había enamorado de su fortaleza y me había hecho la ilusión de poder refugiarme en ella, hacerla mía, pero ella no me lo había permitido y enseguida me había dado a entender que la fortaleza se había ido construyendo, precisamente, para defenderse de personas como yo. Estaba dispuesta a amarme, pero no a destruirse. Esa actitud suya me deslumbró, nunca me había cruzado con una persona tan nítida y concluyente. A Claudia le había bastado echar una ligera ojeada a mi interior para clasificarme y saber que conmigo era absolutamente necesario guardar las distancias. Todo lo que yo sabía vagamente de mí –los imprecisos límites de mi existencia, el angustioso enigma de las vidas ajenas, el torbellino cenagoso del mundo exterior en el que de vez en cuando me encontraba atrapado, esa difusa condición de soñador que se me había aplicado algunas veces en el colegio y a la que yo, obstinadamente, quería ser fiel, como si fuera lo más valioso que tenía– ella lo vio de golpe y quiso poner cuanto antes las cartas boca arriba. Sabía quién era yo, no lo eludía, no se engañaba, pero cuidado, había terrenos en los que ni uno ni otro íbamos a entrar, terrenos privados, aislados, que había que mantener aparte, lejos de la zona común, porque, si no se hacía así, todo se confundiría y uno de los dos desaparecería –presuntamente ella y por eso se defendía–, quedaría anulado.

Era evidente que Claudia había llegado a esta conclusión, que ahora aplicaba a nuestras relaciones, a través de la experiencia, y así se lo había hecho notar yo.

–Sí, efectivamente –había dicho–, he conocido a personas que me han hecho aprender esta lección. Ha sido duro y doloroso, pero la he aprendido.

Durante el largo año en que empezamos a conocernos y tras el que tomamos la decisión de vivir juntos, pasando, incluso, por la ceremonia de la boda, convencidos, con las naturales reservas, de lo duradero de nuestra relación, fui aceptando la agitada, quizá turbulenta, vida anterior de Claudia, y aunque a veces sentía celos retrospectivos, finalmente concluía que su experiencia me resultaba provechosa, porque esas personas desconocidas que le habían mostrado a Claudia las dificultades del amor y de la amistad la habían convertido en una mujer cautelosa y sensata, capaz ahora de impregnar nuestras relaciones de ese equilibrio que me era tan necesario. Por supuesto, yo no razonaba tanto, no me dedicaba a hacer un balance de las ventajas y desventajas de Claudia. La observaba, la escuchaba, la sentía a mi lado y cada vez se me hacía más difícil separarme de ella.

Antes de acceder al descubrimiento de su carácter menos evidente y más profundo, de su actitud íntima hacia los otros, yo había sido deslumbrado por otros aspectos más externos, su belleza y su seguridad. Claudia llevaba el don de la belleza como algo natural, casi sencillo –no era nada extraordinario ser guapa, era algo que le había tocado en suerte, nada más, parecía decir–, y, al mismo tiempo, estaba encantada de tener ese don y en ocasiones podía ser un poco exhibicionista, como quien se permite gastar una broma sobre un asunto superficial.

Yo achacaba la seguridad y desenvoltura de Claudia al ambiente en el que, como hija de diplomático, había crecido, un ambiente de pasos seguros y frases hechas, absolutamente ajeno al mío, al que había vivido yo, y desde luego superior, al menos, en resultados de brillo social. Mi familia era de lo más modesta en ese sentido, mi padre provenía de una familia de funcionarios y empleados –con la excepción de las ricas y desocupadas tías de Novelda, cuya posición de rentistas las convertía en la aristocracia familiar–, con todos los complejos que corresponden a la típica clase media que ve prosperar a su alrededor a gente más audaz. De la familia de mi madre se sabía muy poco. La famosa casa demolida de Huesca parecía más parte de una leyenda que de una realidad. Quedaba algún familiar lejano que aparecía en ocasiones de excepción –bodas y funerales– y que estaba totalmente desprovisto de la menor clase de brillo y atractivo.

 Cuando yo había tomado la decisión de matricularme en la Escuela de Arquitectura, más por eliminación de otras posibilidades que por vocación, me había situado, en relación con los valores de mi familia, junto al desagradable grupo de personas que desean salirse de su medio social, y creí percibir a mi alrededor miradas de suspicacia, más por parte de mi padre que por la de mi madre, quien, sobre todo, me observaba con temor, porque cualquier empresa, cualquier porvenir, la atemorizaba. Pero en los ojos de mi padre se reflejó esa censura: yo era alguien que no aceptaba su verdadera naturaleza. Vaya, un arquitecto en la familia, qué originalidad. Porque esta palabra, originalidad, estaba casi prohibida, y todo lo que se refería al gusto, a las inaprehensibles categorías estéticas, le suscitaba la mayor desconfianza. Un esteta en la familia, no nos faltaba más que eso, alguien capaz de decirnos qué es lo bonito y qué es lo feo. Su ceño se fruncía. No quería tener esa clase de dudas, una vez que, era de suponer, había tenido que superar otras más profundas y que todavía luchaba por mantener el tipo, es decir, las apariencias. Mi condición de soñador, tantas veces destacada por mis profesores durante los años escolares, no encajaba en esas categorías.

De ahí nacía también la desconfianza con que mi madre había mirado en el pasado a la señora Berg, porque sus gastos, los que se deducían de sus espectaculares trajes y de las cremas y perfumes carísimos que compraba, no estaban en consonancia con el ambiente que predominaba en el barrio. No destacar en nada y hacer lo que hacen los demás eran las normas de mi familia –en mi padre, por principio, en mi madre, por miedo– y hallaban un reflejo muy ajustado en el barrio que habían escogido para vivir, un barrio intermedio entre Argüelles y Chamberí. Aunque, ciertamente, cabían ciertas excentricidades, en virtud de su cualidad de zona intermedia. Cabían los Berg.

Claudia tenía el ancho mundo a sus espaldas, y eso también me resultó fascinante. Ella misma había nacido en Marruecos y su infancia había transcurrido entre Francia y Alemania, de donde era su madre. Era, en suma, una persona ambulante, sin raíces, pero muy dispuesta a descubrir ventajas y estupendas novedades aquí y allá, a diferencia de lo que soy yo, un hombre bastante atemorizado y poco proclive a los cambios, aunque a veces me atraen como el abismo y muchas veces he estado a punto de despeñarme. No siquiera sé si soy un soñador. Llevo dentro de mí una desesperación difusa que a veces se me clava en los pulmones y me impide respirar, vivir. Pero no, no le podía decir eso a Claudia.

Ésta era la mujer que, sin duda muy enfadada –y con toda la razón, eso no era discutible–, iba a encontrar en mi casa a las nueve y media –más o menos– de la mañana, después de haberme despedido de ella a las siete de la tarde del día anterior, y yo temblaba. A la vez, como no había dormido, me sentía muy cansado, ajeno al ajetreo de Madrid, que ya se había entregado por completo al caos del tráfico y de los innumerables ruidos callejeros, y ansiaba encontrarme a salvo de todo eso, en mi casa, en mi habitación.

Bueno, ella también ha hecho alguna vez cosas así, me decía, y yo aún las recordaba con dolor y fastidio y aún podía echárselas en cara con la vehemencia del vengador, del justiciero. Lo más asombroso de todo había sido su actitud. Lo recordaba con nitidez, la última y más escandalosa vez que Claudia había llegado a casa con retraso. Lo que me maravilló –ésa y las veces anteriores, cuando el retraso fue mucho más moderado– fue su silencio, la absoluta dignidad con que entró en casa, más segura de sí misma y de todos sus derechos que nunca, sin decir nada, sin apenas mirarme, como si yo no mereciera la menor explicación por su tardanza y no se le pasara por la cabeza la idea de ofrecerme una excusa, por absurda o increíble que fuera.

Eran casi las siete de la mañana y yo la llevaba esperando desde las doce de la noche. Siete horas en vela, siete horas expectantes e insoportables. A las diez de la noche me había llamado y me había dicho que se iba a cenar con unos amigos, algo muy rápido, por lo que volvería enseguida. Nuestra hija Natalia, que entonces tenía cuatro años, estaba muy acatarrada, y yo soy muy aprensivo, de forma que oír durante toda la noche la respiración dificultosa de mi hija no me ayudó nada, y en algún momento de la larga noche imaginé que la llevaba, envuelta en una manta, a la sala de urgencias de un hospital. Me veía en el coche, de camino hacia el hospital, con Natalia tendida en el asiento de atrás, y Mónica acurrucada en el asiento delantero, porque, con sus dos años y medio, yo no podía dejarla sola en casa. Imaginé también que Claudia regresaba a casa, quién sabe a qué hora, y que se encontraba la casa vacía. Consideré la posibilidad de no dejarle una nota, para que su angustia fuera mayor, pero luego pensé que eso podría traer consecuencias imprevisibles e incluso reproches, de manera que redacté mentalmente la nota: «Estamos en el hospital, Natalia ha empeorado.» Algo muy breve, pocas palabras, no ayudarla en absoluto.

Y después de todos esos tormentos, de todas esas fantasías de venganza, Claudia llegaba tan tranquila, como si jamás hubiese faltado de casa, como si ésas fueran las horas más razonables de llegar. Naturalmente, estallé, y me puse a dar gritos. Lo primero que conseguí fue despertar a las niñas, que corrieron a ver lo que pasaba y que abrazaron a su madre de forma instintiva, porque Claudia, sin decir palabra, de repente se puso a llorar, sentada al borde de la cama. Con las niñas delante, actuando, sin saberlo ellas, de parapeto, yo no podía hacer nada y, lleno de impotencia y rabia –aunque también con más tranquilidad, puesto que al fin Claudia había vuelto–, me fui de casa y estuve deambulando por ahí, e incluso luego fui al estudio, y no volví a casa hasta la hora de cenar.

Cuando regresé, en casa reinaba el más absoluto silencio y por un momento temí que Claudia se hubiera vuelto a marchar. Me asomé al dormitorio y la vi, tendida sobre la cama, de espaldas a la puerta. Natalia y Mónica ya estaban acostadas. Me senté en el sofá del cuarto de estar y, con el periódico abierto sobre las rodillas, me bebí un par de wiskies. Verdaderamente, no sabía qué hacer. Me acosté en el sofá, sin desvestirme, me cubrí con las mantas que siempre había por allí para posibles siestas. Claudia apareció por la mañana, recién salida de la ducha, envuelta en su bata de noche, con una cara de fatiga insondable, presa de un cansancio que parecía abarcarlo todo y que daba a toda su figura un aire de dolor inmenso, intransferible. Las niñas ya se habían ido a la guardería.

—¿No vas a decirme nada? —le pregunté.

Pero ella negó con la cabeza y luego escondió la cara entre las manos. Buscó un pañuelo en el bolsillo de la bata y se enjugó las lágrimas. Se fue y yo al fin reaccioné, me duché, tomé un café y me fui al estudio.

Durante algunos días, sólo las voces de las niñas se escuchaban en la casa. La ley del silencio imperó entre nosotros y, siempre que yo pretendía romperla, el silencio de Claudia se transformaba en dolor, su mirada se escondía tras las lágrimas y la lejanía era más patente.

Pero estaba ahí, no se había ido, eso empecé a pensar. Y mi irritación, poco a poco, se atenuó y apareció dentro de mí una especie de lástima hacia todos nosotros, como si al fin yo pudiera vernos a todos desde lejos y comprendiera que éramos víctimas de algo, una guerra ajena e injusta. Muchas veces, sin embargo, me pregunté qué era lo que había sucedido aquella noche, a qué se había debido el retraso de Claudia, quién era, en fin, la persona que lo había causado, y aún sentía en mí, como algo dolorosamente vivo, el derecho a conocer la verdad, a reclamar una explicación, pero siempre me encontré con la negativa de Claudia, y era una negativa cada vez más desganada –firme y rotunda, pero enunciada sin ganas, débilmente–, como si la misma lejanía, el solo tiempo transcurrido desde entonces, nos impidiera ya hablar de aquella noche.

Y ahora, cerca de las diez de la mañana, ya casi a las puertas de mi casa, cuando, como en un acto de venganza, llegaba yo después de toda una noche de ausencia, una venganza tardía pero inexorable, me encontré vacío de razones, indefenso. Ni siquiera podía saber si Claudia había pasado la noche asustada o indignada o si tal vez no había dado demasiado importancia al retraso y sólo por la mañana se habría empezado a preocupar. Ojalá hubiera sido así, me dije, pagando ya la cuenta del taxi, lleno de repentino temor y de urgencia por ver a Claudia. Una forma de amor, me dije, una necesidad que no podré explicarle, porque las palabras no se avienen a recoger estos extraños restos de emociones que a lo que más se parecen es a una amalgama de objetos punzantes, como hierros oxidados y retorcidos, que ocupan el lugar del corazón.

Regresar a casa al amanecer es desolador, pero regresar a las diez de la mañana es casi dramático. Ya se ha pasado la hora del regreso, ya el día lleva un buen rato en marcha y el ritmo en el que suceden las cosas empieza a ser natural, desprendido de las primeras urgencias y del tono blanquecino, fantasmal, del alba. La contaminación ya ha impregnado la ciudad, el humo de las calefacciones se eleva hacia el cielo en columnas oscuras, detenidas sobre los tejados, todo se sabe ya, la temperatura que alcanzará el termómetro al mediodía, la lentitud del tráfico en las calles principales, el número de viandantes que ocuparán las calles para llevar a cabo sus recados, sus compras, sus citas. Todo es sabido o previsible, menos yo, este hombre que regresa a casa a destiempo, y este desajuste me duele a mí más que a nadie, aunque tengo la impresión de que es palpable para todos, para el taxista que me ha traído hasta la puerta de mi casa, para el portero, que me saluda con cierta despreocupación, con disimulo –quizás he salido antes, cuando él aún no estaba en la portería y ahora vuelvo a casa en busca de algo– , para el vecino que sube conmigo en el ascensor. Puede que todos disimulen –porque de otro modo mi retraso no se soportaría–, pero todos lo saben. Y yo soy el que peor disimula, porque soy consciente de las huellas del cansancio en mi cara, de todas las arrugas de mi traje y mi camisa, de esa ausencia de lustre y de olor a colonia que me deja expuesto, desprotegido, porque el lustre de la ropa y el olor a colonia se desvanecieron hace horas. En cambio, las señales del cansancio están presentes y son palpables, viven de acuerdo con mi tiempo, marcan el tiempo que he vivido yo. De manera que subimos unidos, las señales delatoras y yo, proclamando a gritos y a solas, frente al espejo, mi culpabilidad.

Ya estaba en el rellano de mi piso –el rellano del piso de Amalia surgió de repente en mi cabeza como una idea incómoda, uno de esos objetos punzantes que se me acumulaban en el pecho– y saqué las llaves del bolsillo, pero, al introducir la llave en la cerradura, no pudo girar, como si algo la estuviera bloqueando, de manera que al fin no tuve más remedio que llamar al timbre.

Mientras esperaba, con la puerta cerrada de mi propio piso delante de mí, una frontera que yo no podía derribar, esa exclusión me pareció un preludio de todos los castigos que me esperaban, y me habría gustado poder retroceder, conseguir, como fuera, la forma de entrar en mi propio piso por mis propios medios, con mis propias herramientas.

Pero la puerta se abrió y apareció Eduardo, mi amigo Eduardo, mi socio, allí, al otro lado de la puerta, en mi casa. Quise preguntarle qué demonios hacía allí, pero él se me adelantó.

–Pasa –dijo–. Claudia está en la sala. Me llamó hace un rato para preguntarme si sabía algo de ti.

Avancé por el pasillo, seguido de Eduardo, y vi enseguida a Claudia. Estaba sentada en un extremo del sofá, vestida y arreglada como para salir a la calle.

–Lo siento –creo que dije, que musité.

–Yo ya me voy –dijo entonces Eduardo, y se acercó a Claudia para darle un beso y luego, al pasar junto a mí, me apretó suavemente el brazo.

Susurró algo, quizás «hasta luego», y sentí el impulso de acompañarle hasta la puerta, pero Claudia me miraba, me inmovilizaba; un solo paso mío hacia la puerta hubiera podido significar una deserción. Me senté frente a ella, y me parece que estuvimos mucho rato callados, hasta que ella se levantó.

–No lo vuelvas a hacer –dijo, en algún momento–.

Si quieres irte de casa, márchate, pero no vuelvas a hacerme esto.

–¿Es una amenaza? –pregunté.

–Es un hecho –dijo–. Hay una cosa que sé, que se me ha hecho absolutamente clara esta noche: no merece la pena seguir así. Y si piensas que vas a volver a hacerlo, si piensas que vas a poder llegar a estas horas sin avisar, si eso está en tus planes, no tienes más que decirlo.

–Así de fácil –repliqué–. ¿Crees que se trata de promesas?

–Nada de promesas –dijo–, se trata de juramentos. Precisamente porque no es fácil.

Y supongo que hubo más frases solemnes y airadas y al fin la oí salir de casa, sin despedirse. Me acerqué a la cocina, de donde provenían ruidos de cacerolas y sartenes, y saludé en un murmullo a Jacinta, la asistenta. Se volvió hacia mí y me ofreció café. Su gesto me pareció el colmo de la hospitalidad.

–Le llevaré la bandeja a su cuarto, si es que se va acostar –dijo, planificando mi vida por mí.

Le di las gracias, y de algún modo creo que los dos entendimos que eran unas gracias que no se referían sólo a ese desayuno ofrecido ahora, tan avanzada la mañana, sino al tono en el que había sido ofrecido. Jacinta, que sin duda había sido testigo, al punto de la mañana, de la irritación y del susto de Claudia, había querido transmitirme, de forma discretísima, su apoyo, su absolución, aunque no me sirviera, porque ella no era ni mucho menos la señora de la casa, pero, por alguna razón, en aquella batalla se había puesto de mi parte, quizá sólo por una cuestión de simpatía personal, quizá pensara que los hombres tienen derecho a faltar una noche de su casa alguna vez y que eso se debía perdonar.

Permanecí mucho rato bajo el agua de la ducha, sin evitar pensar entonces en Marta, recordando el remotísimo momento en que ella había aparecido en la cocina de Amalia con el pelo mojado echado hacia atrás. La noche entera parecía ya muy lejana, pero, bajo el agua de la ducha, traté de volver a ella. Hemos estado muy cerca, me dije, no sé si han sido tres o cuatro horas, no miré el reloj, me prohibí a mí mismo mirar el reloj, pero ha sido algo que hemos vivido a la vez, ahora los dos tendremos este recuerdo, que ya no se refiere a los problemas de sus hijos, mis amigos, ya no se circunscribe al ámbito de su piso, el pasillo por donde, en el pasado, me había cruzado con ella, ni al portal que compartíamos, ni a las calles del barrio. Ahora tenemos nuestra propia historia, a aquellos recuerdos hay que añadirles otros y, quién sabe, luego puede haber más, ¿es que las cosas van a terminar así?

Sobre mi mesilla descansaba la bandeja del desayuno. No faltaba nada. Zumo de naranja, café y tostadas. Y Jacinta, además, consciente de mi afición, un tanto imperiosa, a leer el periódico a la hora del desayuno e imaginando que esa mañana no habría tenido tiempo de hacerlo a mi gusto, lo había dejado, doblado cuidadosamente, para que no se deslizara al suelo, bajo la bandeja. La puerta estaba cerrada, transmitiendo la idea de que ya no se me iba a molestar. Yo estaba en mi casa, efectivamente.

Y leí el periódico y desayuné y luego me cubrí con la sábana y cerré los ojos. Creía que no me iba a dormir, pero al cabo de un rato me desperté con los sucesos de la noche, desordenados, en la cabeza, porque en el sueño se habían reproducido y aumentado; sobre todo, el rato de la cena, todo ese desfile de platos y de botellas de vino descorchadas que, entre los gritos de aquel hombre tan extrovertido y obsequioso, José Luis, habían ido depositándose sobre nuestra mesa. Y a esta escena, vivida, fueron a añadirse en el sueño otras escenas no vividas, pero sugeridas por las palabras de Amalia sobre la excepcionalidad de su noche de amor, palabras que sin duda se me habían quedado clavadas muy adentro. En estas escenas el personaje masculino cambiaba de rostro y unas veces era aquel José Luis y otras yo, y también la mujer tenía una identidad confusa, aunque nunca fue la señora Berg con total claridad, al menos no la señora Berg de esa noche, la del traje oscuro de color indeterminado, sino una mujer bastante más joven, incluso más joven que la de mis primeros recuerdos. Yo estaba en el sueño enamorado de esa joven, aunque a veces ella se alejaba, colgada del brazo de otro hombre, quizá José Luis, a veces, incluso, sostenida entre los brazos de él, girando entre sus brazos como giran algunas atracciones de las ferias.

Traté de incorporarme y vi que mi cabeza era presa de un terrible dolor. De todos modos, cogí el teléfono y marqué el número del estudio, porque me urgía hablar con Eduardo.

–Me llamó a las ocho –dijo, refiriéndose a Claudia–. Estaba muy nerviosa, desde luego, y me pareció que lo mejor era ir a calmarla, eso nos daba un plazo, mientras me esperaba a mí por lo menos no te esperaba a ti. La verdad es que creía que iba a encontrármela peor de como me la encontré. Estaba vestida y arreglada, había hecho café y me pidió que llamara a los hospitales, no sabía si recurrir a la policía. Llamé a los hospitales y decidimos esperar un rato antes de llamar a la policía. Pero estaba bastante tranquila, no hizo ningún comentario. La verdad es que Claudia es muy fuerte, es impresionante, una mujer muy especial.

Muy especial, murmuré, colgando el teléfono. No me había insultado delante de extraños, ni siquiera delante de Eduardo, que no era un extraño, pero, después, a solas conmigo, me había amenazado, me había lanzado una especie de ultimátum. ¿Era yo un ser incorregible que regresaba a casa a las diez de la mañana cada dos por tres? Cada cual reacciona como puede, me dije, unos acaloradamente y otros con frases secas, y si el peligro de los primeros es la violencia, porque el calor puede desbordarse e impulsar por su cuenta los movimientos del cuerpo, los segundos, los de las frases contenidas y tajantes, perfectamente calculadas, casi me dan más miedo, porque su capacidad de control revela un impresionante espíritu de mando, de dominio, y la sensación que te producen es que podrían aniquilarte con un solo gesto, sin violencia alguna.

Eduardo era el mejor amigo que tenía yo y ni siquiera a él le podía confesar el miedo que a veces me producía Claudia. Me parecía que Eduardo sentía hacia ella una especie de devoción, y yo la había interpretado siempre, quizá con excesiva presunción por mi parte, como una extensión de la amistad que nos unía. Sin Eduardo a mi lado, es muy posible, es casi seguro, que yo no hubiera encontrado fuerzas para terminar la carrera, en la que me había atascado al final, pero él me empujó silenciosamente, quedaba conmigo para estudiar y para ir al examen, me proporcionaba los apuntes, dejaba caer las frases más adecuadas para convencerme. Nunca hablábamos con total seriedad, nunca tuvimos, que yo recuerde, una de esas conversaciones profundas, a corazón abierto, sobre la ambición, las metas, las limitaciones y todos esos asuntos que nos torturan y nos definen. Gracias a Eduardo, desde luego, yo había terminado la carrera, y también la idea de montar el estudio había sido suya, incluso él había aportado al principio el dinero necesario –él o su padre–, y toda la responsabilidad de los primeros movimientos, los más costosos y necesarios, había recaído sobre él.

Ahora Eduardo era mucho más que un simple amigo, el fiel entre los fieles; era mi socio, teníamos una empresa en común que marchaba bastante bien, trabajábamos codo con codo, nos veíamos todos los días y nuestras vidas estaban muy apoyadas la una en la otra. Pero, con respecto a Claudia, Eduardo siempre se había mantenido a una respetuosa distancia. Era cosa mía y no se quería entrometer.

Claudia apareció en la segunda etapa de la carrera, cuando mi ánimo empezó a flaquear, cuando la fe que sustentaba Eduardo era para mí algo casi incomprensible. Claudia estudiaba en otra facultad –Filosofía y Letras– y yo me pasaba muchas horas en aquel bar. Desde el mismo momento en que Claudia se sentó a mi lado, todos a nuestro alrededor empezaron a alentarnos y a protegernos, y muchas veces he pensado que fue esa leve pero clarísima presión exterior lo que hizo que Claudia y yo acabáramos casándonos. Apenas nos dio tiempo a escogernos por nuestra cuenta, sino que fuimos escogidos y emparejados de manera fulminante, como si a nuestro alrededor imperara la idea, el decreto, de que estábamos predestinados el uno al otro. Todo se decidió con rapidez, sin sombra de duda, con exaltación. Yo sabía siempre dónde estaba Claudia y ella aparecía a recogerme en los momentos y lugares precisos, sin necesidad de que hubiéramos quedado previamente citados, guiada por la mano de nuestros amigos. Nuestro idilio fue el idilio de todos.

Y sin duda fue entonces, por aquella época inicial del idilio con Claudia y de mi creciente apatía hacia mis propias metas e inclinaciones –una época, también, de asambleas y manifestaciones estudiantiles, que absorbían muchas de mis energías, y que condenaban el egoísmo y las ensoñaciones particulares, cada vez, en mi caso, más vagas e inseguras, minadas por inquietudes profundas, por terrores y desesperaciones que yo trataba de ahuyentar precisamente con la ayuda de los otros, del amor de Claudia y de los proyectos comunes–, cuando me separé de la sombra de la señora Berg, me separé de su fascinación. Me olvidé de ella.

La señora Berg no se había evaporado y, sin duda alguna, seguía allí, muy cerca de mí, seguía saliendo a la calle a hacer sus recados tan bien vestida y perfumada como siempre y en el barrio se la seguía admirando e imitando. Mi hermana Teresa la seguía imitando, mi madre ya no la criticaba; la había dejado de criticar después del famoso y lejano encuentro en la perfumería, cuando mi madre se había traído a casa, gracias a las palabras de recomendación, casi de exigencia, de la señora Berg, el pequeño lote de muestras de cremas y perfumes. Sí, seguía existiendo la señora Berg, pero yo ya no me la encontraba, no me cruzaba con ella por la calle, no pisábamos a la vez el suelo de mármol, de piedra que imitaba el mármol, del portal.

Tampoco a mis amigos, los cuatro Berg, los veía por entonces. Pedro Berg estudiaba Ciencias Físicas y era, al parecer, un alumno muy aplicado, de esos que no dudan a la hora de escoger entre estudiar o ir a una manifestación. Iba a lo suyo, curiosamente, Pedro Berg. Y si lo digo con cierto matiz de sorpresa es porque, de hecho, me asombró. No había sido un colegial aplicado ni un chico de orden. Todo lo contrario, Pedro Berg estudiaba con desgana y, además de ser un fumador precoz y clandestino, me había iniciado en los recorridos alcóholicos callejeros, si no en el alcohol mismo, porque había sido un bebedor contumaz y muy resistente, y en cuanto ponía el pie en la calle, tomaba la dirección de un bar. Pero es cierto, me dije después, que él nunca se involucraba demasiado en nada y que, probablemente, se dedicó a estudiar y a ser un alumno aplicado por no dejarse llevar por lo que entonces era la máxima de los inteligentes, los clarividentes: el compromiso político. Pedro Berg era distante y no admitía que esa lucha que nos había tocado en suerte fuera la suya, la que le incumbía de verdad. Era una especie de rebelde al revés, y quizá por eso habíamos sido amigos. Yo intuía, en cierto modo admiraba, esa última resistencia suya a no dejarse llevar por la corriente que nos arrastraba, y a él le divertía mi constante necesidad de criticar y oponerme a las convenciones. En mis recientes encuentros con Pedro Berg aún nos hablábamos con simpatía, pero con bastante desinterés. Sabíamos dónde estábamos cada uno, lo aceptábamos, en nombre de nuestra vieja amistad, pero compartíamos muy pocas cosas y nos separábamos enseguida, ni siquiera decíamos que podíamos vernos un día, que podíamos volver a hacer el viejo recorrido por los bares del barrio. Una sola vez tomamos juntos unas cervezas, porque nos encontramos en la misma puerta de un bar, y mientras consumíamos una cerveza tras otra –Pedro seguía siendo un excelente bebedor–, dejó caer que había sido en el fondo una suerte que los míos, mis amigos de la Escuela, los revolucionarios más extremistas, no hubiesen llegado al poder. Una suerte para él, que nunca había compartido una sola idea con ellos, pero también una suerte para mí, dijo, e insistió:

–Sí, sobre todo ha sido una suerte para ti. Quizás habrías acabado encerrado en una clínica para enfermos mentales –se rió.

Pero ninguno de los dos teníamos nostalgia de ese pasado que, en cambio, ahora resucita y me produce un vago dolor. Estábamos entregados al presente y lo defendíamos de las miradas extrañas, incluso de las miradas levemente extrañas, como eran las nuestras, la mía para Pedro Berg, la de Pedro Berg para mí.

En esa franja del pasado, la señora Berg desapareció, eso es ahora lo más llamativo de todo. Me bastaba Claudia, y mi propia inquietud, casi zozobra, me bastaba el bullicio en el que me metí, las consignas políticas y todos esos mensajes tan amplios sobre radicales cambios sociales y nuevas categorías. Eduardo permanecía a mi lado. Se esforzaba por que yo no pereciera en el barullo, que no me llevara el torbellino. Y, gracias a él, salimos a flote los dos.

Claudia conocía el papel que Eduardo jugaba en mi vida. Puede que yo lo dijera alguna vez, que lo declarara sin más, sin profundizar nunca ni perderme en explicaciones, pero creo que, sobre todo, Claudia lo comprendió enseguida porque era más que evidente, y era siempre muy atenta con él, seguramente le agradecía el apoyo que me daba, que además era una forma indirecta de apoyarla a ella, le agradecía su constancia, su fidelidad, y se esforzaba por ser amable y hasta afectuosa con él. El afecto era lo más difícil, desde luego, porque era fácil querer a Eduardo, pero no era tan fácil querer a Beatriz, la mujer de Eduardo.

Beatriz nos cogió a todos por sorpresa. Era una chica de baja estatura, muy menuda, de piel muy blanca y ojos azules. Hubiera podido ser guapa, pero no lo era, quizá porque hablaba sin parar, mezclándolo todo, las cosas importantes y las más insignificantes, todo valía lo mismo, todo era triturado y presentado en el mismo tono. Beatriz y Eduardo se conocían desde niños, aunque Eduardo nunca había hablado de ella, ni a mí ni a nadie, por lo que pude deducir. Nos la presentó y al cabo de un par de meses nos dijo que se habían casado, que no había querido avisar a nadie porque las ceremonias le horrorizaban.

Yo iba muy pocas veces a casa de Eduardo, y, cuando iba, siempre me asombraba el orden que imperaba en ella. Todo era perfecto en esa casa, todo relucía. Había un par de detalles de Eduardo, pero predominaba, sin discusión alguna, la mano de Beatriz. No era la casa de un arquitecto, sino la de una mujer de gusto convencional. Beatriz, por su parte, tampoco se esforzó por caer bien a nadie. Tenía tantas cosas en la cabeza que no se interesó por nosotros. Parecía mantenerse conscientemente aparte, recelosa, como si nuestros criterios y opiniones la pudieran contaminar. En las ocasiones casi inevitables en las que coincidíamos con ella, tampoco se mostraba verdaderamente esquiva. Estaba ahí, entre nosotros, y participaba en la conversación y hablaba ella misma en cuanto podía, a la menor oportunidad. Lo cierto es que sabía muchas cosas de orden práctico y algunas veces decía Eduardo: Esto hay que preguntárselo a Beatriz. Era como una agenda, un listín telefónico, una cantidad enorme de información bien ordenada y clasificada.

Los hijos de Beatriz y Eduardo llevaron desde muy pequeños una vida muy organizada. Luego fueron a un colegio estupendo, daban clases de esto y de lo otro, aprovechaban los veranos para estudiar idiomas y, en general, siguieron las pautas de un modelo que a todos los demás nos parecía imposible.

Al principio pensé que Beatriz sentía hacia mí cierta desconfianza, como si desaprobara el papel decisivo que mi amistad tenía en la vida de su marido –y en la de ella misma–, pero más tarde la sorprendí algunas veces mirándome con verdadera complacencia, con el mismo destello de incondicionalidad que nunca había dejado de brillar en los ojos de Eduardo, y tuve que concluir, quizá algo extrañado, que yo no tenía en ella a un enemigo y que probablemente no me vendría nunca de ese lado ninguna declaración de hostilidad.

Naturalmente, Beatriz no se hizo amiga de Claudia, que la consideraba insoportable y que muchas veces la ponía irónicamente de modelo de todo lo que no había que hacer, de cómo no se tenía que ser. En realidad, Claudia pensaba que Beatriz era sencillamente estúpida, aunque había tenido la asombrosa e inmensa suerte de encontrar en Eduardo a un hombre moldeable. Así, tenía la familia con la que había soñado, y la casa perfecta y todos los planes perfectos y se mantenía en su sitio, pero a nuestro alcance, por si necesitábamos sus valiosos consejos. Eduardo, en opinión de Claudia, era el clásico hombre atrapado, un hombre para quien los asuntos de la familia y del hogar no son esenciales y, si hay que tenerlos, resulta más cómodo que sea la otra persona quien los saque adelante. Y ciertamente Eduardo parecía resignado, hasta razonablemente contento, con aquella parte de su vida en la que él apenas decidía nada. En lo demás, en lo que se refería a las actividades del estudio, e incluso a nuestra amistad, nada había cambiado. Allí seguía, atento a mis vaivenes, vigilante conmigo, mirándome siempre desde atrás, empujándome.

Y eso Claudia lo sabía, conocía mi deuda con Eduardo. Al llamarle aquella mañana, al recurrir a él, no había hecho sino expresar una verdad plenamente asumida, la confianza que los dos teníamos en Eduardo. Yo no me había sentido molesto por habérmelo encontrado en casa, aunque el hecho de no haber podido abrir la puerta con mi llave aún me fastidiaba, pero seguramente ese detalle no había sido intencionado.

Entretanto, y comprendiendo que, a pesar del cansancio, no iba a poder dormir, porque los pensamientos giraban sin parar en mi cabeza, no como los objetos punzantes de la noche, sino como fardos enormes y pesadísimos dejados en el pasillo que comunica todas las habitaciones de una casa y que obstruyen toda posibilidad de tránsito, me levanté y me vestí, dispuesto a hacer frente a las dificultades del día.

Y es curioso, porque creo que fue entonces, mientras tomaba la determinación de levantarme y mientras me vestía, cuando volvió a mí la imagen de la señora Berg, en quien había pensado bajo el agua de la ducha pero en quien no había vuelto a pensar, y ya no me abandonó. Marta se convirtió entonces para mí en una especie de asidero, un refugio, dadas las hostilidades que se habían declarado a mi alrededor. Yo las había desatado, eso lo admitía, pero no podía seguir allí, al pie del cañón, o luchando o doblegándome. En cambio, la noche pasada fuera de casa, el motivo de aquel ambiente opresor, estaba llena de misterios.

Habíamos hablado mucho Marta Berg y yo, y nuestra conversación había sido muy extraña, como correspondía a la situación, a la sala en penumbra, abarrotada de muebles y objetos, del diminuto piso de Amalia, a la labor de vigilancia o compañía que ejercía Marta con su amiga Amalia, a nuestro encuentro, al cabo de los años. La señora Berg, Marta, se me había revelado aquella noche como una persona muy reflexiva y dada a las teorías, alguien que ha pensado mucho en la soledad, que la ha sentido de forma dramática alguna vez y otras de forma estoica y serena, alguien que no ha llegado a una conclusión sobre la vida y que aún observa. Pero también había cansancio y decepción en sus palabras, había una zona desgastada, abatida, que amenazaba con extenderse y apoderarse de todo. Marta Berg no quería medir aquella zona, no quería darle mucha importancia, como si tuviera miedo de quedarse cautiva en ella si la miraba demasiado. Por fortuna, tenía recursos. Yo no tenía más que recordar el sonido de su risa durante la cena, y lo mucho que, como todos, comió y bebió. Y esa imagen casi final, en la cocina de Amalia, cuando apareció, recién salida de la ducha, con el pelo mojado y peinado hacia atrás, un pelo oscuro ahora a causa del agua que lo impregnaba. Nos miró, sonriente, como si contemplara un espectáculo de felicidad, pero la felicidad estaba en ella, en su cara sin maquillar, en el ligero jersey oscuro que se le pegaba al cuerpo, porque, después de la ducha, no se había puesto la chaqueta del traje levemente más oscuro que aquel jersey que ahora quedaba al descubierto, la chaqueta que no se había quitado en toda la noche; la felicidad estaba en las manos que se extendían en el aire en gestos superfluos e inconexos para acompañar esas pocas palabras que nos dirigía.

–Es tarde –dijo–, me tomaré un café, sólo me acompañas a coger un taxi, nada más.

Se me había escapado, una vez más. Me había hablado de cansancio, de dolor y de soledad, pero se me había escapado, porque su mano no había llegado a acariciar mi nuca, y creo que durante aquel largo día y los días también largos que le siguieron me llevé algunas veces la mano hacia aquella zona de mi cabeza que se había apoyado en el sofá de terciopelo rojo de la sala de Amalia, esa zona que había sentido tan cerca el calor que desprendía el cuerpo de Marta, tendido en el sofá, a mis espaldas, un cuerpo que yo no podía ver, pero cuyos latidos llegaban hasta mí, como ondas, junto con aquel olor a nardos de su perfume que nunca llegó a desaparecer, ni siquiera después de la ducha, como si, cuando se lo hubiera dado, no se hubiese limitado a rociarse con unas solas gotas, sino que se hubiera bañado un buen rato en él y hubiera impregnado su piel para siempre. Los perfumes de la señora Berg, sus elevadas cuentas en la perfumería.

Pero no eran los viejos reproches de mi madre hacia la señora Berg lo que yo ahora evocaba, ni aquel pasado al que los reproches habían pertenecido. Todo eso, indescriptiblemente lejano, sólo era el telón de fondo de la extraña noche pasada con Marta, una noche que no era como para enorgullecer a un varón que se preciara de sus cualidades más elementales o que necesitara alardear de ellas, sino que se distinguía y singularizaba por la sensación de tiempo detenido que habíamos palpado los dos y por todas esas palabras medio filosóficas que a lo mejor no eran sino un conjunto de verdades sencillas que, mientras se iba deteniendo el tiempo, manteniendo a raya al amanecer, habíamos ido pronunciando sin ningún pudor, protegidos por la penumbra y por ese absurdo escenario ajeno –el escenario de una vida ajena– en el que casualmente nos encontrábamos. Todo eso, lo avanzado de la hora y el extraño escenario, nos había permitido hablar con inocencia, o ser inocentes y despreocupados con las palabras. Ayudados, desde luego, por el abundante y estupendo vino ingerido durante la cena y yo, además, por el vaso escandalosamente grande de bourbon que José Luis –quizá el protagonista de la noche, la figura estelar–, antes de encaramarse al sofá para fundirse con Amalia, había puesto en mis manos.

Eso era lo que contaba ahora, esa filosófica –medio desencantada y aún con una risa muy virginal– señora Berg, un poco triste y cansada –y por eso se había echado en el sofá de terciopelo rojo, nada más desaparecer el amasijo corporal que formaban Amalia y José Luis, nuestro *showman*–, pero dispuesta a hablar con los ojos cerrados de las trampas de la vida, de las trampas del tiempo. Una señora Berg que ahora al fin tenía un nombre, Marta, y que era una mujer más madura que cuando había protagonizado mis fantasías nocturnas –y entonces ya me parecía madura, puesto que era la madre de mis amigos–, asombrosamente guapa todavía. Todavía perturbadora. ¿Qué me había conmovido más, su belleza, su soledad, su capacidad de entrega inconsciente a la vida que yo había vislumbrado en su desenfado durante la cena, en su forma de reír? O quizá, por encima de todo, me había impresionado mi elección, la certidumbre de que aquélla era una mujer que se había merecido la atención obsesiva y obligatoriamente distante que yo le había dedicado durante varios años. Sí, ahora era yo quien se merecía todas las felicitaciones. Era yo, en suma, quien se merecía mucho más de lo que tenía. Y así, provisto de estas armas, regresaba al ambiente hostil que me rodeaba y me enfrentaba a la callada indignación de Claudia.

De esa forma se sucedieron los días. Claudia silenciosa, mirándome de lejos pero sin perder detalle de mis gestos, como quien está a la espera de una declaración fundamental –mi juramento de no volver a regresar a casa con tanto retraso–, las niñas, desconcertadas, huyendo de nosotros, sin saber de qué lado debían ponerse, Jacinta, aprovechando las ausencias y pequeños despistes de Claudia para hacerme llegar todo su apoyo, basado en no se sabía qué, quizá en deleznables principios sobre la indiscutible autoridad masculina, pero a lo mejor no, a lo mejor era una elección libre, enteramente suya. Y yo, sobre quien todas las miradas confluían, ausente, entregado a las evocaciones de la noche pasada fuera de casa, refugiado a la sombra de la madura y bella señora Berg, la misteriosa Marta, preguntándome si podría llamarla, si debía llamarla y tratar de ir más lejos, quién sabe adónde, pero no dejar las cosas así, sólo con ese intercambio de palabras trascendentes y ese silencio compartido después. O renunciar, decirme que a veces hay que renunciar y dejar que la vida, si quiere, nos ofrezca nuevos escenarios y nuevos encuentros, a las horas que elija.

Y, como muchas veces me ha sucedido, las dos cosas me gustaban, las dos opciones. Me gustaba la idea de llamar por teléfono a Marta Berg y decirle que, después de aquella noche, quería, casi necesitaba, verla, porque me gustaba imaginar el leve temblor de su voz y de su pulso al otro lado del hilo telefónico, y luego vendría la cita, en la que mi imaginación se recreaba. Todo eso podía suceder, debía suceder. A la vez, renunciar tenía su grandeza. Dejar las cosas de lado, que vuelvan por su cuenta si algo las empuja, pero no hacer nada, seguir andando sin variar el trazo ni el camino. El destino, siempre tiene algo de heroico el destino.

El tiempo se había estancado ahora, pero no se trataba de una detención mágica sino casi de una regresión. Yo no decía nada, era una especie de resistente ante un implacable, pero mudo –por fortuna, mudo– acosador. Y Marta Berg no estaba tan lejos, seguía siendo vecina de mis padres. Allí estaba su piso, dos por debajo del de ellos, cuando los íbamos a visitar. Curiosamente, como si tuviera un sexto sentido, Claudia, durante aquella temporada, me acompañaba siempre a casa de mis padres, no alegaba, como otras veces había hecho, ninguna excusa. No quería perderse nada de mí, su labor de espionaje no se permitía el descanso.

Pero al fin llegó el día en que falló. Mi madre me había llamado al estudio y se había quejado, porque ni ella ni mi padre se encontraban bien, estaban llenos de achaques, y hacía tiempo que no los íbamos a ver. Además, a veces se enzarzaban en batallas irresolubles, vanos intentos de ajustes de cuentas mal llevadas, cuentas que ya no podían casar, que ya era inútil tratar de esclarecer. Me pareció percibir que mi madre lloraba y le prometí que iría a verla esa misma tarde al salir del estudio, y dejé el recado en casa, sin dar lugar a que Claudia se ofreciera a acompañarme.

En aquel momento no pensé en Marta, pero es cierto que sí pensé en ella en cuanto me vi en el portal de la casa de mis padres y me pregunté si Markus

Berg estaría, como tantas otras veces, de viaje y, por tanto, Marta se encontraría sola. Y también porque el verano acababa de iniciarse y el calor había caído sobre el asfalto, y la señora Berg de siempre, cuando todavía no era Marta, pertenecía más al verano –a esos inicios del verano– que al invierno, a los largos días de los exámenes y las ventanas abiertas, los trajes ligeros y las vagas promesas. Precisamente, la discusión de mis padres, según me había relatado mi madre con cierta imprecisión –derivada de la edad, pero también y sobre todo de su carácter–, había tenido su origen en los planes del verano, si bien luego, como de costumbre, todo se había ido enmarañando y al cabo de un rato ya se habían olvidado los dos de cuál era el asunto que se debatía, aunque se mantenían cada uno en su posición, inflexibles, defendiendo su sitio frente al otro.

Las vacaciones –es decir, un traslado, un cambio de ambiente– siempre habían sido problemáticas para mis padres, y finalmente habían sido suprimidas. De repente, de acuerdo los dos en este punto, habían dejado de esforzarse en hacer planes. Mi hermana Teresa, con una eficacia y sentido práctico que yo no podía por menos que admirar y agradecer, les había organizado la vida que a ellos cada vez les interesaba menos. Teresa siempre estaba en tratos con asistentas y ella misma fijaba los sueldos, los horarios y las obligaciones de la asistenta a la que finalmente contrataba, y sólo acudía a mí, muy de vez en cuando, para pedirme algo de dinero, que yo me apresuraba a darle enseguida, lleno de culpa por no estar, al menos, al tanto de las necesidades económicas de mis padres.

Teresa no se había casado, pero vivía sola, razonablemente cerca de la casa de mis padres. La verdad es que Teresa era bastante reservada, casi misteriosa, con su vida. Había muchos amigos y amigas a su alrededor y yo a veces tenía la impresión de que su casa era una especie de centro de acogida. Por alguna razón, sus amistades hablaban muy bajo, como en susurros, cuando me contestaban al teléfono, y no solían darme muchas indicaciones de dónde podía yo encontrar a Teresa, si es que no estaba en casa, o de cuándo iba a regresar. Teresa se había comprado aquel piso con su sueldo de directora de una importante empresa consultora, con sus ahorros, en suma, lo cual indicaba ya lo previsora y organizada que era. Siempre había sido así, siempre se había distinguido por su celo y constancia a la hora de estudiar y trabajar y dondequiera que estuviera se granjeaba enseguida fama de persona muy seria. Conmigo lo era, doy fe de ello. Me miraba desde muy lejos, como quien quiere dejar muy patente la distancia de una relación. No hacía bromas ni chistes sobre la situación familiar ni sobre cualquier otra cosa que pudiéramos tener en común. Ese lado cómico que siempre tienen las cosas, aun las más dramáticas e irresolubles, parecía estar fuera de su campo de visión o ella lo evitaba conscientemente en presencia mía.

Siempre he tenido la impresión de que la verdadera Teresa era la que quedaba fuera de nuestro alcance, pero ni ella me invitó nunca a traspasar el umbral de ese mundo suyo que jamás mezclaba con el nuestro ni yo se lo pedí, porque las voces susurrantes que alguna vez me habían hablado a través del hilo telefónico no me sugerían personas atractivas, ni siquiera personas del todo normales. Yo no pensaba demasiado en el mundo de Teresa, lo mantenía apartado del mío, donde ella quería que estuviera, pero, si alguna vez se me escapaba hacia él un pequeño pensamiento, lo hacía regresar de inmediato, como quien huye de una zona vagamente desagradable.

Ni siquiera conocía su piso. Se lo había comprado cuando ya mis padres habían emprendido un proceso de desinterés mutuo, cuando mi padre se encerró en un mutismo del que muy raras veces salía; nunca conmigo, alguna vez, apoyado en Teresa, con quien le gustaba hablar de dinero, de operaciones financieras, como si fuera un gran entendido. Sin duda se sentía avalado por la experiencia adquirida en el departamento de contabilidad del ministerio en el que había trabajado los años anteriores a su jubilación, mientras mi madre se dedicaba a tricotar jerséis para mis hijas e incluso a hacerles ella misma algún vestido. Se habían ido distanciando poco a poco, quizá sin darse demasiada cuenta, pero era fácil percibir en el aire que los envolvía una corriente de mutuo rencor. A veces, discutían. El rencor, casi siempre contenido, estallaba. Fue desde entonces Teresa la encargada de organizar las fiestas familiares que seguían celebrándose en casa de mis padres. Las fiestas dependían totalmente de Teresa y, de no haber sido así, no se hubiesen podido celebrar, porque mi madre se desentendía por completo. Luego, al vernos a todos reunidos, sonreía y parecía contenta, pero eso no le bastaba para que, pasados unos meses o casi un año, tuviera ánimos suficientes para encargarse ella misma de organizar la cena o la comida que nos debía reunir.

Sin embargo, mi madre sí nos visitaba por su cuenta de vez en cuando. Cogía el autobús para venir a ver a las niñas, si es que una de ellas estaba enferma. Y nos pedía que las lleváramos a su casa siempre que tuviéramos necesidad de ir solos, Claudia y yo, a alguna parte. Muchas veces, incluso, las niñas se quedaron a dormir en el cuarto que había pertenecido a Teresa y en el que ahora se había instalado una cama supletoria. Mi madre, ya viniera ella a casa o fueran las niñas a la suya, siempre les daba regalos, cosas pequeñas compradas en los tenderetes callejeros, que mis hijas recibían con entusiasmo. Entonces yo pensaba, cuando veía a mi madre inclinada sobre mis hijas, sacando de su bolso unos sobres que guardaban sorpresas o paquetes mal envueltos que ellas se apresuraban a deshacer para lanzarse hacia el objeto que encerraban –un collar, una pulsera, un billetero, un *pin*–, como si fuese la más valiosa de las joyas, que yo no tenía esos recuerdos, como si madre no me hubiese hecho jamás ningún regalo, por pequeño que fuese, como pequeños y baratos eran los objetos comprados en los tenderetes callejeros a los que mi madre era tan aficionada. Eso sí lo recordaba. La veía, más joven, deteniéndose en los puestos y en los quioscos, abriendo el monedero, comprando quién sabe qué.

Pero, con la excepción de la ilusión que ponía en mis hijas, estaba claro que mi madre se iba desinteresando del mundo que la rodeaba. La organización de ese mundo cercano recayó sobre Teresa, y mi hermana lo recogió de forma natural, sin emitir protesta alguna, como si hubiera estado preparándose durante años para esa eventualidad.

Teresa organizaba la vida de mis padres, les resolvía todos los asuntos y, a la vez, lo hacía con enorme despego, como si fuese una tarea que no tuviera más remedio que cumplir. No hablaba de sí misma, no contaba cosas de su vida ni nadie le preguntaba nada. Quizá alguna vez, estando yo ausente, mi madre le había hecho alguna pregunta relativa a su vida sentimental, no lo sé, pero si fue así, estoy seguro de que la respuesta de mi hermana fue tajante y el asunto se zanjó. Los sentimientos no parecían circular alrededor de Teresa en sus visitas a la casa de mis padres. Eran visitas dictadas por el deber. Desde los tiempos en que Teresa jugaba con la caja china de nuestras tías de Novelda, y se quedaba sentada en la alfombra durante horas, disputando silenciosamente conmigo, imponiendo las normas del juego, después de la abundante merienda, desde aquellas horas que, aunque rivalizando, compartíamos juntos mientras el interior de la caja se iba desplegando sobre la alfombra y cogíamos con enorme cuidado las fichas de nácar para examinarlas de cerca, con un poco de temor al tener en las manos unas piezas tan delicadas, y pasábamos los dedos, como acariciándolas, por encima de los bajorrelieves, todos diferentes, de las fichas, y las clasificábamos y las contábamos, formando distintos montones, desde esas remotas escenas, todos los pasos que había ido dando Teresa habían supuesto una lenta separación de todos nosotros. Sólo había mantenido cierto vínculo con mi padre, y a veces se enfrascaban los dos en esos asuntos de contabilidad o de inversiones financieras que al parecer les interesaban. Se separó de nosotros sin separarse formalmente, manteniendo su vida fuera de nuestro alcance, sobre todo, del de mi madre, aunque también del mío. Por mi padre no había que preocuparse, él se iba quedando más y más aislado y jamás hacía a nadie una pregunta de tipo personal, hablaba del tiempo, de geografía, de viejos asuntos históricos, de política y, sobre todo, de economía, de dinero. Teresa se separó de nosotros y permaneció a nuestro lado, porque su profunda seriedad, la responsabilidad con respecto a mis padres, no le habían permitido irse del todo, como quizá hubiera deseado. No se había ido, ni mucho menos; estaba allí para lo que importaba, para lo esencial y lo grave, la vida de mis padres.

Curiosamente, a Claudia el comportamiento de Teresa le parecía natural. Al menos, no sorprendente.

–Son cosas del carácter –decía–. Ella es así.

Porque Claudia tenía un gran sentido práctico y, por encima de todo, lo que quería saber siempre era la clase de juego que se llevaba a cabo sobre el tapete y con quién estaba jugando, y en qué términos se practicaba el juego. Entendía la actitud de Teresa porque era muy clara, era coherente e invariable. Claudia miraba con cierta simpatía –emplear una expresión que implicara mayor intensidad sería exagerado– a Teresa, y si alguna vez yo le comentaba que tal o cual cosa de ella me resultaba extraña, ella siempre me contradecía. Bastante más raro que Teresa era yo, decía, o ni siquiera lo decía, pero yo sabía que eso era exactamente lo que Claudia pensaba.

A veces me he preguntado si Teresa no había ido alimentando respecto a mí un creciente resentimiento, porque, en cierto modo, nuestros papeles estaban invertidos, ya que yo, siendo el chico, era el enfermizo, el delicado, el sensible, el soñador –¡el dichoso soñador!– y ella, siendo chica y, para colmo, más pequeña, la firme y decidida, la responsable. Del mismo modo, después, a la hora de escoger una carrera, yo me incliné, con muchas dudas, por la arquitectura, pareciéndome, de todos modos, demasiado seria y científica, y Teresa, sin pensárselo dos veces, se matriculó en Ciencias Económicas, y enseguida se vio que su acierto había sido completo. Más de un profesor de esas asignaturas clave que se suponen las más interesantes y difíciles, impresionado por su inteligencia y tenacidad, le propuso con bastante insistencia que hiciera carrera académica, pero Teresa también tenía muy claras sus metas vitales, quería ganar dinero para pagar su independencia. Y quizá ya entonces pensara en mis padres y en su incierto futuro, porque la pensión que, como funcionario jubilado, correspondía a mi padre no aseguraba una vejez sin problemas. Quizá la previsora Teresa se responsabilizó, desde su época universitaria, de la vejez de mis padres, y apostó enseguida por el mundo de la empresa, de las promociones rápidas, los trabajos sin horario y la disponibilidad total. Los sueldos elevados.

Me constaba, porque alguna vez yo había tenido contacto con ese mundo, que la reputación profesional de Teresa era inmejorable, y aunque nunca llegué a saber, porque no se lo pregunté, qué cantidad exacta de dinero ganaba, sí tenía una idea de la cifra que podía rondar, porque ésos eran números que estaban en el tablón de anuncios del mercado. Teresa era perfectamente solvente y yo tenía que admitir, en mi fuero interno, que eso era una suerte para mí, porque aunque nuestro estudio, gracias al buen hacer de Eduardo y a esa parte molestísima de las relaciones públicas que recaía enteramente sobre él, se defendía con resultados razonables y no nos faltaban, por fortuna, los encargos, nuestra posición era mucho más inestable, me parecía a mí, que la de Teresa, y poder contar con mi hermana a la hora de atender a las necesidades de mis padres era impagable. En realidad era al revés: era Teresa la que contaba de vez en cuando conmigo. Teresa era, en suma, distante y segura, y yo acataba sus normas.

Pero el verano había hecho su irrupción y había alborotado el frágil equilibrio en que consistía ya la relación entre mis padres. Es sabido que el primer golpe de calor desbarata muchos planes y prende la mecha de muchos fuegos, y así, mis padres, cada vez más encerrados cada uno en sí mismo, parecían mantener la convivencia sobre la base de un continuo y mutuo reproche. Habían llegado tarde al matrimonio, quizá cuando los dos iniciaban la curva del desengaño por no haber podido encontrar hasta el momento a la mujer o al hombre con quien podían estar casados desde hacía años. Ahora estaban solos, frente a frente, con sus dos hijos viviendo ya sus vidas en otras casas, y, con la excepción de los reproches, no parecían tener muchas cosas de las que hablar o algo vago pero importante que compartir.

El frío, el calor, la lluvia, la niebla, la intensidad de la calefacción y otros asuntos caseros o declaradamente atmosféricos eran todo lo que tenían que decirse entre sí, lo que, proporcionando materia de discusión, no llegaba a provocar un verdadero enfado, pero cuando abordaban cualquier otro asunto, sus diferencias podían derivar en una batalla encarnizada. La ola de calor que a primeros de julio había caído de golpe aquel año, como muchos otros, sobre Madrid, les había remitido a sus remotos veraneos, y se habían puesto a rememorar viejas estancias aquí y allá, destartaladas casas alquiladas en Alicante y Murcia, rodeadas de no menos descuidados jardines, unos más grandes que otros, unos incluso con huerto, otros con animales domésticos –¡con gallinas, en una ocasión!–, y, gran error, habían tratado de poner orden en aquel barullo de veranos, lo que, inevitablemente, había acabado en disputa y empecinamiento.

–La pena es que ya no podemos hablar con la tía Marcela, que tan buena memoria tenía –me había dicho mi madre por teléfono, porque la tía Marcela había intervenido muchas veces en nuestros veraneos, escogiendo para nosotros la casa de alquiler.

La tía Marcela, la mayor de las tías de Novelda, había muerto, y la tía Rosa, la pequeña, no estaba interesada en el pasado ni en casi nada de la vida. Su interés sólo se centraba ya en los gatos y perros que llenaban la casa y el pequeño jardín, por lo que era casi imposible sostener con ella una conversación. Nunca se sabía de quién estaba hablando, y al principio uno imaginaba que se refería a personas importantes o a personas que conocía todo el mundo, pero enseguida se caía en la cuenta de que esos nombres, Felipe, Pepe, Paco, Roberto Carlos –también había nombres compuestos, esto era lo más desconcertante–, correspondían a sus queridos animales. Pero era cierto, la tía Marcela había tenido una memoria magnífica, propia de un historiador, de un erudito, y había sido para mí una fuente inagotable de relatos. Mientras merendábamos, e incluso luego, cuando ya Teresa y yo estábamos sentados sobre la alfombra desparramando las piezas de la caja china, yo escuchababa subyugado a mi tía Marcela, que no paraba de hablar. Y no era sólo por lo que contaba, esas historias de familias, de pasiones subterráneas y poderosas que al fin daban al traste con las convenciones y se llegaban a imponer aun después de la muerte, con sorprendentes herencias y legados, sino por el tono con que pronunciaba las frases finales, sentenciosas y lapidarias, acompañándolas de un gesto terminante de la mano, con el dedo índice apuntando hacia el infinito de la atención de sus interlocutores, apuntando, quizá, a nuestro corazón, no fuésemos nosotros a caer en la tentación de dejarnos arrastrar por una pasión de aquéllas.

Porque la tía Marcela se las daba de moralista, y todas sus historias llegaban a una conclusión, a una lección que más valía aprender si queríamos huir del sufrimiento y las desgracias. Ella misma parecía un ejemplo vivo de sus lecciones, porque nunca he conocido a una mujer más oronda y satisfecha consigo misma, por mucho que le atrajera el relato del mal ajeno, todos esos pasos desgraciados que la gente se empeñaba en dar y que en definitiva a ella le servían para fijar su atención y desarrollar sus extraordinarias dotes de narradora y memorialista. No sé si llegaba a darse cuenta de que si no hubieran tenido lugar los sentimientos y hechos que ella condenaba con tanta convicción, no habría tenido material para sus incansables relatos, pero creo que sí era, al menos, consciente de su propia curiosidad, porque alguna vez la oí suspirar en una vaga queja contra sí misma, «¡Ah!», puede que dijera, «¡si yo no me hubiera enterado de esto!», para concluir con algún refrán del tipo «Ojos que no ven, corazón que no siente», porque los refranes le servían con mucha frecuencia de apoyo para sus conclusiones.

Pero no, ya no estaba la tía Marcela para ayudar a mis padres a hacer el ordenado recuento de sus veraneos, y mi madre, deshecha en un mar de impotencia que había abocado al fin en un mar de lágrimas, había acudido a mí y me había pedido que los fuera a ver, porque el inicio del verano, me dijo, dejándome con el corazón encogido, la llenaba de una gran tristeza, pensando en todos los veranos pasados, ahora convertidos en recuerdos felicísimos y a la vez dolorosos, ya que no podían de ningún modo repetirse.

Entré en el portal de la casa de mis padres con esa imagen de los veranos felices y perdidos de mi madre, cuando Teresa y yo éramos niños y a veces jugábamos juntos, cuando aún estábamos a tiempo de haber construido algo entre los dos, algo que nos uniera, y me dije de repente: Sí, yo tengo eso, el recuerdo de mi hermana abriendo la caja china y desparramando todas las piezas sobre la gruesa alfombra floreada, quizá también china, de las tías de Novelda, pero a lo mejor ella no lo tiene, ella no recuerda que yo jugaba a su lado con las piezas de la caja, porque jamás habíamos hablado de eso, ni de la caja china ni de la larga mesa del comedor de la casa de las tías, cubierta con un mantel de encaje sobre el que descansaba la más extraordinaria y copiosa combinación de dulces y salados que he visto en mi vida –había fuentes rebosantes de bollos, rosquillas, embutidos, encurtidos, aceitunas y pepinillos picantes–, como tampoco habíamos comentado nunca las complicadas y apasionantes historias de la tía Marcela, ni la forma en que al final volvía a levantar el dedo índice, apuntándonos, recomendándonos orden y seriedad, después de habernos mostrado la existencia de una vida fascinante que corría fuera de los cauces convencionales y que, según proclamaba con todo el peso de su indiscutible autoridad, estaba siempre ahí, escondida, al otro lado del muro o debajo de las piedras, pero jamás cesaba, porque la fuerza de lo prohibido, por terrible que fuera tenerlo que reconocer, era tremenda, era como la fuerza natural, la de las tormentas, los incendios, las inundaciones.

Pero quizá no llegaron a desarrollarse en mi cabeza todos estos pensamientos mientras me adentraba en el portal de la casa de mis padres. Me vino, eso sí, de forma muy poderosa, la imagen del comedor de la casa de Novelda. Y luego, aunque sólo como el soplo de un ráfaga muy breve, pensé en Marta y me pregunté si aquella noche estaría sola en casa.

Y otra vez volvió a mí esa pregunta, la de la posible ausencia de Markus Berg, cuando, ya en casa de mis padres, casi completamente calmados ahora, una vez que se había consumado el rito de mi elaboración del dry martini para los tres –los suyos considerablemente más pequeños, pero con su aceituna, su palillo y su corteza de limón– y que las copas cónicas y heladas estaban, la mía y la de mi madre, sobre la mesa camilla, y la de mi padre, sobre la mesa más baja, cerca de su mano, en el extremo del sofá, su sitio, todo, en fin, en orden, mi misión, al parecer, cumplida, cuando mis pensamientos huyeron hacia el piso de los Berg, y como el teléfono estaba también sobre la mesa camilla, tan cerca de las copas, no pude evitar la tentación de cogerlo y de marcar el número de los Berg, delante de mis padres, que no estaban interesados en mis llamadas telefónicas.

Respondió una voz de mujer, probablemente la de Marta, y pregunté si podía hablar con el señor. No está en casa, dijeron.

–¿Pero está en Madrid? –pregunté–, ¿a qué hora podré encontrarle?

–Está de viaje y regresa mañana por la tarde, llámele por la noche –dijo la voz.

Hubo un momento de silencio, quizá porque yo pensaba que la voz iba a preguntarme quién era yo, con el objeto de dejarle el recado al señor Berg, y yo no estaba preparado para eso, y aguardé, indeciso, y entonces quizá la voz decidiera que ya me había dicho demasiadas cosas para no saber quién era yo, puesto que tampoco me lo había preguntado al principio de todo, y colgó, no sé si después de un pequeño susurro.

La suerte está echada, me dije, apurando el martini, mientras mis padres parecían haber olvidado sus disputas, aunque aún se miraban con algo de recelo, cada uno en su sitio, en su fortaleza. Apenas bebían ya, lo tenían casi prohibido, pero habían sido agradecidos bebedores de vinos baratos y ginebra de

garrafón, lo que cabía en el sueldo de funcionario de mi padre. El alcohol era, quizá, lo que les había unido durante los primeros años de su vida en común, y aún les animaba, y cuando yo iba a visitarles me pedían –en esto estaban los dos perfectamente de acuerdo– que les preparara un dry martini. Entonces mi madre, con estilo de gran señora, apretaba el timbre para que la asistenta de turno trajera en una bandeja todo lo necesario. Su memoria tenía zonas oscuras, pero para enumerar los ingredientes del dry martini jamás fallaba. Y solía añadir, al final:
–Sobre todo, no te olvides de las aceitunas.
Porque ahora que su copa era mucho más corta, la aceituna fría e impregnada del sabor del cóctel era para mi madre el mejor de los premios.
El rito del dry martini se llevaba a cabo los domingos por la mañana, poco antes de comer. Entonces era mi madre quien aparecía, sosteniendo entre las manos la bandeja con todos los ingredientes necesarios. Mi padre se ponía en pie y la ayudaba a depositar la bandeja sobre la mesa camilla, entregándose enseguida a realizar la operación, pero con enorme lentitud, como si se tratara de algo sumamente delicado y cualquier cosa pudiera echarlo todo a perder.
No sé en qué momento el dry martini sustituyó al vermut rojo, que simplemente se llamaba así, vermut, pero desde el instante en que entró en casa, sin duda empujado por la corriente de la moda, ya no salió. En casa de mis padres había muchas cocteleras, como para corroborar su afición. Ignoro la razón, ni si fue, en su momento, una colección premeditada, pero allí estaban, unas en la vitrina del comedor –supongo que las más preciadas– y otras

más desperdigadas por la casa, y mi madre, al dar ahora las órdenes para la preparación de la bandeja, solía indicar qué coctelera había que traer, por mucho que ya hubiera una especialmente asignada para el rito y que además se guardaba en el armario del pasillo, por lo que no había ninguna duda, pero creo que a mi madre le gustaba recordar, en ese momento, que existían otras posibilidades y que, si tenía el capricho, podía pedir que se utilizara en esa ocasión una de las cocteleras exhibidas en la vitrina del comedor.

Sea como fuere, para mis padres el dry martini era casi como la pipa de la paz, o la pipa de la felicidad, y sus vidas anteriores y el matrimonio tardío se comprendían y se aprobaban ahora, todo era contemplado bajo la luz de ese final feliz.

Terminé el martini y me despedí de mis padres, sumidos ya en cierta beatitud, seguramente dispuestos a mantener la tregua durante unas horas, lo que quedara del día. En el descansillo miré, indeciso, el ascensor, y al final me decidí por bajar andando, como casi siempre había bajado en el pasado al piso de los Berg. Bajé lentamente, porque en realidad me faltaba decisión. No estaba el señor Berg, pudiera ser que tampoco estuviese la señora Berg y que la persona que había respondido al teléfono fuera una asistenta, aunque su voz me había parecido la de Marta. Además, no parecía probable que, solo ya el matrimonio Berg en el piso, tuvieran una asistenta a horas tan tardías, cuando, que yo recordara, en aquella casa no había habido nunca servicio interno, sino externo y parcial, lo que por entonces me había llamado mucho la atención ya que en nuestra casa, a pesar del modesto sueldo de funcionario de mi padre, siempre había habido, durante mi infancia, una mujer que dormía en casa y que preparaba la cena, por frugal que fuese, y la servía en el comedor. Los Berg habían sido unos adelantados de la vida moderna.

Sin embargo, para infundirme valor, me dije que quizá aquella voz del teléfono no fuera la de Marta, porque, aun deseando verla, el encuentro me resultaba demasiado imprevisible y no sabía con qué cara me iba a presentar ante ella ni qué decirle, como no fuera eso de «pasaba por aquí», que era en este caso muy verdadero, pero en el fondo tan falso como en todas las ocasiones en que se suele utilizar. Presioné al fin el timbre deseando con todas mis fuerzas que no contestara nadie, que la puerta permaneciera cerrada y los planes de la noche inalterados, sólo tenía que bajar un piso más y salir a la calle y volver a casa, donde continuaría la vigilancia mutua que se había establecido entre Claudia y yo, pero ya con una intensidad muy soportable, ya con cierta desgana, como quien se obstina en mantener un empeño y ya no recuerda la razón. Pero, a la vez, deseaba con las mismas fuerzas con que deseaba lo anterior que se abriera la puerta enseguida y apareciera Marta y no una cara borrosa y desconocida, y lamentaba profundamente la posibilidad de la noche rutinaria que me esperaba en casa.

Oí el ruido de unos pasos sigilosos –alguien calzado con zapatillas, me dije, nada de zapatos de tacón– y el ruido de los cerrojos al descorrerse. La puerta se abrió y vi a Marta Berg. Iba extrañamente vestida, con una especie de conjunto de blusa y pantalón de color claro, que recordaba a uno de esos pijamas chinos que se venden en las tiendas de Todo a Cien y en las de decomiso del centro de Madrid, y calzaba unos zapatos absolutamente planos, como aquellos que se llamaban «bailarinas» y que estuvieron de moda tiempo atrás. Me pareció que su pelo era más oscuro y corto que la última vez que la vi, y ella, como si hubiera captado la dirección de mi mirada, se llevó las manos a la cabeza y dijo:

–Sí, aún me he cortado el pelo un poco más.

Antes de eso, naturalmente, nos saludamos. Me invitó a pasar y algo me dijo que mi visita no la sorprendía del todo. Nos acomodamos en la sala donde tantas veces en el pasado yo la había visto coser –más bien arreglar, repasar– la ropa de sus hijos.

–Tenía tanto calor –dijo– que me he puesto este viejo traje chino. Es de una seda muy fina y apenas lo notas sobre el cuerpo.

No tuve más remedio que decirme para mis adentros que aquel atuendo, que al principio me había resultado un poco chocante, ahora me parecía de lo más adecuado, como si fuera exactamente así como había que vestirse los días de calor. Y, a decir verdad, elegante o no –y ahora me parecía el no va más de la elegancia–, favorecía extraordinariamente a Marta, le daba una especie de halo desenfadado y juvenil.

–Con el pelo me he pasado un poco –dijo, llevándose de nuevo una mano al flequillo, cortísimo–, pero ya crecerá. No lo puedo evitar, cuando me siento un poco baja de ánimo, cojo las tijeras y me corto el pelo. Y hoy tengo un día muy malo. Estoy triste.

Su declaración, tan sincera, tan sencilla, me dejó desarmado.

–Quizá una copa te animaría –dije, todavía bajo los efectos del martini recién ingerido.

Se excusó entonces por no haberme ofrecido nada de beber y, por hablar de algo, por llenar con algo esos momentos de desconcierto, le hablé de la afición de mis padres al dry martini y de la colección de cocteleras que había en casa, aunque una voz interior me advirtió que no convenía en absoluto empantanarme en evocaciones familiares.

–Tus padres son encantadores –dijo Marta, dispuesta, al parecer, a esa clase de conversación–. Tu padre es educadísimo, uno de esos hombres chapados a la antigua, un caballero. Y tu madre muy amable, muy cariñosa. Me la suelo encontrar camino del mercado o en el mismo mercado. No puedes imaginar lo popular que es allí. La conoce todo el mundo. Siempre se está un rato hablando con uno y con otro, preguntándoles por las vidas de sus hijos o de lo que sea. Me da un poco de envidia la naturalidad que tiene. A mí me cuesta mucho más el contacto con la gente. Supongo que debo tener fama de antipática.

Todo lo contrario, me dije. Marta Berg siempre había tenido, que yo recordara, fama de ser una persona sumamente amable y atenta con los vecinos. En todo caso, quería dar por concluido el asunto, todo lo que se refiriese a mis padres, y le dije que quizá podríamos tomar un martini.

–Me parece una idea estupenda –dijo–, ven, vamos a la cocina a prepararlo.

Se levantó casi de un salto. Dijo por el camino:

–Y Teresa, tu hermana, es una chica muy interesante. A ella también la veo de vez en cuando. Da la impresión de tener un carácter muy fuerte.

Me pregunté si Marta había sospechado alguna vez lo mucho que la había admirado mi hermana e intuí que sí, que conocía perfectamente las emociones que provocaba en los demás y que quizá me hablaba ahora de mi familia con amabilidad y en tono afectuoso para agradecer esa admiración. De manera que, concluí para mis adentros, no era del todo sincera cuando, momentos antes, había declarado que sospechaba tener fama de antipática, y supuse que lo había dicho por decir o quizá para que yo la contradijera. También podía suceder que Marta Berg no fuese del todo consciente de cómo se comportaba con los otros, de la huella que dejaba en los demás.

En la cocina, me señaló el mueble sobre el que descansaba un buen número de botellas del más variado contenido alcohólico.

–Como verás, estamos muy bien provistos –dijo, riéndose–. Ya recordarás cómo es Markus, le encantan las provisiones, todo lo que se pueda enlatar, envasar y embotellar. En casa nunca nos falta esta clase de reservas.

Y, mientras yo preparaba los martinis, pero no en coctelera, porque los Berg –asombrosamente para mí, que procedía de una familia en la que si algo no faltaba eran las cocteleras– no tenían coctelera, sino en una jarra, cuyo contenido agité con una cuchara de palo –y vertí luego en las copas sosteniendo los hielos con la tapa de una tetera–, Marta dijo:

–Si te voy a decir la verdad, te he visto entrar en el portal cuando estaba en la terraza regando las plantas y se me pasó por la cabeza que a lo mejor, después de visitar a tus padres, pasarías a verme.

Yo agitaba los hielos. Me dije: Claro, la terraza de

la sala de los Berg da a la calle y queda muy abajo. Curiosamente, nunca me había imaginado a la señora Berg asomada a la terraza, nunca me había imaginado que ella me pudiera ver desde su casa mientras yo recorría la calle. Habían sido muchas las horas que habían discurrido en el cuarto de Pedro, que, como el mío propio, daba al patio interior, pero yo había pasado por alto las otras ventanas y el balcón que daban a la calle. Había pasado por alto muchas cosas y me había detenido obsesivamente en otras. El que yo me encontrara ahora en la cocina de los Berg preparando martinis era insólito y, como este pequeño acto de preparar martinis me había permitido acceder a las costumbres de los Berg y comprobar cómo hacían ellos el martini las pocas veces que, según dijo Marta, lo habían hecho –es decir, sin coctelera, con jarra, cuchara de palo y tapa de tetera–, comprendí de golpe que, de haber ocurrido en el pasado, en los tiempos álgidos de mi amor por la señora Berg –cosa por lo demás impensable–, al ver, en fin, tan de cerca los hábitos de los Berg, me habría avergonzado de los míos, de los de mi familia. En cambio, ahora ya no me sentía avergonzado y creía haber interpretado correctamente la expresión de Marta cuando, minutos antes, yo le había hablado en el cuarto de estar de la afición de mis padres por el dry martini. Me había mirado con leve asombro, como si esa afición no encajara bien en la imagen que tenía de mis padres, y, a la vez, aprobadora, como si le agradara ese pequeño desajuste. Porque, en general, miraba con simpatía todos los desajustes, y eso yo lo sabía ya. En el pasado, no sabía nada de eso, sólo me guiaba por intuiciones, y siempre con aquel profundo sentimiento de vergüenza y temor, que convertía todo lo mío en vulgar y deplorable y todo lo de los seres admirados en perfecto. Vagamente sentí ese alivio, el de no sentirme avergonzado. A la vez, debo admitirlo, me pareció magnífico que en casa de los Berg se hicieran los cócteles con jarra, cuchara de palo y tapa de tetera. Aún son admirables para mí, me dije, también aliviado de encontrar en mi interior el sentimiento que me permitía contemplar el desenfado del que siempre habían hecho gala los Berg con un resto de la antigua e inocente envidia o admiración.

–No sabía si estarías sola –dije–. He llamado por teléfono para asegurarme –confesé.

–Sí –dijo Marta–. He reconocido tu voz. No tenía nada para cenar, así que ¿sabes lo que he hecho en cuanto he colgado el teléfono? Me he ido corriendo a un restaurante chino que acaban de abrir a unos metros de casa y que es francamente bueno, pero no traen la comida a casa, al menos eso es lo que yo creía, porque me han dicho que ya han empezado a admitir encargos. Así que, si quieres, puedo ofrecerte comida china.

Se me quedó mirando, victoriosa. Comida china y traje chino. Acepté.

Llené las copas hasta los bordes, eché el resto en otra. Nos trasladamos a la sala y, mientras consumíamos las bebidas, Marta trajo la comida china perfectamente dispuesta en cuencos y fuentes con una velocidad asombrosa y un sigilo absolutamente oriental, tan sólo, me pareció, en un par de viajes. Y, tal como me había anunciado, se trataba de una comida estupenda, excepcional.

–Si tienes que avisar a tu casa, no dejes de hacerlo –dijo, volviéndose levemente desde la puerta en uno de sus viajes a la cocina.

Solo en el cuarto de estar de los Berg, marqué el número del teléfono de mi casa y le dije sucintamente a Claudia que cenaría por ahí, que no me esperara. Colgué enseguida, como si estuviera en una cabina telefónica y el dinero no me diera para más.

La cena nos permitió estar entretenidos durante un rato sin sentirnos obligados a hablar, sin acometer temas trascendentes de conversación. Cuando terminamos de cenar, dijo Marta, arrellanándose en la butaca:

–Desde luego, tengo que darte las gracias por lo amable que fuiste la otra noche con Amalia y conmigo. No creo que muchas personas se hubiesen portado como tú. Además, me parece que yo estuve un poco antipática.

–Se te ha metido en la cabeza que eres antipática –dije, y al mismo tiempo pensé que se había referido a aquella noche como si hubiese sucedido hacía muy poco tiempo, un par de días, a lo más–. Lo pasé muy bien esa noche –añadí–, no se puede decir que fuese una noche normal. Recuerdo que estuvimos hablando mucho rato en la sala de Amalia, esa sala tan atiborrada de muebles y objetos, tan extraña.

–Yo también lo recuerdo muy bien –dijo–. Nunca habíamos hablado con tanta confianza, ¿no? Siempre he pensado que tú y yo habríamos podido ser amigos si nos hubiésemos llegado a conocer en otras circunstancias. Cuando venías a casa a ver a Pedro, sentía que había algo de mí que sólo hubiera podido contártelo a ti, era una impresión muy vaga, pero nunca dejé de sentirla, como si hubiera un vínculo secreto entre nosotros. Después de que te casaras, siempre que me encontraba con tu madre le preguntaba por ti y me alegro de verdad de que las cosas te vayan tan bien.

–No me van tan bien –dije–, aunque tampoco tengo razones para quejarme.

–Eso es cosa del carácter –sonrió–, creo que eres de los que siempre encuentran razones para quejarse, como yo. Quizá sea eso lo que nos une.

–Hay algo que hubiera querido hacer, algo que aún quiero hacer, aunque no sé exactamente qué –dije, empujado sin duda por los tres martinis consumidos y por el vino que ahora llenaba mi vaso–. Algo que corte el aliento.

Marta primero se rió, luego me miró fijamente.

–¿Para qué? –preguntó–, ¿para que los demás te admiraran y se rindieran ante ti, ante tu talento o tu genialidad?

–No lo sé –dije–. Es un deseo muy profundo, una especie de necesidad interior, pero no sé exactamente el papel que juegan los demás. No sé por qué tengo tanta inseguridad y tanta desesperación.

–Hay lagunas que jamás se llenan –dijo Marta–. Yo, a los dieciséis años, fui ganadora de un concurso de belleza que se organizó en el pueblo, fui la reina, sí, no te rías, posé en una especie de bañador y me paseé delante de un tribunal de hombres trajeados que me examinaban con el ceño un poco fruncido como si yo fuera un animal de competición. Mis compañeras eran buenas chicas, muy guapas y con unos tipos estupendos, y la mayoría de ellas eran muy inseguras. Aunque te parezca mentira, todas, o casi todas, habían luchado contra un complejo. Cuando gané, me sentí mezquina y miserable, como si les hubiera quitado algo que se merecían mucho más que yo, porque tenía la impresión de que ellas habían luchado más, o habían soñado más con ese premio.

»Después –dijo, con la cabeza recostada en el respaldo de la butaca–, por una serie de circunstancias, de casualidades, yo diría, me convertí en una especie de musa de un grupo algo bohemio, donde había varios pintores, escritores, actores, ya tc puedes imaginar qué clase de grupo. Bueno –sonrió–, incluso llegué a posar como modelo, de manera que me vi pintada, reflejada, en muchos cuadros y me dedicaron algunos poemas. Lo curioso es que ni cuando gané el concurso de belleza ni cuando me convertí en musa de esos artistas, yo me sentía especial, quiero decir, siempre pensaba, o sentía, que había un malentendido, un error, porque también en el grupo de artistas había mujeres mucho más guapas que yo y más inteligentes o más cultas. Eso me producía esa sensación de malestar que te decía antes, la de estar quitándole algo a alguien. El caso es que no lo podía soportar. Entonces apareció Markus y me casé con él sin pensármelo dos veces. Me comunicó una impresión de solidez, de algo que no se podía evaporar, porque yo sentía que todo lo que había vivido hasta el momento se evaporaba enseguida, volvían a pasar cosas y se evaporaban, todo desaparecía enseguida.

Marta me miró, buscando una mirada de confirmación en mis ojos, y siguió adelante:

–Todo fue muy bien al principio. Tuvimos los hijos muy seguidos y yo no tenía tiempo para pensar. Pero cuando crecieron y empezaron a vivir un poco por su cuenta, a tener sus propios problemas, esa clase de problemas que cada cual tiene que resolver a su modo, no sé por qué, aquellos éxitos de la juventud me parecieron muy importantes, lo más importante que me había sucedido, aunque yo, mientras sucedían, los hubiera rechazado. Ser la mejor en algo, ser el centro de atención, todo eso parecía ahora lejano e imposible, pero emocionante, terriblemente deseable. Bueno, ya te imaginas cómo suelen acabar estas cosas, son asuntos viejos como el mundo. Sí, tuve un lío amoroso. Él era escritor, no te digo el nombre porque quizá lo conozcas, se ha hecho bastante famoso. El asunto fue absolutamente clandestino y bastante apasionado, debo decir. Él vivía solo, al otro lado de la calle Fuencarral. De hecho, se trasladó a vivir allí para que yo pudiera visitarle siempre que pudiera. Y aquella tarde en que nos encontramos tú y yo por la calle, aquella vez que entramos en Hollywood y nos tomamos una cerveza, yo venía de pasar un rato con él. Uno de los últimos ratos, porque las cosas ya habían empezado a declinar.

»Es difícil mantener una relación secreta –dijo, pensativa–, te sientes cargada de una culpa terrible, con la atención siempre puesta en que no se desvele el engaño, con el miedo constante a ser descubierta. Y dividida, porque no te quieres entregar enteramente ni al hombre que engañas ni al hombre que es la razón del engaño, te sientes dolida con los dos, porque te esfuerzas por complacer a los dos, y ellos no pueden valorarlo, todo lo contrario, ellos te reclaman como si tuvieran todos los derechos sobre ti. Al mismo tiempo, los necesitas a los dos. Sabes que no te compensa, que en cierto modo tu vida se ha convertido en un infierno, pero sigues, porque no sabes si ya puedes vivir de otra manera.

»Pero es cierto que conseguí el sueño de ser otra vez la ganadora del concurso, la musa –dijo, despegando un poco la cabeza del respaldo de la butaca para mirarme con más concentración–, y esta vez sí fui consciente, esta vez pude vivirlo de verdad. No sé qué relación tiene esto con lo que decías –sonrió– y tampoco sé si puedo llegar a una conclusión, a una especie de moraleja. Supongo que era algo que simplemente me apetecía contarte, porque recuerdo que la otra noche –de nuevo se refirió a esa noche como si acabara de suceder– me dijiste que yo siempre te hablaba de lo mucho que me preocupaban los problemas de mis hijos cuando nos encontrábamos, cuando te cruzabas conmigo aquí, en mi propia casa, y eso me dejó pensativa. A lo mejor te hablaba de mis hijos porque quería pensar en ellos, ¿entiendes?, porque quería que ocuparan el lugar central de mis preocupaciones. Me preocupaban, claro que me preocupaban, pero creo que además necesitaba oírmelo decir y te tocó a ti escucharlo, y no creo que eso fuera una casualidad, porque a la vez siempre he pensado que tú podrías comprenderme.

Un escritor, me dije, asombrado de no haberlo pensado jamás, de no haber sospechado que los vestidos y las cremas y los perfumes de la señora Berg respondían a algo. ¿Para quién se viste?, me había preguntado muchas veces, pero era en el fondo una pregunta retórica que yo mantenía conscientemente sin respuesta. Me gustaba hacérmela, me gustaba no poderla contestar. Había habido un hombre, un destinatario último de todos esos cuidados. Y, retrospectivamente, tuve celos. Quizá ese hombre había escrito unas páginas que cortaban el aliento.

Ojalá lo hubiera sabido entonces, eso pensé, ¿de qué me servía saberlo ahora? Pero las piezas encajaban al fin, y poco a poco me sentí agradecido por las confidencias de Marta.

–¿Y ahora? –le pregunté vagamente.

–Mis hijos viven sus vidas y eso es perfectamente natural –dijo, después de un silencio–. Markus sigue volcado en el trabajo, sigue siendo el hombre práctico, aferrado a las cosas, a la vida, que ha sido siempre. Es su parte alemana la que ha prevalecido en él.

Y entonces pensé: Marta representa la parte escandinava, eso fue lo que Markus vio en ella, lo que él no había podido ser, la herencia que no había recibido. En Marta se daba de forma natural, no heredada, y de ahí podía nacer esa sensación que ella tenía de no ser simpática, de estar siempre lejos de los otros. Todo lo que admiramos está siempre lejos. Quizá Markus había visto siempre en ella lo que de repente veía yo.

–Hoy me sentía triste, aún estoy un poco triste –siguió, ya completamente nórdica–. Pero te he visto desde la terraza y he corrido a comprar algo de cena, por si acaso venías, y has venido. Tenía que darte las gracias por lo de la otra noche, y en realidad por mucho más, por eso que te he dicho antes, la sensación que siempre he tenido de que tú entendías lo que estaba sucediendo y no lo censurabas, como si lo supieras.

Todo lo contrario, me dije, nadie más lejos que yo de sospechar la verdad. Sin embargo, a poco que pensara algo más, tenía que darle la razón a Marta.

Mi obsesión por ella, ese recuento de sus trajes que yo llevaba tan meticulosamente, ese espionaje de sus gestos cuando me hablaba de sus hijos –es decir, cuando me hablaba, ya que no me hablaba de otra cosa–, nacían de la sospecha. Había algo en la señora Berg que me obligaba a detenerme, a mirarla, a querer investigar.

–Todo eso está muy lejos –dijo Marta– y ya no sé qué importancia tiene. Mientras lo vivía, me parecía importantísimo, casi excesivamente importante, sentía que estaba viviendo al límite de mis fuerzas, que la vida me estaba sobrepasando. Sin embargo, ya no sé si aquel periodo fue tan importante, porque vivo como si no hubiera existido, y debo hacer un esfuerzo para recordarlo. Eso me asombra, la lejanía, la extrañeza que produce el pasado.

Estuvimos un rato divagando sobre las cosas importantes de la vida, esa difícil clasificación.

–Hay pocas cosas importantes en sí –dijo Marta–. Lo que acaba siendo más importante de todo es la forma en que encajan en tu vida, el modo en que se ajustan unas a otras. Por ejemplo, de aquella temporada tan ajetrada en la que, entre recado y recado, visitaba a... –dudó, sin saber qué nombre o categoría dar a su antiguo amante–, a ese hombre, el escritor –dijo al fin–, lo que ha quedado en mi memoria como lo más placentero de todo son los regresos a casa. Es verdad que me sentía un poco melancólica, que en el momento de salir de su casa creía que me iban a faltar las fuerzas, porque había días en que me costaba mucho dejarle, en que hubiera dado todo el oro del mundo por poderme quedar con él y cenar juntos y dormir juntos. Sí, hubo días así, pero, no sé por qué, ahora me parece que esos otros días en los que nada más salir a la calle y empezar a andar hacia mi casa me sentía feliz, en posesión de un tesoro secreto, me han dado más, han significado más. A lo mejor es que los otros resultaban muy dolorosos, no sabía qué hacer con esa felicidad, no podía conciliarla con mi otra vida, la vida que podía exponer ante todo el mundo, y, finalmente, no nos gusta evocar el dolor, aunque haya sido fugaz. Pero esos otros días, los días tranquilos, cuando me separaba de él sin sufrir demasiado, han quedado como el símbolo de algo, ese trayecto a casa se ha ido convirtiendo en la imagen misma de la placidez, cuando, después de alcanzar un punto culminante, uno se desprende de la dicha, del éxtasis, y vuelve a la vida en el punto en que la dejó y lo encuentra todo muy cambiado, inundado por una luz nueva.

–Parecías tan preocupada aquella tarde –dije, evocando una vez más nuestra conversación en Hollywood–. ¡Qué difícil es descubrir la verdad de las personas!

–Algunas veces no podemos aceptar esa verdad –dijo Marta.

Aún divagamos algo más, aún esbozamos alguna teoría sobre los asuntos que gravitaban sobre nuestra conversación, la fidelidad, el compromiso, el secreto, la soledad. Sí, quizá en este orden, porque cuando se quebranta un compromiso sin ninguna declaración pública se desemboca en el secreto y del secreto se llega a la soledad.

–Quizá sea la hora de marcharme –dije en algún momento.

No intentó retenerme. Me acompañó hasta la puerta. Antes de abrirla se me acercó y me rodeó suavemente con los brazos. Sus manos se detuvieron en mi nuca por un momento, sentí la piel suavisíma de su cara sobre la mía, pero sus labios no llegaron a rozar los míos. Dijo:

–Tienes que hacer eso, algo que corte la respiración. Estoy segura de que lo harás.

Mientras bajaba las escaleras me dije: Es una musa, está acostumbrada a ser una musa.

Y quizá en el mismo momento de salir a la calle me olvidé de ella, o un rato después, al llegar a casa, o puede que en medio del amanecer. O creí que la olvidé.

A lo mejor nos gusta dar por terminada una historia, a lo mejor necesitamos ese cierre, ese broche que recoja los pliegues de unas emociones que nos desconcertaron y que buscaban su culminación. Las fantasías nocturnas que habían tenido por objeto a la señora Berg no tuvieron oportunidad de realizarse. Quizá yo hubiera debido, aquella noche en casa de Amalia, buscar la mano de Marta y entrelazarla con la mía, hacerla posarse sobre mi cabeza. Al menos, haber sentido el contacto de su mano. Haber prolongado el suave abrazo de despedida en la puerta de su casa después de la cena china, haber sentido pegado al mío, abrazado al mío, el siempre hermoso, inalterablemente hermoso cuerpo de Marta Berg, enfundado ahora en unos pantalones y una blusa de seda, un traje chino de color muy claro, un pálido y desvaído azul turquesa.

Pero olvidé o creí olvidar a Marta Berg porque tenía entre mis manos otras historias pendientes, urgentes. Sobre todo, mi historia con Claudia, la fuerte y admirable Claudia. La temible Claudia. Al cabo de dos años se marchó. No me dio ninguna explicación. No se llevó a las niñas consigo. Se fue como si la hubieran reclamado para realizar una misión especial, inapelable. Se fue como ella hacía siempre las cosas, como si fuera su deber y de eso no se pudiese discutir. Era un asunto exclusivamente suyo, que no nos concernía a quienes habíamos vivido con ella durante ocho años. Y aunque yo ya sabía cómo era Claudia, su tajante e inexplicada desaparición me desconcertó. Encajaba en su carácter desaparecer de ese modo. Yo conocía de sobra su resistencia a dar o pedir explicaciones, su absoluta falta de fe en la capacidad de entendernos a fondo el uno al otro, no sé si ella y yo en concreto, o todos los seres humanos, no sé si nuestro caso era particular o absolutamente general. Claudia se había desenvuelto siempre, desde que la conocí, en un mundo de realidades tangibles, de hechos. No confiaba en las palabras, temía, me parece, las consecuencias que podían traer, como si las palabras pudieran obligarla a entrar en unos terrenos en los que fuese fácil resbalar. Siempre que me había comunicado una decisión, por pequeña que fuese, lo había hecho de manera concluyente y mirándome fijamente a los ojos durante un segundo, y enseguida los apartaba de mí, dando el asunto por zanjado. Yo me quedaba paralizado, con ese segundo, esa mínima porción de tiempo helado dentro de mí. Los ojos de Claudia siempre me habían clavado al suelo, y yo había sentido en todos los casos un halo de frío a mi alrededor, porque su mirada fugaz y penetrante desplazaba todo elemento de vida y de calor en torno a mí.

Rememoré esa sucesión de instantes en los que Claudia me había comunicado todas sus decisiones para intentar proveerme en ese momento tan imprevisible, y mucho más importante que todos los anteriores, de una clase de explicación. Claudia era así, y, mientras habíamos vivido juntos, la había aceptado. Pero lo cierto era que no se me había pasado por la cabeza que nuestra ruptura, de producirse –y algunas veces sí había pensado en la separación–, ocurriera de ese modo. El carácter de Claudia no podía sorprenderme, pero me resultó insoportable el vacío que arrojó sobre mí. Cayó sobre todos los vacíos de mi vida, sobre todos mis miedos.

Nunca supe cómo se despidió de las niñas, porque ellas, quizá como yo, también debieron de quedarse heladas, congeladas, y sea como fuere, decidieron callar. Nos mirábamos los tres, sabiendo lo que había sucedido, sabiendo que cada uno de nosotros lo sabía, sabiendo que, por alguna razón, era mejor no decir nada, seguir como si nada hubiese sucedido. Tal vez ni siquiera se les ocurrió que eso –la desaparación de su madre– se pudiera comentar y debieron de relegarlo al oscuro lugar donde se arrincona lo desagradable, lo incomprensible, lo doloroso. Miré sus caras con disimulo, sesgadamente, y me pareció encontrar en sus ojos cierta expresión de pérdida y desconcierto, como si les costara un gran esfuerzo regresar del momento en que se había iniciado la tragedia, el dolor, la incomprensión, el abandono. Pero era evidente que no querían quedarse allí, porque quizá la pena inevitable que llevaban oculta las llenaba de culpabilidad. Posiblemente, habían llegado a preguntarse si su madre no las habría abandonado por no ser las hijas que ella hubiera querido tener. Puede que fuera más fácil para ellas acarrear con el peso de la culpa que tener que condenar a su madre. Que prefirieran llorar a escondidas, como quien sabe que no tiene derecho a lamentarse en público, y si acaso se concedían ese derecho, ya intuían que la queja podría interpretarse como una acusación más o menos explícita hacia su madre. Y a eso, seguramente por orgullo, no estaban dispuestas.

Optaron por no quejarse, ni siquiera ante mí. Sea lo que fuere lo que Claudia les había dicho, estaba claro que querían creerla, que necesitaban creerla. Su resistencia interna a culpar a su madre era instintiva, y me hubiera gustado poderles decir que las entendía y que podían desahogarse conmigo, pero algo muy intenso e indefinido me obligaba a respetar su silencio.

Su reto no era en absoluto fácil, porque, a los ojos de todos, de la familia, de la vecindad, de sus compañeros de colegio y de los profesores, se habían convertido de la noche a la mañana en unas niñas sin madre, unas niñas abandonadas, porque no era la muerte la que se había llevado a su madre. Nadie sabía cómo encajar esta clase de desaparición, cómo había que comportarse, qué había que decir. Había, entonces, más miradas cargadas de extrañeza o compasión que palabras. Era imposible que ellas no acusaran esas miradas, que no se sintieran espiadas, ofendidas o dolidas, pero lo ocultaban, no comentaban nada. Tampoco de eso se quejaron. Yo me decía que quizá a esa edad, en plena infancia –Natalia aún no había cumplido ocho años, Mónica se acercaba a los seis–, existe una capacidad natural para el disimulo, la infancia es el reino de los juegos y las actuaciones. Yo las miraba mientras ellas parecían concentradas en sus juegos o las oía reír desde mi cuarto, y me sentía aliviado. Si es que se habían impuesto el papel de ser unas niñas tan felices como todas las demás, como todas las niñas a quienes su madre no las había abandonado, lo hacían con mucha convicción, con total entrega. Y me decía que el papel se iría despegando poco a poco de su origen forzado y acabarían jugando y riendo –como de hecho ya se podía presentir– totalmente olvidadas de la necesidad de disimular.

A la vez, era evidente que me querían proteger, porque yo no me esforzaba como ellas en ocultar mi desconcierto. Sin duda, me veían triste, o demasiado serio, pensativo, distante, y trataban de sacarme de ese estado, del que en cierto modo se sentían responsables –culpables otra vez–, porque mi tristeza y ensimismamiento, que quizá no eran del todo nuevos, pero sí más evidentes y profundos, las dejaba a ellas en un lugar impreciso. Yo estaba triste y distante, debían de decirse, porque me había quedado a solas con ellas y eso no me bastaba. Quizá se decían que su compañía no me colmaba y querían compensarme, agradecerme que siguiera con ellas en un mundo en el que los padres se podían marchar sin planes de regreso. Se comportaban conmigo como si quisieran transmitirme que, por su parte, no había ningún problema. Ellas sí estaban colmadas. Y no hablaban de Claudia jamás. Al menos, no delante de mí. Con todas las diferencias que había entre ellas, en eso Natalia y Mónica parecían estar completamente de acuerdo, las dos se empeñaban en demostrarme que no echaban de menos a su madre, que conmigo tenían bastante.

Lo cierto es que en aquel momento yo no era una buena compañía para nadie. Más que un hombre que acaba de recibir una herida de amor, una herida de muerte, era un hombre desconcertado y vaga pero profundamente dolido con el mundo. Sin duda, Claudia me había dejado en busca de algo mejor, si es que no lo había encontrado ya. Yo era una pieza que había que cambiar, que reponer. Por encima de cualquier otra sensación, predominaba el resentimiento. ¿Quién era Claudia, quién se creía ella que era para ponerme en evidencia de esa manera, para dejarme de lado súbitamente, a la vista de todos?, ¿no merecía yo, al menos, una explicación? No se trataba de decidir el lugar donde iban a pasarse las vacaciones sino de una ruptura matrimonial, de poner fin a ocho años de convivencia. Ocho años que se evaporaban sin más ni más, como en un truco de magia.

No prevaleció el dolor de la pérdida quizá porque en un momento indeterminado de los últimos años había renunciado a Claudia o, más que a ella, a creer que podía existir la posibilidad de conocerla del todo y de darme a conocer, la posibilidad de que nos comprendiéramos y supiéramos cada uno cómo era el otro. Yo no había conseguido, al lado de Claudia, salir de mí mismo, cuando siempre había pensado que en eso consistía el amor. Había algo que, quizá muy pronto, nada más casarnos, había dado por perdido en ella, y quizá por eso no fue el sentimiento de pérdida lo que inmediatamente percibí dentro de mí, sino la evidencia de haber sido abandonado. Públicamente abandonado. Con ese gesto tan tajante y rotundo, Claudia les estaba diciendo a todos que había sido engañada, estafada, que no merecía la pena vivir a mi lado porque yo no tenía ningún valor y todo lo que se decía sobre mí no era nada, rumores basados sobre la nada. Era ella quien conocía la verdad. A la vez, yo no podía olvidar, no podía borrar de un plumazo, que en mi desesperación casi crónica, que nunca había ocultado a Claudia, aun cuando tampoco había podido explicársela a fondo, porque ella no me lo había permitido, existía un extraño orgullo de mí mismo y de las cosas que haría algún día, existía una extraña reserva de ambición y de fe. Todo basado en sueños, en frases que había escuchado, en una difusa resonancia interior. Siempre había tenido eso.

 Cuando Claudia se fue, me pregunté si eso tan importante que yo creía tener no era sino una ilusión nacida de mi tendencia a verme reflejado sólo en los espejos que me podían favorecer. Sí, sin duda, yo había eliminado todas las miradas de desaprobación que habían recaído sobre mí y que debían de haber sido, al menos, tan numerosas como las otras, las que habían contribuido a fortalecer mi orgullo y esa fe abstracta que a veces me llenaba de euforia. De manera que, a ratos, después de la partida de Claudia, yo me veía como un ser vanidoso y ruin que no había querido ver la realidad, que había seleccionado de ella lo que más le gustaba y convenía, de manera infantil y cobarde.

 Eduardo era, desde luego, el espejo más favorecedor que yo había tenido, pero había habido otros y me había apoyado en ellos, los había convertido en los puntos de referencia adecuados, instintivamente me había mirado en ellos. Ahora lo veía con toda claridad, yo había cultivado la capacidad de quedarme con las miradas de admiración, incluso las había propiciado. Las otras miradas, las de desaprobación e incluso las de indiferencia, habían sido cuidadosa y metódicamente evitadas por un eficaz sistema de defensa que residía en lo más hondo de mí y que repentinamente me llenaba de vergüenza.

El abandono de Claudia me indujo a una especie de análisis continuo que me resultaba agotador. Era terriblemente cansado pensar tanto en mí, en lo que era o había soñado ser, en lo que había hecho o había dejado de hacer, en la humillación que me producía haber sido abandonado, más aún, de esa forma tan abrupta, y trataba una y otra vez de rescatar mis viejas seguridades, mis viejas ambiciones, mi orgullo esencial, el talento indiscutible para algo que cada vez parecía más indefinido y lejano.

Por lo demás, la desaparición de Claudia fue, objetivamente, algo muy extraño. Nadie que yo conociera sabía por qué, dónde o con quién se había ido. Cuando llamé por teléfono a sus padres, la madre de Claudia, que se puso al teléfono de forma inmediata, me dijo que ella misma estaba a punto de llamarme. Sólo habían recibido una nota, y muy escueta. Sólo sabían eso, que se había ido de mi casa –de *su* casa, dijo, poniendo énfasis en el posesivo– y que más tarde, no decía cuándo, se pondría en contacto con ellos. Les decía que no se preocuparan, que se encontraba bien, que estaba absolutamente segura de que lo que estaba haciendo era lo que tenía que hacer.

–Nosotros sólo podemos hacer una cosa –dijo la madre de Claudia–. Esperar. Como comprenderás, no lo entiendo, no entiendo nada –añadió, subiendo de tono–. Siempre ha sido así, imprevisible, caprichosa. No puedes imaginar el disgusto que tenemos, estamos hundidos. Haber dejado a las niñas así, a sus hijas. Eso no lo puede hacer una madre. –Su voz se quebró y los dos colgamos el teléfono, sin tener nada más que decirnos, cada uno con nuestro desconcierto y nuestro dolor.

Días más tarde, la madre de Claudia me llamó y me dijo que su hija les había llamado por teléfono, que seguía sin decirles dónde estaba, sin darles razón del abandono, pero que les había pedido que me llamaran a mí para saber cómo estaban las niñas.

–Estoy tan desolada –dijo la madre de Claudia– que ni siquiera se me ocurrió preguntártelo el otro día.

A partir de ese día se estableció una relación permanente entre los padres de Claudia y yo. Me llamaban al menos una vez por semana para pedirme que les llevara a las niñas a su casa o se ofrecían ellos mismos a pasar por casa a recogerlas.

–Somos sus abuelos –insistían.

Cuando nos encontrábamos cara a cara, los padres de Claudia y yo apenas nos decíamos nada, nos esforzábamos por actuar con naturalidad. Las niñas estaban delante y todos nos sentíamos obligados al disimulo.

Yo mismo me llegué a acostumbrar a vivir sin Claudia, a ir dejando atrás aquella mañana de domingo en que apareció en el cuarto de estar, donde yo estaba tomando mi segundo café y leía el periódico, con toda la colección de suplementos dominicales sobre la mesa baja de laca negra. Levanté los ojos y, al verla detenida en el umbral de la puerta, lo primero que me asombró fue la forma en que iba vestida. Demasiado arreglada para una mañana de domingo. Pero no tuve tiempo de preguntarle por qué se había vestido así, porque me lo dijo ella con toda tranquilidad. Me dijo que se iba, y señaló con la mano la maleta que estaba a sus espaldas y que yo al principio no vi. Me dijo que ya se lo había dicho a las niñas. Nada más. Creo que en determinado momento, sin poder soportar ese silencio, me levanté y la agarré por los hombros, hasta creo que la sacudí, que la zarandeé, como si fuera el fantasma de una pesadilla y pudiera desvanecerse si yo actuaba con contundencia. Pero no conseguí nada, su mirada helada y luego los ojos perdidos en el infinito. Se fue.

No sé en qué momento del día llamé a Eduardo y se lo dije y poco después apareció. Vino solo, sin Beatriz. No sé qué hicieron las niñas aquel domingo. Me parece que las llevamos a casa de una amiga y que luego las fuimos a recoger, Eduardo siempre a mi lado. Bebí mucho, pero no me emborraché y aún recuerdo parte de la conversación interminable de aquel atardecer de otoño. Oscureció pronto y dijimos: Es horrible que hayan cambiado la hora, que la luz agonice tan pronto. Eduardo hablaba de los días remotos de la universidad. Muchas veces lo hacía y yo apenas le escuchaba, pero aquel anochecer, aquella noche, le seguí la corriente para no quedarme en la mía, que no era ninguna corriente, sino un pozo de perplejidad. Acababa de caer en él y aún no me lo creía. De manera que por una vez me abandoné a la evocación de aquellas mañanas soleadas pasadas en el bar lleno de humo de la facultad de Filosofía y Letras, las asambleas en el Paraninfo, las manifestaciones en la glorieta de Quevedo, tan cerca de la casa de mis padres. Vaya juventud, dijimos. Hicimos de todo menos algo de deporte, por mucho que corriéramos delante de los grises. Leíamos e íbamos al cine, nos tragamos unas películas espantosas y crípticas, presumíamos de saberlo todo, nos creíamos que estábamos a la última, ¿de qué?, ¿qué era aquello?, ¿filosofía?, ¿política?, ¿ideología? Pero nada de arrepentirnos del pasado, nada de declararnos desencantados. Nos tocó vivirlo y lo vivimos. Ahora podíamos reírnos de haber acudido a esos actos y manifestaciones con la convicción de que eran asuntos trascendentales. Podíamos reírnos de lo importantes que nos habíamos sentido, pero lo veíamos como parte inseparable de lo que éramos ahora, y al llegar a conclusiones así yo llegaba a olvidarme por unos instantes de que en aquel momento estaba hundido en un pozo de perplejidad, de que no había llegado a ninguna parte, de que me encontraba, en el mejor de los casos, en un nuevo punto de partida.

Es curioso que, mientras hablaba con Eduardo y resucitaba aquel tiempo tan esencialmente juvenil, que nos traía el recuerdo de aquella imagen de rebeldes que nos había llenado de satisfacción, en lugar de sentir a Claudia más cerca de mí, y sentir el dolor de haber perdido a alguien a quien se ha conocido y amado de verdad, la veía muy lejos, como si aquella Claudia no hubiera sido la verdadera, y aunque seguramente no hay una etapa de la vida más verdadera que otra, algo me decía que, mientras habíamos estado unidos, hasta la mañana de ese domingo, yo no había alcanzado la verdad de Claudia, y si alguna vez llegaba a conocerla sería a partir de ese instante, de esa noche que me iba diciendo poco a poco la extraña evidencia: que Claudia se había ido. Y recordé también los celos retrospectivos que había sentido al conocer a Claudia y vislumbrar un pasado lleno de turbulencias. Los había llegado a olvidar, porque el amor –o lo que fuese– me envolvió. Pero ¡qué poco la había conocido!, ¡cuántas partes de su vida me habían sido vedadas y ajenas!

Ahora intuía que ese pasado nunca se había separado del todo de Claudia y que ella había vuelto a él y que ya se quedaría siempre allí. Lo sabía con entera certeza. Al fin se había quebrado la fortaleza de Claudia, pero no la había quebrado yo. Claudia había decidido abandonar la fortaleza por voluntad propia. Y lo debía de haber meditado mucho, porque todo lo meditaba mucho, pero si de algo estaba yo seguro al final de la noche era de que su abandono era irreversible.

Y, quizá para consolarme, me dije, íntimamente me dije, que bien pudiera ser que yo no hubiese amado a Claudia jamás. Primero, me había sentido deslumbrado, luego atrapado, y aunque había sido siempre vagamente consciente del carácter casi conminatorio del nexo que me mantenía unido a Claudia, no había tenido fuerzas para desatarme. Quizá yo no estaba ahora hundido en un pozo verdaderamente oscuro, quizá la decisión de Claudia abría nuevas puertas en mi vida, me permitía recuperar lo que sin duda ella me había obligado a dejar de lado con sus imposiciones y su culto al silencio.

Las palabras de Eduardo reforzaron esta versión de las cosas que aquella noche apenas formulé. Creo que Eduardo, que habitualmente era mucho más callado y reservado que yo, habló mucho aquella noche, y a través de sus palabras volví a palpar el carácter absolutamente extraordinario e incondicional de su amistad. Para él, yo no era de ninguna manera un marido abandonado, aunque Claudia se hubiera marchado esa misma mañana sin ofrecerme la menor explicación, diciéndome simplemente que se iba, que nuestra vida en común había llegado a su fin. Para Eduardo, casi había sido una suerte que Claudia se marchara. Al hacerlo, se llevaba sus problemas a otra parte, me evitaba complicaciones, llegó a decir. Porque Claudia estaba llena de problemas, era un problema en sí misma. No me convenía, eso lo había pensado siempre. Claudia no me conocía en absoluto. En su egoísmo, decía Eduardo, no había podido interesarse por mí ni ayudarme en nada. No me había dado nada, concluyó. Al marcharse, me hacía un favor, dejaba el campo libre a otras mujeres.

–Si con algo no vas a tener problemas jamás es con las mujeres –dijo Eduardo.

Y esa frase sonó como el eco de muchas otras. Era una frase de Eduardo. Puede que no la hubiera pronunciado muchas veces, y puede que ni siquiera hubiese sido siempre igual, ni referida siempre al mismo objeto, pero me sonó como algo muy antiguo, casi ancestral. Unas veces las mujeres, otras los estudios –uno de aquellos exámenes que superé gracias a su ayuda, a su empeño–, otras el trabajo, otras mis vagas aptitudes artísticas, sobre todo, mi capacidad para captar, percibir e incluso describir algunas cosas, algunas emociones, una capacidad que Eduardo sólo podía intuir, pero él estaba seguro de que yo tenía eso, que él tampoco podía definir, pero que era infinitamente importante. Hiciera lo que hiciera, yo sería siempre, a los ojos de Eduardo, un triunfador. Incluso dentro de la pérdida y del fracaso, de la desgana que tantas veces me minaba por dentro y que él conocía de sobra. En su concepto de lo valioso, entraba eso, conocer la pérdida y el fracaso, sentir desánimo e incluso desesperación. Los otros triunfos no le interesaban, admiraba todo lo que al fin logra salir del conflicto. Cuando Eduardo hablaba del triunfo –y quizá esa noche habló de eso más que nunca y en realidad apenas puedo recordar otra ocasión en que hubiera hablado del triunfo–, creo que se refería a algo ligado a lo artístico. Nuestra amistad estaba basada en ese nexo, en lo que él veía en mí, porque necesitaba verlo, y en lo mucho que yo en el fondo le agradecía esa visión, porque, a la vez, era lo más importante para mí, lo artístico, lo que amplia y vagamente llamamos artístico.

Se fue Eduardo, un poco tambaleante, y me asomé al cuarto de las niñas. Se habían acostado en la misma cama, y dormían, las cabezas muy juntas, medio abrazadas, con expresión de placidez. Me dio miedo que al acercarme a ellas para besarlas se interrumpieran sus sueños.

La conversación con Eduardo trajo a mi memoria los mitos que habíamos cultivado en el pasado. Todo parecía muy lejano, pero aún había ráfagas de emoción, ráfagas que me hacían vibrar. En cuanto nos distanciamos un poco de los líderes de la revolución, aunque seguimos asistiendo a las asambleas y acudiendo a las manifestaciones, lo que sobre todo queríamos era conseguir una estética que nos distinguiera de la realidad absolutamente gris que nos rodeaba. Ése era nuestro objetivo, aunque dentro de él entraba también –era, de hecho, imprescindible– la parte de rebeldía social. Teníamos nuestros propios héroes y modelos, y aunque los imitábamos, nos decíamos que sencillamente compartíamos con ellos gustos y posiciones políticas. La desganada forma en que cantaba uno de nuestros mitos, las letras de sus canciones, a veces crípticas y a veces extraordinariamente certeras, la exacta expresión de nuestros sentimientos, su figura delgada, escurridiza, ese estar ahí en el escenario y, al mismo tiempo, la sensación que transmitía de querer huir de allí, de esconderse y no saber nada de su público, de los aplausos y del entusiasmo que suscitaba, nos parecía la mejor de las actitudes, la que más se avenía a nuestra estética. Ese hombre que a veces lo miraba todo con gesto despectivo, los ojos ocultos tras el negro cristal de sus gafas de sol, y que a veces se vislumbraba, tan frágil y menudo, cargado de dulzura y de encanto, era, no ya el modelo, sino lo que en cierto modo creíamos ser.

Pensé en los viejos mitos aquella noche, y aún me parecía que quedaba algo de todo aquel sueño. Las respuestas a las grandes preguntas de la vida aún estaban en el viento. Busqué entre mis discos de vinilo, arrinconados, silenciosos desde hacía tanto tiempo, busqué los discos de mis viejos mitos. Encajé el gran círculo negro, siempre misterioso, con sus innumerables y finísimas muescas, en el giradiscos, presioné el botón que ponía en funcionamiento la manilla, hice girar el mando del volumen casi al mínimo y, poco a poco, la voz gangosa y desganada de mi cantante mítico y las voces avasalladoras o llenas de matices o esperanzadoras o totalmente desesperadas y desgarradas de otros cantantes y grupos míticos fueron invadiendo la sala en penumbra. No quería despertar a las niñas. Siempre había escuchado esas canciones a todo volumen. No las escuchaba, me dejaba invadir por ellas. A Claudia le horrorizaba esa inmersión musical a la que yo sometía a la casa entera, y sin decir nada, sin llegar a protestar, iba corriendo al cuarto de estar –yo no veía este movimiento, pero me lo imaginaba muy bien– y bajaba el volumen del tocadiscos.

¿Claudia?, me pregunté con extrañeza algo después, mientras me metía en la cama enteramente sola para mí, con la cabeza llena de la música que tanto me había gustado en el pasado. Y me dije que todo estaba bien, que incluso esa noche era mejor que la anterior. Eso me dije al fin, mientras me hundía en el sueño con esa mezcla de alcohol y somníferos a la que, de todos modos, recurrí.

Más o menos al cabo de un mes, recibí la carta del abogado de Claudia en la que me proponía iniciar el trámite de un divorcio de mutuo acuerdo. Mi primera reacción fue impedirlo. ¿Mutuo acuerdo?, ¿es que yo había tenido ocasión, no ya sólo de negarme a que Claudia me abandonara, sino a discutir, a hablar mínimamente con ella? Pero, pasadas las primeras horas de indignación, tuve que atenerme a la razón. Estaba bien, mutuo acuerdo, el trámite más sencillo. Las cosas ya no podían arreglarse, no había vuelta atrás. Me busqué mi propio abogado –de eso, como de tantas otras cosas, se encargó Eduardo– y lo dejé todo en sus manos.

Llegué a pensar que ésas serían, a partir de entonces, las únicas relaciones que tendría con Claudia, las que ya había establecido yo con sus padres y las que mantenían, en nuestra representación, los respectivos abogados, cuando apareció Verónica. Tuvo, desde luego, todo el carácter de una aparición, porque yo jamás había oído a Claudia hablar de ella, no tenía la menor noticia de su existencia y se me presentó como la mejor amiga de Claudia, una amiga que parecía saberlo todo acerca de ella y, sobre todo, de su situación actual.

Para empezar, me la encontré en mi propia casa, al anochecer, cuando volví a casa, concluido el trabajo. Jacinta, que se iba en cuanto llegaba yo, le había abierto la puerta y le había dicho que yo no tardaría en llegar, que podía esperarme en el cuarto de estar. Sin duda, Verónica se había presentado como amiga y enviada de Claudia y el instinto le había dictado a Jacinta el comportamiento a seguir.

Ahí estaba, pues, esa mujer desconocida, arrellanada en el sofá como si fuera de su propiedad –el sofá, el resto de los muebles y la casa entera–, vestida con un traje que parecía caro, de falda bastante corta, con las piernas cruzadas, satisfecha de ellas y de la totalidad de su cuerpo. Había sobre la mesa de su izquierda un vaso, ya mediado, de whisky con hielo –luego supe que se lo había pedido a Jacinta nada más tomar posesión del cuarto de estar–, y sostenía entre los dedos un cigarrillo muy fino, de esos que creo se llaman egipcios.

Me tendió la mano, como si ella fuera mi anfitriona, incluso me parece que esbozó un leve gesto invitándome a que tomara asiento, y después de someterme a una inspección rápida pero en absoluto disimulada, dijo, con un atisbo de sonrisa en los labios:

–Lo primero que quiero decirte es que Claudia se encuentra muy bien y me envía recuerdos para ti y para las niñas.

–Muy amable –creo que contesté mientras yo mismo me servía un whisky.

–Perdona por la irrupción –dijo luego–, quizá hubiera debido llamarte antes, pero a veces creo que es más efectivo hacer las cosas de forma directa, personal.

Asentí, me senté y la examiné, como ella me había examinado a mí. No era guapa, pero tenía la misma seguridad que irradiaba Claudia. En realidad, había algo muy afín entre ellas, levantaban la barbilla del mismo modo, movían las manos de forma muy parecida, con gestos rápidos pero no del todo naturales, como si hubieran sido ensayados muchas veces, gestos aprendidos para expresar lo que eran y tenían, personalidades fuertes, ideas claras. Y, sobre todo, lo que más hacía a Verónica semejante a Claudia era el tono de la voz, ese timbre un poco agudo, un poco acelerado, un tono de voz que quiere imponerse sobre los otros, y que revela que su propietaria no está interesada en los interlocutores, que los tonos de voz de los otros y las respuestas y contenidos que con ellos se pudieran transmitir le traían sencillamente sin cuidado.

Yo no tenía otra opción, dadas las circunstancias, habiéndose perpetrado ya la irrupción de Verónica en mi casa –o más bien la posesión de mi casa–, que esperar. Lo que tuviera que decirme lo diría enseguida. La miré y esperé.

–Como sabes –dijo ella entonces–, Claudia se tuvo que marchar muy deprisa y, claro, sólo se llevó lo imprescindible. Para ella resulta muy traumático volver a esta casa. Es comprensible, desde luego –dijo, después de exhalar el abundante humo que se había tragado de una sola calada–. La verdad es que yo, particularmente, no lo entiendo, no comparto su postura, pero la quiero ayudar. Se encuentra muy bien, ya te lo he dicho, pero nerviosa, excesivamente nerviosa, creo yo. Es su carácter, su manera de ser, no lo puede evitar.

Se quedó callada un momento, como quien necesita una pequeña pausa para seguir hablando. Aproveché ese silencio, sobre el que ya se cernía la amenaza, para dar prueba verbal de mi existencia.

–Se marchó deprisa porque quiso –dije.

–Claro, claro –se apresuró a contestar, a quitarme, a fin de cuentas, la palabra–, eso no se discute, eso fue cosa suya cien por cien. –Dio un manotazo en el aire–. La cosa es ésta, que quiere que le lleve algo de ropa, ya te puedes imaginar, está haciendo frío y...

–No tiene abrigo –dije.

–Bueno –dijo, sin sonreír siquiera–, no es eso, puede comprarse un abrigo, por supuesto que sí, más de un abrigo, si tengo que ser sincera, todos los abrigos que quiera, ésa no es la cuestión, es que una mujer tiene cariño a su propia ropa.

Pareció tomar aire por un instante y de nuevo aproveché yo para intervenir.

–Me has dicho que te llamas Verónica, ¿no? –Esperé una décima de segundo a que asintiera, y proseguí inmediatamente–. Pues mira, Verónica, resulta que yo no sé nada de ti, no te conozco de nada, y a lo mejor eres sencillamente una impostora que quiere llevarse los abrigos y toda la ropa de Claudia, bolsos, zapatos y todo lo demás, de manera que te agradeceré que dejes cuanto antes el vaso de whisky que tienes en la mano sobre la mesa, apagues tu cigarrillo y te vayas. Estoy dispuesto a acompañarte hasta la puerta y a decirte adiós de forma educada, pero sólo si haces lo que te acabo de decir ahora mismo.

Me miró como si en toda su vida no hubiera visto a nadie como yo, con un asombro esencial.

–¿Está claro o lo tengo que repetir? –dije, ya de pie.

Verónica no me contestó, pero dejó el vaso sobre la mesa, apagó el cigarrillo y se puso de pie. Le indiqué la dirección de la puerta y nos encaminamos hacia ella. La abrí, le dije adiós.

–No sé cómo Claudia ha podido soportar esto tanto tiempo –dijo con un aplomo y una dignidad admirables, mirándome desde lo alto, aunque era más baja que yo, mirándome desde la verdad.

Exactamente igual que Claudia, me dije luego, regresando a mi espacio, recuperándolo de aquel inicio de allanamiento. Repetí en mi interior las últimas palabras de Verónica: «No sé cómo Claudia ha podido soportar esto tanto tiempo.» No me concedía la categoría de persona, yo era «esto».

¿Desde cuándo serían amigas?, me pregunté, ¿dónde y cómo se habrían conocido? Se parecían tanto, que su amistad podría remontarse al origen, a la infancia. A la vez, los rasgos que en Claudia eran evidentes –los gestos de las manos, los leves movimientos de la cabeza o de cualquier otra parte del cuerpo, la forma en que dejaba un pie en el aire, balanceándolo, los matices y tonalidades de la voz que rodeaban y enfatizaban sus decisiones tajantes–, en Verónica eran algo más que gestos, eran ella, sencilla y esencialmente ella. Verónica era el modelo original, genuino. Y, si me ponía a pensar un poco, tenía que concluir que, ciertamente, se había ido produciendo en Claudia una evolución durante el último año. La Claudia de aquel año era muy semejante a Verónica, si bien, comparada con Claudia, Verónica resultaba algo grotesca, porque, a fin de cuentas, Claudia no era Verónica, aunque se le pareciera mucho. Se me hizo perfectamente claro que Claudia había encontrado en Verónica un apoyo sustancial para reafirmar la parte más fastidiosa e irritante de su carácter, esa parte que tantas veces mostraba ante los demás, o, mejor dicho, ante sus contrincantes –entre quienes muchas veces me encontraba yo, sin duda, en primera línea–, y que le daba toda la apariencia de ser una persona de pensamientos y metas clarísimos, una persona que de ninguna forma está dispuesta a dar su brazo a torcer, que en realidad no considera la posibilidad de que pueda existir un camino distinto del que ella está siguiendo o señalando. Allí era donde Claudia había encontrado en Verónica un apoyo esencial, una maestra en un arte que ella ya ejercía bastante bien, pero que con la amistad que Verónica le había ofrecido Claudia había alcanzado la culminación.

Pasó mucho tiempo antes de que se produjera otra irrupción de Verónica en casa –aunque esa segunda vez, meses más tarde, yo no estuve presente–, y Claudia no nos dio tampoco, durante ese tiempo, noticias directas de su vida, ni a mí ni a sus hijas.

Claudia llamaba a sus padres de vez en cuando, y ellos enseguida me lo decían, no tanto, creo, porque Claudia se lo pidiera, sino porque se sentían obligados a hacerlo, a darme las pocas noticias que tenían de su hija, convencidos de que yo era el más interesado o merecedor de conocerlas.

–Dice que se encuentra muy bien –me decía la madre de Claudia–, que enseguida te llamará, porque quiere ver a las niñas. Os manda muchos recuerdos.

Trataba de decirlo en tono animoso, y yo mismo le respondía como si creyera firmemente en sus palabras, pero todo sonaba a una repetición hueca. La madre de Claudia ya no se lamentaba del comportamiento de su hija. Todo eso quedaba lejos, se había producido demasiado desgaste. Éramos unos actores que no nos creíamos la representación. Pero estaban las niñas, y ellos no querían perderlas, ni para ellos, ni, seguramente, para Claudia; en el fondo puede que creyeran o se esforzasen en creer que Claudia volvería de un momento a otro, porque las madres no abandonan a sus hijos. ¿Por qué les iba a tocar a ellos ser los padres de una madre desnaturalizada? Yo sabía, además, que la madre de Claudia les decía con frecuencia a mis hijas que su madre las quería mucho, que incluso le había dolido mucho dejarlas, pero que enseguida volvería, en cuanto resolviera un problema muy importante que tenía, pero pensaba en ellas constantemente, de eso no podían dudar. Lo sabía porque la madre de Claudia me decía que era eso lo que ella les decía a las niñas. Y hasta llegué a pensar que alguna vez mis hijas hablaron por teléfono con su madre desde la casa de sus abuelos, pero, si eso sucedió, ninguna de las dos me lo dijo.

Por parte de mi abogado también me llegaban noticias de Claudia. El trámite del divorcio estaba ya a punto de concluirse y nuestros respectivos abogados parecían entenderse bastante bien. Claudia apenas pedía nada. En lo que se refería a las niñas, se contentaba con lo mínimo. Vivirían conmigo y sólo marcaba una serie de pautas para verlas y tenerlas a su lado que me parecieron casi elementales y me dije que quizá habían sido puntos establecidos por el mismo abogado. Todo indicaba que lo único que Claudia tenía en la cabeza era conseguir el divorcio cuanto antes y que el dinero no le interesaba en absoluto, y las niñas, por lo que yo llevaba viendo, tampoco le preocupaban demasiado.

Yo prefería no pensar mucho en Claudia. Atendía, de la forma en que podía, a las niñas, acudía al estudio e intentaba concentrarme en el trabajo. Luego se desarrolló otro asunto, la vida social. Eduardo y Beatriz –supongo que la idea partió de Beatriz y que Eduardo no se opuso– se propusieron emparejarme lo antes posible, y los fines de semana, preferentemente el sábado por la noche, me invitaban a su casa a cenar –esa casa que, mientras Claudia había vivido conmigo, habíamos pisado tan poco, juntos o por separado– y, con esa excusa, me presentaban a mujeres de diversas edades y profesiones que se encontraban en situación similar a la mía, mujeres desparejadas. Todas ellas agradables, con algún tipo de atractivo. Estaba claro que Beatriz –no me imaginaba a Eduardo en esa tarea– se devanaba los sesos en busca de mujeres que me pudieran gustar. Porque lo cierto es que todas, o casi todas, me gustaron un poco. Salí con muchas de aquellas chicas. En el recuerdo, esa época me parece agotadora, llena de citas no demasiado fructuosas. Hubo, desde luego, un par de resultados francamente frustrantes. Y una cita que alcanzó una cota excepcional. Fue la que tuvo como protagonista a Judy, una joven norteamericana de origen judío, guapa, inteligente, llena de vitalidad. Mi relación con Judy duró varios meses y habría durado más de no haber tomado Judy la decisión de regresar a Estados Unidos, donde le habían ofrecido, en Ohio, un puesto de trabajo que de ningún modo podía rechazar. Lo entendí, me dolió un poco –o más que un poco–, y comprendí que, a pesar de que ella había dudado mucho antes de tomar la decisión de marcharse, de que incluso había llegado a llorar, más de rabia que de pena, por tener que escoger entre dos asuntos tan esenciales, el amor o el trabajo, su elección cancelaba para mí toda posibilidad de futuro. Me escribió muchas cartas y, después de relatarme con mucho detalle y gran soltura –y así se me reveló otra de sus cualidades: era una narradora ágil e ingeniosa– su vida cotidiana, hecha de horas en el laboratorio donde trabajaba y de sucesivos cambios de piso en busca del lugar ideal donde instalarse, me decía, en una frase final, casi invariable, que tenía, por mi causa, el corazón partido. Contesté a algunas de sus cartas. Pero, al cabo, decidí salirme del juego. ¿De qué me servía tener en Ohio a una joven guapa, inteligente y trabajadora con el corazón partido?

Poco a poco, quizá desde que Judy se marchó, me fui replegando de la vida social. El trabajo y las niñas llenaban mi tiempo. Mi gran descubrimiento, desde que vivía solo, no fue tanto la permanente obligación que emanaba de las necesidades domésticas –asunto que Jacinta resolvía con bastante eficacia–, sino la preocupación, el peso que suponían las pequeñas –por fortuna, pequeñas– enfermedades de las niñas. De repente me vi llamando por teléfono al médico, entre angustiado por la enfermedad que padecían Natalia o Mónica y angustiado, también, por no saber transmitir a la secretaria o enfermera del médico o al mismo médico mi sensación de urgencia, ya que no estaba acostumbrado a tratar con ellos. No conseguía expresarme con claridad, tenía la impresión de que mi voz sonaba neutra, de que no me hacían el suficiente caso, de que estaba incapacitado para insistir, para conseguir citas urgentes.

De todos modos, llevé muchas veces a las niñas al médico, conocí la sensación de la eterna espera en la antesala de las consultas, entre otros pacientes y familiares de los pacientes, y, en una de esas ocasiones, recordé de pronto mis propias esperas en las antesalas de los médicos cuando yo era niño y mi madre me llevaba de la mano por la calle. Recordé ese momento, ese tramo de la calle que recorríamos unidos, mi mano dentro de la suya, recién descendidos del tranvía o del autobús o, excepcionalmente, de un taxi, tras el que se producía, una vez dentro del piso del médico, en la sala de espera, la desconexión más absoluta. En la sala de espera, mi madre dejaba de ser mi madre. Se convertía en una señora que no tenía otro interés que desplegar ante sus ojos una de las muchas revistas gastadas, pasadas por mil manos, que descansaban sobre la mesa baja del centro de la sala. Estaba absorta, completamente despreocupada de mí, perdida en la contemplación de fotos de gente desconocida. E incluso luego, cuando la enfermera pregonaba mi nombre y nos levantábamos los dos para entrar en el despacho del médico, seguía ausente, y aun dentro del despacho, delante del médico, mantenía esa actitud; hasta cierto punto se desentendía de mí, como si ella ya hubiera hecho todo lo que tenía que hacer, ya hubiese cumplido con su obligación. Me dejaba, me abandonaba, en manos del médico. Desde luego, yo no era, en aquel momento, el centro de su interés. Era palpable para mí el esfuerzo que hacía mi madre por resultarle agradable al médico, por caerle bien. Estaba absolutamente concentrada en ese empeño, y asentía a las observaciones del doctor e incluso me contradecía, si es que yo decía algo, si respondía a alguna pregunta del médico de una forma que a ella le parecía poco conveniente. Yo veía los ojos de mi madre por detrás de la mirada escrutadora del médico, y eran unos ojos vigilantes, alarmados, como si temiera, no ya el diagnóstico de una enfermedad maligna, sino un despropósito completo, un extraño fraude por mi parte. Palpaba su temor y sabía que en ese momento mi madre me había dejado completamente solo, porque su miedo provenía de un terror exclusivamente suyo, ajeno a la posible gravedad de mis dolencias, un terror que, lo comprendía ahora, la obligaba a situarse muy lejos de mí.

Ahora que yo era el padre que llevaba a sus hijas pequeñas a las consultas de los médicos, me encontré reproduciendo, en cierta medida, la actitud de mi madre. Una vez que me sentaba en una de las butacas o las sillas de la sala de espera, con Natalia o Mónica, o las dos, a mi lado, yo también me abstraía. Abría el libro que me había llevado expresamente para llenar el tiempo de la espera, y me perdía entre sus páginas, me obligaba a concentrarme en ellas, absorto ahora yo, como mi madre se quedaba absorta entre las páginas de las gastadas revistas de modas y cotilleos sociales que llenaban las mesas del centro de las salas de espera.

Natalia y Mónica podían pensar en esos trances lo mismo que yo había pensado en otro tiempo de mi madre. Y comprendí que, para ella, llevarme al médico había supuesto un enorme esfuerzo, pero como no había tenido más remedio que realizarlo, se defendía de mí, de su miedo, y se alejaba. Las enfermedades de los hijos, sobre todo cuando son pequeños, cuando dependen absolutamente de ti, constituyen para los padres una especie de acusación, y de ahí nacía, seguramente, el temor de mi madre, como si el médico pudiera pedirle a ella cuentas de sus cuidados y su dedicación. Y como mi madre tuvo que llevarme al médico muchas veces, ya que durante mi infancia a una enfermedad se sucedía enseguida otra, creo que se desarrolló en ella cierta animosidad contra mí y por eso yo palpaba su distanciamiento, intuyendo el rechazo que le producía esa prueba casi continua a la que mis enfermedades la sometían.

Teresa, por el contrario, no le había dado a mi

madre ese trabajo. Ahora recordaba yo las veces en las que mi madre presumía delante de alguien, un pariente, un vecino, una persona encontrada por la calle, de la salud de mi hermana Teresa.

–¡Qué fuerte es! –decía, llena de satisfacción, de orgullo–. No me causa el menor problema. En cambio, el chico...

Lo cierto era que yo no recordaba que Teresa hubiese estado enferma jamás. No tenía ninguna imagen en la memoria de Teresa enferma, aislada, metida en la cama, confinada en su cuarto. Las enfermedades habían sido cosa mía. Recordaba, sin embargo, a Teresa mirándome desde el umbral de la puerta de mi cuarto, al que se le había prohibido la entrada para evitar el contagio, y el resplandor de envidia que iluminaba sus ojos oscuros. Bien le podía haber dicho yo que mi situación no tenía nada de envidiable, pero ni siquiera me lo decía a mí mismo, eran sensaciones vagas, poderosas, pero informulables. Cuando yo caía enfermo, mi madre tenía que convertirse en mi enfermera. Entraba en el cuarto sonriente, animosa, me daba las medicinas, me obligaba a comer, me traía los libros y tebeos de aventuras que yo le pedía, pero nunca pude dejar de sentir en lo más hondo que todo eso le parecía un exceso, un abuso por mi parte.

Mucho tiempo después, ya adulto, al ir a visitar a algún amigo a un hospital, incluso a mi propia madre, que ha tenido que estar internada más de una vez, he reconocido en la actitud de algunas enfermeras el espíritu con el que mi madre me atendía en las enfermedades de mi infancia. Más atenuado en mi madre, desde luego, pero allí estaba, el esfuerzo visible, el tono artificial, la sonrisa y las palabras de ánimo dichas por igual a todos los enfermos. Pero Teresa, desde su situación de persona que no requería de especiales cuidados, no veía el espíritu distanciado con que mi madre me atendía. Para Teresa yo era, sin duda, un privilegiado, un usurpador, ya que, en lugar de celebrar sus éxitos –los premios que obtenía por su buen comportamiento y por su aplicación en todas, absolutamente en todas las asignaturas–, mi madre se dedicaba a cuidarme. Eso tenía que suponer, necesariamente, una injusticia a sus ojos, pero no podía darse cuenta de que a mi madre también se lo parecía. Mi madre no estaba de mi parte, sino de la suya, pero eso era algo que sólo yo podía percibir, el enfermo que sabe que su enfermedad es una carga y una molestia, el enfermo enredado en su propia culpabilidad que, para mayor complicación, se convierte en una barrera más para alcanzar cuanto antes la salud.

Pero los sentimientos hostiles de Teresa para conmigo y para con mi madre, que algunas veces he sentido de forma casi física, debieron de fraguarse allí, mientras me miraba con envidia desde el umbral de la puerta de mi cuarto. Quizá mi cuarto adquiriera para ella la categoría de una especie de paraíso, al que todos en la casa podían acceder, menos ella, y, ya expulsada de mi mundo, lo rechazara para siempre.

Allí, en una de las salas de espera de los médicos, no sé si con una de mis hijas al lado o con las dos, mientras trataba de concentrarme en la lectura del libro que había llevado conmigo para que la espera no se me hiciera insoportable, después de evocar mis propias enfermedades de infancia y el peso que habían tenido en la configuración de la vida familiar, se me ocurrió de pronto que no dejaba de ser sorprendente que Teresa, desde que Claudia se había marchado de casa, no se hubiese ofrecido a echarme una mano con las niñas, precisamente, en este punto, en el de las enfermedades. A decir verdad, Teresa parecía haberse alejado un poco más desde el abandono de Claudia. Me di cuenta allí, en una de las salas de espera de los médicos, y concluí que su alejamiento era instintivo, nacido de aquel rechazo que yo había percibido algunas veces, rechazo del que seguramente ella no era del todo consciente, pero el instinto le decía que yo le había arrebatado muchas cosas, que ella había tenido que soportar muchas injusticias y que, si ahora me tocaba a mí sufrir y hacer frente a las dificultades, probablemente me lo merecía. No creo que se lo hubiera llegado a proponer, no creo que hubiera llegado a decirse: No voy a ayudar a mi hermano. La idea de ayudarme era sencillamente algo que no se le podía ocurrir, algo que no se le pasaba por la cabeza, tan llena de razones contra mí.

En cuanto a mi madre, que sí se había ofrecido a acompañarme a llevar a las niñas al médico, yo mismo le había dicho que no era necesario, porque en realidad mi madre no suponía ninguna ayuda, dada su creciente debilidad y dificultad para andar y valerse por sí misma, a lo que ella, de momento, no quería dar mucha importancia.

Y en estas mismas salas de espera de los médicos tuve que reconocer el mérito de Claudia, porque ella se había ocupado siempre de estos asuntos. No sólo había llevado siempre a las niñas al médico, sino que incluso se encargaba de organizar mis propias citas médicas. Es verdad que a veces se quejaba un poco, decía: Vaya tarde he pasado, dos horas de espera, el tráfico infernal, el médico no nos ha hecho el menor caso, no nos escuchaba, qué antipático, vamos a tener que cambiar de médico... Pero nunca había reclamado mi colaboración. Y cuando concertaba mis citas médicas, me llamaba enseguida al estudio y me preguntaba si me convenía la hora que me habían dado y volvía a llamar al médico para cambiarla si no me convenía. Todo eso lo hacía con absoluta naturalidad, sin poner en cuestión que ése fuera un asunto que le correspondiera arreglar a ella.

Quizá se cansó de todo eso, concluí. Quizá haya salido huyendo de todas sus responsabilidades familiares y domésticas. Y en cierto modo la entendí, aunque nunca pudiera justificar la forma en que se marchó, tan repentina. Tan ofensiva, en suma.

Curiosamente, fue en la sala de espera de un médico –un dentista– donde tuve noticias de mi hermana Teresa, cuya vida se había alejado tanto de la mía. Yo aguardaba mi turno, solo, intentando abstraerme esta vez con las revistas que descansaban sobre la mesa del centro, porque, quizá al ir solo, no había tomado la precaución de llevar un libro conmigo, ya que me sentía más libre y, por tanto, menos necesitado de distracción que cuando iba con las niñas. Había otras personas en la sala, pero apenas las miré, me dirigí a la mesa de las revistas, cogí una y me senté en el extremo de un sofá, dispuesto a hacer acopio de paciencia. La revista era atrasada, pero eso no tenía mucha importancia, porque los personajes que aparecen en estas revistas son casi invariables, las bodas, las fiestas, los reportajes de las casas de los famosos parecen siempre los mismos. Allí estaba Carolina de Mónaco, y la baronesa Thyssen, más espléndidas y sonrientes que nunca, y la incombustible Karina, y las hijas y los hijos de las famosas y los famosos, mucho más famosas y famosos que sus padres, sin haber hecho nada, sólo casarse y divorciarse y volverse a casar. Dichosos todos ellos, me dije, desdichados a la vez, siempre en el mismo escaparate con gestos parecidos y modelos y peinados renovados, ¿qué sentirían al verse tantas veces retratados, reproducidos, yendo en fin a parar a tantas manos y miradas?, ¿no tendrían ellos, más que nadie, la sensación de lo efímero, de lo fugitivo de la vida?, ¿no les inquietaría el saber que sus observadores –sus admiradores– no conocían de ellos sino lo más superficial y brillante, y que el fondo, lo que eran de verdad, quedaba siempre oculto y sepultado? Sí, quizá se hacían esas preguntas, quizá no. Quizá a algunos ese escaparate les servía para algo en verdad necesario.

Inmerso en la contemplación de todos esos personajes, unos ya conocidos, personajes de siempre, y otros nuevos y totalmente desconocidos para mí, apenas me fijé en las personas que aguardaban conmigo, sentadas en otras butacas, su turno para el dentista. Pero de pronto sentí que alguien me observaba, que, mientras yo me perdía entre las imágenes de los famosos y mis vanas preguntas sobre su vida interior, alguien llevaba un rato mirándome fijamente. Lo sentí de golpe, y alcé los ojos. Una mujer de unos treinta años era quien me miraba y de momento no la reconocí, aunque ella me sonreía. No era guapa, no tenía ningún atractivo, vestía con ropa muy juvenil, con ciertos detalles de estilo punk, botas negras con hebilla plateada, pulsera de cuero decorada con tachuelas, pendientes con forma de imperdibles, un anillo con una enorme bola amarilla, evidentemente de plástico, en uno de sus dedos... Pero sí, su cara me resultaba familiar. Ella, al comprobar mi desconcierto, acentuó la sonrisa.

–Ya veo que no me reconoces –dijo–. Soy Delia, la amiga de tu hermana Teresa. He estado en tu casa, en casa de tus padres –corrigió– cientos de veces, pero ha pasado tanto tiempo...

–Delia, claro –dije torpemente–. Bueno, ya sabes, soy muy despistado. Me alegro de verte.

–Casualidades de la vida –sonrió, si es que en algún momento había dejado de sonreír–. Tenemos el mismo dentista. No es la primera vez que me encuentro con algún conocido en la sala de espera de los médicos, a fin de cuentas es lógico, son lugares de encuentro, ¿no te parece?

Mientras hablaba, el tono de su voz, susurrante, envolvente, como lleno de idas y venidas, de curvas y meandros, me trajo la imagen de Delia años atrás, cuando, efectivamente, pasaba muchas tardes en casa de mis padres. Era íntima amiga de Teresa, pero yo nunca le había hecho mucho caso y siempre me había preguntado cómo mi hermana, que a fin de cuentas era una chica relativamente guapa –no esplendorosa durante los años escolares, pero luego mejoró y alcanzó cierta belleza en su época universitaria–, había escogido como amiga a una chica tan fea. Ni siquiera muy fea, pero había algo en Delia que me impedía mirarla directamante a la cara. Por alguna razón, su cara me molestaba, y sus gestos y su voz y la sonrisa permanente en sus labios. Evidentemente, todo eso seguía, e incluso se había acentuado. La voz aún se había hecho más susurrante, se había enronquecido un poco –sin duda, Delia era fumadora–, la sonrisa ya no se retiraba nunca de sus labios, ni siquiera nacía de ellos, estaba repartida por todo el rostro. No era una sonrisa, era la esencia, la parte constitucional de su cara. Y no pude evitar que algunas de las vanas preguntas que me acababa de hacer mientras contemplaba las imágenes rutilantes de los famosos se las aplicase silenciosamente a Delia. ¿Es esta sonrisa expresión de felicidad?, me pregunté, ¿se ha ido labrando desde el esfuerzo y no significa alegría ni complacencia?, ¿es una máscara que encubre tristeza y amargura? Si hubiera sido yo quien tuviera que dictaminarlo, habría dicho esto último, tristeza y amargura, frustración.

 Me remití al pasado y recordé que, aun sin querer detenerme mucho en analizarlo, yo había intuido que aquella sonrisa permanente en los labios de Delia expresaba una suerte de servilismo, un incontenible deseo de agradar a mi hermana e incluso a mis padres y, de haber podido, también a mí. Quizá ella nunca había llegado a sospechar mi rechazo. Yo la esquivaba, pero yo era, a la vista de todos, un chico huidizo y por aquella época me pasaba todos mis ratos libres en casa de los Berg. Esquivaba a Delia y esquivaba a Teresa y a mis padres, y cuando estaba entre ellos, en los inevitables ratos de las comidas y las cenas, no creo que hablara demasiado. Mis pensamientos estaban lejos, o no tan lejos, dos pisos más abajo, pero ni siquiera estaban allí, porque mis fantasías no se circunscribían al piso de abajo. Sin duda, algunas provenían de allí y luego se mezclaban con otras y volaban y a mí me gustaba verlas volar, me quedaba abstraído viéndolas volar. No pensaba siempre en la señora Berg, pero lo que es seguro es que mi atención no era capaz de centrarse en mi pequeño núcleo familiar, hacía todo lo que podía para escaparse de allí.

Más tarde, cuando tanto Teresa como yo estuvimos inmersos en la vida universitaria, ella estudiando sin descanso y yo asistiendo a asambleas y acudiendo a manifestaciones, mientras, a la vez, trataba de cultivar una estética que me distinguiera, me singularizara, Delia también andaba por ahí, siguiendo los pasos de mi hermana, estudiando en su cuarto o entrando y saliendo las dos de casa camino de una biblioteca o de la facultad. En aquella época, aún me aparté más de mis padres, que presentían mis actividades y se callaban, temerosos. Empecé a imponer un horario de independencia, no coincidía con ellos a las horas de las comidas, y ellos lo aceptaron como quien se resigna a soportar un mal menor. Pero, naturalmente, yo no era sordo, y recordaba ahora que, mientras Teresa seguía obteniendo excelentes calificaciones en la universidad, como una continuación de sus notas escolares, Delia obtenía simples aprobados, o suspendía, repetía asignaturas, no sé si cursos enteros. No creo que ninguna de las dos asistiera a las asambleas, ni mucho menos que acudiera a las manifestaciones, pero tampoco me llegaba de Teresa la sensación de estar en desacuerdo conmigo. En las escasas ocasiones en las que en casa se hablaba de política y a mí, inoportunamente, me daba por discutir, Teresa me hacía leves gestos de asentimiento y aun llegaba a susurrarme en el pasillo consejos referidos al silencio. Quizá ella compartiera mis ideas, pero, por encima de todo, estaba su meta de acabar brillantemente la carrera.

Recordé, a la vez, que mis padres sí sentían cierta simpatía por Delia, sin duda a causa de su sonrisa, que ellos, acostumbrados a nuestro silencio, tenían que agradecer. Además, Delia no sólo les sonreía al pasar, sino que se detenía a hablar un poco con ellos y a veces hasta les traía algo, unas flores en el santo de mi madre, o una caja de bombones, un pequeño detalle, un pastillero, un cenicero por Navidad.

Pero ¿por qué empeñarme en juzgar con tanta severidad los sentimientos profundos de Delia, que necesariamente tenían que escapar a mi conocimiento?

–Me encanta que nos hayamos encontrado –dijo Delia–. Como comprenderás, sigo de cerca tu vida, porque ya sabes cómo es Teresa, cómo vive los problemas de los demás. En realidad, sólo vive para los demás. Es admirable, teniendo, como tiene, tantos problemas. Ella nunca pide ayuda, ya la conoces, qué te voy a decir a ti, que eres su hermano. Afortunadamente, lo del tumor ya se ha desechado, pero lo ha pasado fatal. Tuve que empeñarme en acompañarla y al fin accedió. Pero estaba dispuesta a ir a hacerse todas las pruebas sola. Luego ella misma me lo reconoció y me lo agradeció mucho, pero me dijo que sencillamente no se le había ocurrido pedirme que la acompañara, que daba por supuesto que los problemas personales los tiene que resolver uno a solas. ¡Decirme eso ella, que me ha acompañado mil veces al médico, no sólo a mí, sino a tantos amigos, que ha llegado a pasar, incluso, noches en vela en el hospital, durmiendo a ratos en una silla, cuando la operación de Rodolfo y también cuando el accidente de Cristina...! Pero así es Teresa, ya lo sabes.

No, no lo sabía. Me estaba enterando en ese mismo momento y, mientras me enteraba yo, se enteraban todos los otros pacientes del dentista, que nos miraban con más o menos disimulo, levantando fugazmente la vista de las revistas que descansaban en sus regazos. Una chica de cara simpática y vestida en tonos beige, un hombre de edad indefinida y ropa asimismo indefinida, dos señoras que venían juntas, peinadas y vestidas de forma muy semejante, teñidas de rubio, trajes de chaqueta de cuadros grandes y colores vivos. Sí, todas esas personas se estaban enterando de lo mismo que yo, de que mi hermana era una santa. Y me miraban a mí y quizá intuían mi estupor, intuían que yo estaba al margen de esa santidad. En el fondo de sus ojos se vislumbraba cierta recriminación, como si fuera cosa sabida que los hermanos de las santas nunca se enteran de nada, que están incapacitados para ver y valorar las virtudes que se desarrollan tan cerca de ellos. Los hermanos de las santas, por regla general, son un desastre, un dechado de egoísmo. Y no es por casualidad, desde luego que no. Las santas se forman en ambientes hostiles, rodeadas de incomprensión.

Ahí teníamos todos la voz persuasiva, susurrante, envolvente, de la devota Delia, la voz que comunicaba al mundo –el pequeño mundo de los pacientes que aguardábamos el turno del dentista era un símbolo de toda la humanidad– la entrega, la generosidad genuina de mi hermana.

Yo asentía, ¿qué otra cosa podía hacer? No sabía nada del asunto del tumor, nada de los miedos y peligros que había vivido mi hermana, y estaba claro que mis padres tampoco lo habían sabido porque me lo habrían dicho, ellos no eran santos, eran personas normales, que se quejaban –cada vez con mayor frecuencia e intensidad– y reclamaban ayuda.

Apareció la enfermera y pregonó mi nombre, de manera que me levanté y me dirigí hacia Delia para despedirme.

–Creí que tú pasarías antes –le dije–. ¿No estabas ya aquí cuando yo llegué?

–No –dijo, levantándose ella también para darme dos besos envueltos en un atisbo de abrazo–. He llegado después que tú. Me he fijado en ti luego, después de sentarme. Buena suerte –me deseó–. En todo –aclaró a mis espaldas.

Le di las gracias en un murmullo, ya sin volverme hacia ella, y entré en la sala del dentista. A pesar de que, como tantas otras personas, no me siento nada cómodo ante los amenazadores aparatos que penden alrededor de uno por encima del sillón aparatoso en el que el paciente del dentista se debe tender, en aquella ocasión, al menos, experimenté cierto alivio por haberme escapado de la presencia de Delia.

Si Teresa era tan generosa con sus amigos, si velaba sus noches cuando eran internados en hospitales, si los acompañaba a los médicos, ¿por qué no me había ofrecido nunca ayuda a mí? Desde la partida de Claudia, mis obligaciones de padre habían aumentado considerablemente, ella tenía que saberlo, tenía que estar enterada, a través de mis padres, sobre todo, de mi madre, a quien lo que más le gustaba en el mundo era hablarme a mí de Teresa y hablarle a Teresa de mí, como si quisiera demostrarnos o inculcarnos algo, un valor esencial –si bien el efecto había sido contraproducente porque, si algo había conseguido nuestra madre había sido transmitirnos a los dos una gran inseguridad sobre nuestra propia importancia, además de enemistarnos entre nosotros, obligándonos a compararnos y a rivalizar todo el tiempo, con el fin de ocupar mayor espacio en su mente–, de manera que, siendo así mi madre, era forzoso concluir que Teresa no había dicho nada a mis padres de su posible enfermedad y que al fin sólo había aceptado la ayuda de su más fiel amiga.

Yo pensaba en todo esto mientras el dentista examinaba meticulosamente mi dentadura provisto de los adecuados instrumentos, el pequeño espejo redondo de largo y delgado mango metálico que introducía en mi boca, y el gancho con el que hurgaba entre los entresijos de mis muelas y dientes. Y como, a fin de cuentas, tengo verdadero pánico a todos los instrumentos punzantes –para no hablar del espantoso torno–, me forcé a seguir pensando en Teresa. No había sido un tumor. Todo iba bien, me dije. Y me alegré, por Teresa, por mis padres –que ya tenían bastante con sus propios achaques–, por la tranquilidad de nuestro pequeño mundo familiar.

Y pensé, a la vez, que Teresa, para mantener ese silencio sobre sus problemas –un silencio que en realidad envolvía su vida entera, la vida que no se había desarrollado en el piso de nuestros padres–, había debido de proponérselo a conciencia, no ahora, sino en el pasado, porque ahora parecía un silencio natural, pero sin duda alguna era el producto de una larga lucha, una terrible tensión. Sí, ese silencio de ahora encubría un profundo resentimiento hacia todos nosotros, sobre todo hacia mí, que tantas veces había acaparado la atención de mi madre a causa de mis constantes enfermedades. Ese silencio era como un bloque de hielo, de odio congelado, algo que a veces casi se hacía visible. Aquel brillo de envidia que encendía la mirada de Teresa cuando me observaba desde el umbral de la puerta de mi dormitorio, donde yo estaba recluido, provenía de la queja secreta que guardaba en su seno. Sin duda, no les había perdonado a mis padres que en casa no se celebraran sus premios y distinciones escolares, al menos no en la medida que ella hubiera esperado o que había creído merecer. Siempre estaba yo por allí, interponiéndome entre ella y mis padres, el hermano mayor delicado, enfermizo. Era algo difícil de entender, y mucho menos, de admitir. ¿Quién puede aceptar, en los eternos años de la infancia, no ser el más querido, el centro de todos los cuidados? Así, Teresa, relegada a aquel segundo puesto que el destino, al parecer, había dispuesto para ella, se había refugiado, ofendida, llena de rencor, entre quienes sí celebraban sus premios y reconocían sus méritos, entre quienes le profesaban verdadera admiración. Había destacado en el colegio y luego destacó en la universidad, y siempre tuvo a su alrededor una corte de amigas. En el colegio, amigas. En la facultad, también amigos. Pero Delia los representaba a todos, los amigos de Teresa tenían mucho en común, parecían proceder del mismo terreno, como si compartieran las mismas raíces psicológicas. Todos la miraban como si Teresa fuera un modelo que ellos jamás alcanzarían; simplemente se rendían ante las virtudes y cualidades de Teresa. Estos amigos habían desaparecido de mi vista, pero aún escuchaba y reconocía sus voces cuando llamaba por teléfono a casa de Teresa y alguno de ellos respondía al otro lado del hilo telefónico. Todos susurraban, como Delia, en todos se vislumbraba la devoción que sentían por Teresa. Las amigas y amigos de Teresa eran como una sucesión o repetición de Delias, una Delia continua.

Y recordé de pronto, mientras el dentista esgrimía ya el terrorífico torno y miraba, escrutador, mi boca abierta, dispuesto a infligirme todos los daños del mundo, recordé que Teresa me había hecho una única confidencia en su vida. Era su último año en el colegio y yo estaba matriculado en segundo curso de Arquitectura, aunque a lo último que me dedicaba era a estudiar. Mi intereses no podían ser por entonces más ajenos al mundo en el que vivía Teresa, un mundo, como su confidencia reveló, esencialmente religioso. Yo ya había roto con todo eso, sólo el concepto de revolución me conmovía. Ése fue el momento que Teresa escogió para decirme que se sentía invadida por una suerte de vocación religiosa y que su única duda consistía en qué tipo de institución sería más adecuado ingresar, teniendo en cuenta sus capacidades y su personalidad. El colegio de religiosas en el que se había educado y que estaba ya a punto de abandonar podía ser una buena meta. Sí, le gustaba la enseñanza, le gustaba la idea de transmitir conocimientos y valores, pero también le tentaba la absoluta contemplación, el aislamiento total del mundo, la clausura más rigurosa.

Ignoro por qué razón Teresa, que jamás me había hecho confidencia alguna, quiso, en aquel momento, hacerme partícipe de sus planes y sus dudas. Entró en mi cuarto y se sentó en el sillón. Yo estaba echado sobre la cama, escuchaba música y tenía un libro abierto sobre las manos, no recuerdo cuál, algo de Apollinaire o de Lautréamont. Había caído la tarde y estaba a punto de salir de casa. Creo que era invierno, que se sentía el frío al otro lado de la ventana, el frío y la oscuridad.

Las palabras de Teresa me dejaron perplejo. ¿Retirarse del mundo?, ¿recluirse?, ¿qué sentido podía tener eso para mí? Yo buscaba exactamente lo contrario, abrir nuevos caminos, buscar lo que todavía nadie había encontrado.

–¿Cómo crees que reaccionarán los padres? –me preguntó Teresa, que tenía las manos entrelazadas y se las estrujaba, como si necesitara perentoriamente algún tipo de contacto humano y no tuviera más que ése, el que sus manos se daban la una a la otra.

–Yo no les diría nada hasta que lo tuvieras completamente decidido –creo que le dije–. Y quizá debas darte un plazo, dejar pasar un año fuera del colegio, una decisión así puede que haya que madurarla.

Naturalmente, no sé si ésas fueron las palabras exactas que utilicé, pero sí recuerdo que le sugerí que se concediera un plazo, fue lo único que se me ocurrió en medio de mi estupor.

–Es algo muy profundo –dijo Teresa–. No lo podrías entender. Es una especie de llamada. Cuando eso se produce, no se trata de darse plazos, no hay nada que madurar. La llamada surge cuando ya está todo dispuesto.

–Sí, pero tú misma no sabes desde dónde se produce la llamada –objeté–. No sabes en qué institución o congregación ingresar, y eso parece un detalle importante. No es lo mismo una orden religiosa que se dedica a la enseñanza que un convento de clausura, son conceptos muy distintos.

–Lo fundamental está decidido –susurró Teresa.

Y me di cuenta, con el torno del dentista horadando una de mis muelas, que ese susurro de Teresa era el punto de partida del susurro de Delia, de todas las Delias.

–De todos modos –siguió hablando, susurrando, Teresa–, aún no les voy a decir nada a los padres, sólo quería que tú lo supieras. Es un peso tremendo vivir en casa con un secreto así. A fin de cuentas, eres mi hermano y he pensado que lo deberías saber.

Teresa, entonces, sin esperar ya ninguna respuesta ni comentario de mi parte, me dedicó una suave sonrisa –la sonrisa de los secretos, me dije en el sillón del dentista, la sonrisa perenne en los labios de Delia–, y se fue del cuarto.

Aquella breve conversación es como una burbuja que no tiene nada que ver con el resto de los diálogos que a lo largo de la vida hemos mantenido Teresa y yo. Teresa dejó el colegio y se matriculó en la facultad de Ciencias Económicas. Supongo que mis padres nunca llegaron a estar enterados de los planes que Teresa me comunicó en mi cuarto aquella tarde de invierno. Es evidente que cambió de planes, pero eso ya no consideró necesario decírmelo. Me lo pregunté alguna vez, pero sobre todo me lo pregunté en el sillón del dentista, ¿qué había llevado a Teresa a hacerme aquella confidencia? Traté de recordar lo que sentí ese atardecer de invierno, una vez que Teresa salió de mi cuarto después de haberme confiado su secreto. Creo que sentí que me lo había revelado para situarse en un lugar central, extraño, incomprensible, pero central. Más que central, elevado. Pero, en todo caso, eran sensaciones vagas y poco profundas, que se disolvieron y olvidaron enseguida. No me concernían, no me interesaban, no cabían en el bullicioso mundo en el que me movía por entonces y que se ensanchaba hacia horizontes que quedaban muy lejos de los planes y las dudas de Teresa.

Pero después del inusitado encuentro con Delia en la sala de espera del dentista, de haber sabido que Teresa había vivido unos días de zozobra e inquietud, quizá de verdadero miedo, porque nadie se libra de la acometida del pánico cuando le insinúan la posibilidad de tener un tumor maligno, volví a considerar la razón de aquella única confidencia que Teresa, que yo recordara, me había hecho en su vida, de esa burbuja que jamás volvió a nuestros diálogos. Había dejado en mis manos su secreto y se había marchado, satisfecha, como si estuviera convencida de que su secreto la hacía importante a mis ojos, y el mismo hecho de confiármelo era ya un regalo, una manera de decirme que ella era generosa conmigo. Me había dicho –de eso estaba seguro–: Eres mi hermano y he querido que lo sepas. Un privilegio. Una manera de situarse por encima de mí. En aquel momento, cuando me lo había dicho, lo intuí, pero en el sillón del dentista lo vi con claridad.

Si Teresa me había querido comunicar su vocación religiosa era porque la consideraba un suceso, más que importante, excelso, y, completamente segura de tener en las manos un objeto tan indiscutiblemente valioso, me lo había querido enseñar. Probablemente, sospechaba que su secreto no me iba a deslumbrar –era lo suficientemente lista como para saber cuáles eran mis intereses y mitos por entonces–, pero sí sabía que me iba a dejar perplejo. Eso, de momento, le bastaba.

Había sido así, sin duda; había habido un momento en la vida de Teresa en el que había querido dejarme estupefacto, conmocionado. Fue un momento mínimo, la burbuja era pequeña, pero existió. ¿Qué importancia tenía eso ya, cuando nuestro distanciamiento era irreversible? Yo rechazaba todos esos tonos envolventes, esos susurros que acababa de escuchar en la voz de Delia y, detrás de ese rechazo, estaba la vida de mi hermana, la personalidad de mi hermana. La rechazaba de una forma tan tajante, tan radical, que incluso me producía asombro recordar la difusa añoranza que algunas veces había sentido, mirando a Teresa, cuando aún vivíamos los dos en el piso de nuestros padres, en los tiempos de la señora Berg. A veces me acometía un vago sentimiento de pérdida, que quizá era el eco de la misma pérdida ocurrida tiempo atrás, siglos atrás, quién sabe en qué momento o después de qué determinada acumulación de momentos, pero la atisbaba, la sensación de pérdida que, sin duda, significativamente, estaba ligada a otro recuerdo: el de Teresa y yo contemplando fascinados la caja china de las tías de Novelda, todas las piezas desparramadas sobre la alfombra.

El dentista ya casi había terminado su labor, parte de mi cara estaba completamente insensible, inmovilizada. Yo me enjuagaba torpemente la boca y escupía torpemente, ante la mirada ya indiferente del dentista y la supervisión casi afable de la enfermera, que me tendía una y otra vez el pequeño vaso de plástico lleno de agua. Se me ocurrió entonces, mientras realizaba esas operaciones que, aún bajo los efectos de la anestesia, me resultaban extremadamente difíciles, que quizá Teresa había encontrado en sus amistades, esas misteriosas personas que vivían con ella o la visitaban con frecuencia y que hablaban siempre en tono muy bajo, como para que nadie pudiera entenderlas bien, como si estuvieran convencidas de ser espiadas, si había encontrado, en fin, en sus amigos, algo de lo que buscaba mientras abría la caja china sobre la alfombra y sacaba los cajones y desperdigaba las fichas de nácar, abstraída, olvidada de todo, reclamando para sí el derecho a imponer las reglas del juego.

Pedí al cielo que no me encontrara por el pasillo con Delia, y tuve suerte. Abandoné el piso del dentista sin tener que volver a cruzar con ella unas educadas palabras de despedida, palabras que en su caso, además de ser presumiblemente educadas –no había por qué dudar de eso–, serían susurrantes.

Sea como fuere, el encuentro con Delia, que me había hecho pensar en el origen del silencio de Teresa, de su tendencia al secretismo ante su propia familia, abocó, fundamentalmente, en la evidencia, que hasta el momento no había llegado a considerar con detenimiento, de que, desde la partida de Claudia, mi hermana no había hecho el menor gesto de ofrecerme ningún tipo de ayuda en relación con las niñas. Acompañaba a sus amigos a las consultas médicas y pasaba las noches en los hospitales velando sus sueños, si era necesario, pero mis hijas debían de ser para ella una especie de prolongación mía, por lo que quedaban fuera de su campo de visión o más bien entraban de lleno en su campo de rechazo, de esa hostilidad congelada, petrificada a través de los años, que la había ido separando de mí.

Ya en la calle, envuelto en el frío invernal, dejé de pensar en Teresa, aun cuando el conjunto de sensaciones que me había producido el encuentro con Delia me acompañó vagamente durante un tiempo y poco a poco se fue sepultando, yéndose a reunir con todo lo que se refería a Teresa.

Había pasado más o menos un año desde el abandono de Claudia, y yo ya me había acostumbrado a que las únicas noticias que teníamos de ella provinieran de mi abogado –la separación ya era inminente– y de sus padres, que veían a las niñas regularmente, cuando una mañana de sábado surgió la voz de Claudia al otro lado del hilo telefónico.

–Soy Claudia –dijo inmediatamente, a la vez que yo reconocía su voz–. Estoy en Madrid. Me gustaría ver a las niñas.

Creo que no dijo nada más, pero lo cierto fue que, si bien era su voz y yo la había reconocido, el tono no era en absoluto tajante, no era el tono de la última Claudia, cada vez más lejos de nosotros, más lacónica y terminante. Era un tono en el que había un nuevo matiz, de cansancio, o incluso de dulzura, como si una zona de ella –de la voz o incluso de la misma Claudia– hubiera sido vencida. Ya no era una voz salida de una fortaleza invencible, se presentían ciertos derrumbamientos y escombros.

Le pregunté cómo le iban las cosas. Me dijo que bien. No dijo «muy bien». Sólo «bien». Volvió a decir que quería ver a las niñas. Le pregunté si quería que se las llevara a algún sitio o prefería venir a casa a buscarlas.

–Pasaré a recogerlas en coche –dijo–. Hacia las dos de la tarde. Diles que bajen al portal.

Creo que no dijo «por favor», pero no hacía falta. En el nuevo tono de la voz de Claudia estaba implícita una actitud de cierta humildad. Al menos, ya no había espíritu de mando. Componía las frases como siempre lo había hecho, pero el tono las convertía en otra cosa.

Las niñas se quedaron muy asombradas cuando les dije que su madre las iba a venir a recoger. Más calladas que nunca, se vistieron y me pidieron que bajara con ellas al portal. No sé por qué, pero en cuanto colgué el teléfono, me había representado la imagen de Natalia y Mónica bajando juntas, cogidas de la mano, las escaleras, y de repente me vi dentro del ascensor, en medio de mis hijas silenciosas. Llegamos al portal y las dos se cogieron de mis manos.

–No te vayas –me pidió Natalia.

–No pensaba irme –le dije–. Me quedaré hasta que venga vuestra madre.

Sentía la presión de las manos de mis hijas dentro de las mías y pasé por alto el hecho de que yo también iba a ver a Claudia, porque el miedo y la impaciencia que ellas me transmitían me clavaba en la garganta un aguijón de angustia. Al cabo de un año, después de una escena que no presencié pero en la que presuntamente Claudia les había dado algún tipo de explicación por su repentina marcha, la iban a volver a ver. Quizá habían hablado con ella por teléfono alguna vez desde casa de sus abuelos, pero lo que sí era seguro era que no la habían visto. Yo les acababa de anunciar el encuentro y ellas se habían apresurado a prepararse, a peinarse y escoger la ropa adecuada. ¿Y por dentro?, ¿habían tenido tiempo de prepararse por dentro? Pendiente de ellas, de la fuerza con que se asían a mis manos, apenas pensé en Claudia. Quería que llegara cuanto antes, que el trámite se llevara a cabo con la mayor rapidez. Nada de cámaras lentas, la tortura de sentir deslizarse el tiempo segundo a segundo.

Sin embargo, transcurrieron diez largos, inacabables minutos. Y me parece que los tres permanecimos en silencio. Yo no tenía los necesarios recursos para entretenerlas. Las miraba, quizá con una sonrisa que, queriendo ser alentadora, debía de resultar compasiva, y las mantenía pegadas a mí. Al fin, un gran coche oscuro se detuvo ante el portal, y vi a Claudia al volante. Abrió la puerta mientras nos acercábamos a ella. Lo primero que vimos fueron sus piernas, largas, perfectas. Las piernas de Claudia, me dije, y me detuve en seco, sin querer seguir ni recordar ni evocar nada. El grupo compacto que formábamos las niñas y yo también se detuvo en seco. Yo sentía ahora la inmovilidad de mis hijas, su absoluto desconcierto, la ignorancia total de las pautas que debían seguir. Miraban a Claudia como si no supieran quién era, como supongo que se mira a una aparición mágica. De hecho, Claudia había cambiado. Estaba muy delgada y, por debajo del sutil, casi imperceptible, maquillaje –Claudia era una verdadera maestra en este aspecto. Maquillarse le llevaba casi una hora entera y desplegaba sobre el mármol del tocador multitud de tarros, polvos compactos y sueltos de todos los colores, pinceles, lápices de ojos y de labios, brochas de diferentes tamaños, pequeños cepillos circulares, y al fin emergía, salía del cuarto de baño, exacta a sí misma e increíblemente mejorada–, percibí una acusada palidez, como quien ha superado una grave enfermedad y todavía está convaleciente, todavía debe andarse con cuidado. Iba muy bien vestida. Tenía a su alrededor una especie de halo de actriz de cine y me pregunté si no lo habría tenido siempre y era ahora cuando yo lo veía por primera vez. Pero quizá lo acababa de adquirir.

Al fin, se inclinó hacia las niñas, las abrazó y luego me tendió la mano. El gesto, tan frío, de tenderme la mano no me resultó, sin embargo, ofensivo. Encajaba con el nuevo aspecto de Claudia, con la languidez que ahora regía todos sus movimientos. No sé si llegamos a hablar. Supongo que intercambiamos las frases de rigor. Y luego se fueron. Las dos niñas detrás y con los cinturones de seguridad puestos, me fijé en ese detalle. Vi el coche perderse al final de la calle, vi las cabezas de mis hijas, sólo parte de ellas, el pelo castaño de sus cabezas, suelto y recién cepillado.

En cuanto entré en casa, la nueva imagen de Claudia me invadió. Ya no tenía nada que ver conmigo. Había experimentado una conmoción y era otra persona, y de algún modo esta nueva Claudia, más etérea que la que yo había conocido, me interesaba más, aunque seguía produciéndome miedo. Respondía perfectamente a lo que ya había percibido en su voz a través del hilo telefónico; algo impreciso se le había quebrado por dentro, una suerte de íntima resistencia a algo que seguramente sólo ella conocía, sólo ella había decidido derribar. Esta nueva Claudia, me dije, era como una destilación de la otra, el resultado de un proceso de despojamiento.

Enseguida se conoció toda la historia. El tiempo se me hace muy confuso y ya no sé si fue antes o después de haber obtenido la separación legal, pero tengo la impresión de que todo ocurrió a la vez y de que todos lo supimos a la vez. El misterio de su súbita desaparición fue desvelado. Claudia había dejado nuestra casa para irse a vivir con un hombre que le llevaba algunos años, al menos diez, un hombre que pertenecía a una historia del pasado. Una historia de pasión, decían en voz baja, como para que yo no lo pudiera oír. Un hombre muy rico, además, y que estaba, también, en posesión de un título nobiliario, aunque no lo utilizaba, decían. Cuando Claudia ni siquiera tenía veinte años se había desesperado porque él no quería comprometerse, decían. Un soltero empedernido, un vividor, así lo definían e incluso así, decían, se definía él. Y aun en esas condiciones, o a causa de ellas, había sido una historia de pasión. Ésas habían sido las turbulencias de Claudia, esa vida anterior que había querido mantener en secreto y de la que había nacido su fortaleza, su lejanía y, poco a poco, el silencio entre los dos, la franja de silencio que nos fue separando. Imaginé que su sufrimiento había debido de ser terrible, que no se había llegado a reponer nunca de ese rechazo y que, a pesar de habérselo propuesto, de haber intentado con todas sus fuerzas olvidar a ese hombre –yo no dudaba de eso–, no lo había conseguido. Años más tarde, Claudia con la vida hecha, o encauzada, se habían vuelto a encontrar, y, seguramente, las ansias de vividor de ese hombre desconocido por mí ya no eran las mismas. Una historia previsible, me dije. Lo que a una joven le parece inaccesible, y la paraliza, y casi la hunde, no supone un problema irresoluble para una mujer que ya ha descubierto que la vida no le ha dado lo que esperaba. Se encontraba en condiciones de arriesgarlo todo. Podía imaginar perfectamente el empeño de Claudia por hacer resucitar la historia del pasado y darle ahora un final feliz, el final de sus sueños. Todo eso había sido muy costoso, era indudable que Claudia, en ese proceso, se había debilitado, había adquirido ese aire entre fantasmal y de actriz de cine retirada con que había aparecido ante nuestros ojos, los míos y los de las niñas, la mañana de domingo –de mayo, creo que fue en mayo– en que bajó del coche oscuro frente al portal de nuestra casa.

 Así volvió Claudia a nuestras vidas. Las niñas la fueron aceptando poco a poco. Ellas también debían de saber que, aun cuando Claudia seguía siendo su madre, no era exactamente la misma persona que había vivido con ellas, y quizá sentían curiosidad, y hasta un grado de fascinación, porque Claudia estaba ahora más guapa que nunca, la palidez que el primer día me había llamado la atención era ya consustancial en ella, la sensación de solidez que siempre había transmitido había dado paso a una extraña expresión obstinada en el fondo de sus ojos. Algunas veces venía a recoger a las niñas al portal, como el primer día, y ya las niñas bajaban solas, no me volvieron a pedir que las acompañara y me quedara con ellas hasta la llegada de Claudia. Otras veces las llevaba yo al hotel donde se alojaba Claudia, presumiblemente con el hombre con quien vivía. A veces, las niñas viajaban con ellos y volvían llenas de regalos, envueltas también ellas en el halo de lujo en el que se desarrollaba ahora la vida de Claudia.

Se casaron sin ninguna celebración. Me lo dijeron las niñas: «Mamá se ha casado, nos ha dicho que se ha casado.»

Cuando volví a ver a Claudia delante del portal, otra mañana de sábado o de domingo en que vino a recoger a las niñas y yo quise bajar con ellas, me incliné hacia Claudia, que permanecía sentada frente al volante, y la felicité. Le pregunté:

–¿Eres feliz?

Se lo pregunté sin querer, no fue nada premeditado.

–Sí, soy muy feliz –dijo.

Pero no me miró, o sólo me miró una décima de segundo y enseguida apartó los ojos de mí, lanzó la mirada muy lejos, quizá a ese lugar donde había encontrado la felicidad y que yo no podía ver, un lugar que no me pertenecía, del que estaba absolutamente excluido.

Pero esos gestos ya no me herían, no podían hacerme daño. Tampoco Claudia me quería herir. Se había separado de mí, simplemente; me había dicho adiós como quien se marcha de un lugar equivocado, donde ha permanecido atrapada, por error, por un absurdo azar. Mientras había estado a mi lado, yo había sentido su rencor en algunas ocasiones, quizá ese rencor era la forma que tomaba la sospecha de su equivocación, pero ahora que su vida había alcanzado la meta que siempre había perseguido, el rencor se había evaporado.

Mi historia con Claudia se había terminado. Quizá yo también sentía que para mí había sido una suerte de error, pero me dejó un fondo de extrañeza, de inclasificable inquietud. En nuestros breves encuentros, los dos evitábamos mirarnos a los ojos, nos habíamos convertido el uno para el otro en el recuerdo de un pasado que teníamos que borrar. Cuando hablábamos por teléfono para ponernos de acuerdo en algo con relación a las niñas, nuestras voces adquirían un tono neutro. Éramos como dos abogados discutiendo con calma, frialdad y distanciamiento asuntos que no nos concernían, asuntos de nuestros clientes. Desde luego, yo no podía evitar pensar que me había tocado compartir con Claudia una parte de su vida que había sido para ella un tiempo de transición, un paréntesis. La fortaleza que la rodeaba no tenía ninguna puerta de acceso. Pero la nueva Claudia, en la que los signos del derrumbamiento interior que había sufrido resultaban muy visibles para mí, siendo, en fin, más etérea, con toda la belleza destilada, delicadísima, que había alcanzado, también me estremecía. Había algo gélido en su mirada, algo que causaba cierto terror. La obstinación, la llegada a la meta, el vacío que produce toda conquista. Quizá era eso. Estaba claro que las niñas también percibían ese fondo helado, esa zona oscura y plomiza, porque, aun cuando nunca se resistían a los planes que su madre les proponía, y ni siquiera llegaban nunca a discutírselos, tampoco los aceptaban siempre con entusiasmo, y algunas veces yo las veía, a las dos o a una de ellas, cabizbajas, taciturnas, mientras la hora del encuentro con su madre se acercaba. Rara vez, por otra parte, me comentaban las cosas que habían hecho, dónde y qué habían comido, no me hablaban de los hoteles ni de los viajes, ni siquiera me hablaban demasiado de las ciudades que visitaban. Pronunciaban sus nombres como si no quisieran decir nada más, como si no desearan pronunciarlos. Se les escapaban sin querer.

Pero la etapa del disimulo había pasado. Si no hablaban de lo que hacían en el mundo de Claudia era porque cuando volvían a casa lo dejaban muy atrás. Entraban en su mundo de siempre, un mundo en el cual ya no quedaba ninguna huella de Claudia. No podían mezclarlos, no necesitaban mezclarlos. Eran tan distintos entre sí que ni siquiera debían de plantearse el mantenerlos separados.

El último acto que había borrado las huellas de Claudia en nuestra casa había sido el nuevo orden que se había establecido en los armarios, cuando al fin su ropa desapareció de ellos. Y este hecho, que había ocurrido poco después de la primera llamada de Claudia, debió de resultar entre cómico y doloroso, uno de esos hechos que, mientras se realizan o se observan o se imaginan, nos hacen pensar que habría sido mucho mejor evitarlos. Claudia me lo anunció por teléfono, vendría una mañana a recoger su ropa, los objetos que le pertenecían. El jueves por la mañana, si me parecía bien. Prefería, como yo podía comprender, que las niñas no estuvieran en casa. Y daba por sentado –pero no llegó a decirlo– que yo tampoco iba a estar en casa. Me dijo que avisara a Jacinta.

No fui a comer a casa y cuando regresé, hacia las ocho, me recibió una Jacinta algo arrebolada. Las niñas estaban absortas ante la pantalla del televisor. Jacinta me contó que, efectivamente, Claudia había estado en casa por la mañana, toda la mañana. Había venido acompañada de una señora, la misma que había venido hacía algunos meses, es decir, Verónica, y entre las dos habían vaciado el armario y la cómoda y los aparadores donde aún se guardaba la ropa de Claudia. Por lo visto, según decía Jacinta, Claudia no quería ya esa ropa y parte de ella iba a ir a parar a la otra señora, a Verónica. Se deducía por lo que hablaban entre ellas, dijo Jacinta. Además, Jacinta también había recibido parte de la ropa de Claudia. Enumeraba las prendas, excitada, decía lo mucho que se lo había agradecido a la señora, a Claudia. Decía que había sido muy amable con ella, incluso cariñosa, parecía darme a entender Jacinta. La había encontrado muy cambiada, muy guapa, muy elegante, eso sí, pero demasiado delgada. Le había dado un poco de pena, noté, y ahora Jacinta se sentía perpleja y hasta un poco culpable, después de haber recibido tantos y tan buenos regalos. Me miraba para que yo le dijera algo. Le dije que me alegraba mucho de que al fin Claudia se hubiera llevado sus cosas, así ya teníamos más espacio en los armarios, bueno, ya tenía ahora Jacinta una nueva tarea que hacer, reordenarlo todo, y le dije también que me alegraba de que Claudia le hubiese dado ropa.

Se marchó, con enormes bolsas llenas de ropa

colgando de sus manos y una leve sonrisa de culpabilidad. No tuve más remedio que sonreírle también yo, como si hubiera sido su cómplice en un desfalco. Fui a mi cuarto a cambiarme y no pude evitar la tentación de abrir el armario de Claudia, ya absolutamente vacío. Luego me fijé en que se había llevado también pequeños objetos, una caja, unos marcos con fotografías de las niñas, pequeñas cosas que sin duda eran más suyas que mías. En realidad, hubiera podido llevarse mucho más, la mitad de los muebles, la mitad, también, si me ponía a ser justo, de la ropa de casa. Pero ahora Claudia era muy rica, me dije, Claudia no necesitaba dividir nuestras pertenencias por la mitad y llevarse su parte.

El que Claudia se casara nos ayudó a adaptarnos con más facilidad a la rutina de las idas y venidas, las llamadas telefónicas, todos los trámites en los que estábamos implicados las niñas, los padres de Claudia y yo. Tuvimos una mayor impresión de claridad y quizá las niñas se liberaron de aquella vaga culpa que gravitaba sobre sus cabezas y cuya sombra invisible yo podía atisbar. Creo que fueron recuperando a su madre poco a poco, mientras que yo, por el contrario, cada vez me alejaba más de ella, cada vez se me hacía más extraño el pasado que habíamos compartido. Tanto me distancié que en una ocasión en que al tomar el auricular para responder al timbre del teléfono no reconocí su voz, y tuve que preguntarle quién era, e incluso cuando dijo: «Soy Claudia» sentí extrañeza, porque aún no la reconocía, y llegó a pasárseme por la cabeza, como un relámpago, la idea completamente absurda de que estuviera hablando con otra persona, una falsa Claudia.

El caso fue que entramos en una rutina bastante llevadera. Los ajetreos y traslados de las niñas adquirieron un tinte de normalidad.

Dejé de preguntarme si había amado alguna vez a Claudia, que ya estaba tan lejos. ¿Cómo se puede tener esa clase de certeza?, ¿cómo se sabe si lo que se ha vivido y ya ha pasado, lo que está ya lejos, fue un gran amor?, ¿qué es un gran amor? Acaso estaba por venir, acaso no viniera nunca. Y aunque Beatriz y Eduardo persistían en invitarme a cenar a su casa y en presentarme a mujeres que en general reunían bastantes cualidades, lo cierto es que con la excepción de aquella Judy que luego se evaporó en el remoto, inmenso y desconocido Ohio, y que me dejó inmerso en un vacío que quizá fuese una mezcla de atisbo y de nostalgia del amor, con excepción de Judy, las citas que se derivaron de aquellas cenas no fueron sino un cúmulo de fugaces y monótonas aventuras, unas más felices que otras, pero ninguna digna de ser rememorada, ninguna capaz de elevar mi ánimo en los momentos oscuros. Todo lo contrario. Mis aventuras, si la memoria me las traía a la cabeza, me parecían completamente desprovistas de interés, y en realidad, dañinas, como si me hubieran ido quitando algo. Quizá todo nacía del equívoco de que el amor es la solución de todo. Durante años yo lo había perseguido –o perseguido la conquista de las mujeres–, antes de conocer a Claudia e incluso cuando vivía con ella, incluso más entonces, cuando vivía con Claudia, porque huía de las ataduras domésticas, de las ataduras de carácter definitivo, y buscaba y miraba a mi alrededor, me enamoraba o me obsesionaba con otras mujeres. Había vivido mucho tiempo enredado en aventuras amorosas, todas distintas y todas iguales, y el cansancio se había ido apoderando de mí, como si la búsqueda, o la huida, hubieran sido perfectamente inútiles, erróneas. De repente me vi convertido en un escéptico del amor, convencido de que había perdido la capacidad de amar, la capacidad de sentir verdadero, obsesivo interés por otra persona. Sin duda, existían mujeres hermosas e inteligentes, pero ya no sentía ninguna curiosidad por conocerlas, ya sabía que no iba a poder escucharlas ni mucho menos amarlas.

La otra posibilidad, que ellas me amaran a mí, siendo muy distinta, tampoco me aportaba ningún ánimo. La verdad es que no me cabía en la cabeza que nadie pudiera enamorarse de mí, un ser que tan poco podía dar, que estaba ya tan cerrado a considerar nuevas posibilidades y caminos sentimentales. ¿Me estaría convirtiendo en un misógino, un hombre que desconfía de las mujeres, que les guarda un profundo rencor? Me lo llegué a preguntar, y concluí que no dejaba de ser irónico, si es que era así, si es que yo era ya un misógino irredento, que tuviera dos niñas a mi cargo. Un misógino con dos hijas, ¡vaya contradicción!

Aquélla fue una etapa larga, una especie de travesía por el desierto sin esperanzas de salir nunca de él. Sobrevivía como podía, intuía que debía hacerlo, sobrevivir. Sólo eso. Sin razones, sin estímulos, apoyándome en lo que fuere, daba igual, sólo se trataba de sobrevivir.

Supongo que la comparación más utilizada para describir la vida es la imagen de un río, el curso variable de un río. Yo sentía que el río se había introducido en la tierra y discurría en sus entrañas, sin ver la luz. Yo no veía la luz. Las palabras que a veces me dirigía Eduardo, que todavía se esforzaba por animarme, que me vigilaba, no me servían.

Pero lo sabía de otras veces, la corriente del agua empuja y se sale al fin de la gruta, de esas pesadillas habitadas por viejos fantasmas, por terrores de infancia y angustias adolescentes, se pasa por paisajes más tranquilizadores y hermosos, se llega al fin a un remanso, a un recodo. Lo pensaba durante unos segundos por las noches antes de apagar la luz en busca del sueño. Algunas noches. Y esos segundos, vagamente esperanzadores, eran los que me hacían perseverar.

Ése era el estado de ánimo con el que me movía por el mundo. Seguir, resistir, confiar en el tiempo, lo más impersonal de todo, también lo más real. Iba al estudio, trabajaba, me comportaba como un ser humano más o menos equilibrado. En casa, hablaba con mis hijas, trataba de interesarme por sus estudios, por sus amigas, ser un padre separado pero no ausente. Al menos, me esforzaba por no ser un padre ausente, aunque sin duda había padres separados que se esforzaban mucho más que yo. Mis hijas parecían contentas, sus vidas discurrían con normalidad, la nueva normalidad que, después de la partida de Claudia y de su posterior matrimonio, se había impuesto.

En realidad, mis hijas pasaron a ocupar el plano más importante –y más complejo, más lleno de dificultades– de mi vida. Eso me asombró, porque lo descubrí de golpe aunque sin duda el proceso se había ido desarrollando con lentitud. De repente, las vi.

Porque antes, mientras Claudia vivía con nosotros, no las veía del todo. Estaban a nuestro alrededor, existían, creaban problemas que Claudia me comentaba, me abrazaban y me daban besos y yo también las abrazaba y las besaba, pero no pensaba en ellas. Ahora se habían instalado dentro de mis pensamientos y ese tránsito había ocurrido de manera solapada, imperceptible. Quizá las visitas médicas fueran el primero de los pasos que mis hijas, sin saberlo, dieron para filtrarse dentro de mí, y a ese paso le siguieron muchos otros. Así me fui acercando a mis hijas, o ellas se me hicieron visibles, salieron de la inmovilidad o de la imagen única que tenían para mí. No eran siempre iguales. Ahora las veía por primera vez y me preguntaba cómo eran, porque variaban, su imagen se movía. ¿Cómo no me había fijado tanto en ellas hasta ese momento?, ¿habían dependido tanto de Claudia?, ¿se había Claudia ocupado tanto de ellas? Y recordé entonces algunos comentarios de mi madre y de mi hermana relativos a la eficiencia de Claudia. Qué suerte tienes con Claudia, me habían dicho en más de una ocasión, y habían elogiado su labor como madre y como ama de casa. Yo conocía el carácter de Claudia y quizá por eso no le daba ese valor que mi madre y mi hermana señalaban con admiración, incluso con cierto matiz de asombro y perplejidad, como si yo no fuera digno de tener una mujer que me resolviera todos los asuntos domésticos y que me hiciese, al fin, la vida tan fácil. Pero el momento había llegado, yo reconocía al fin los méritos de Claudia y comprendí que mis hijas sólo ahora empezaban a ser hijas mías.

Ante mi propio asombro, eso fue lo que ocurrió,

mis hijas se apoderaron de mis pensamientos. Algunas veces las espiaba y analizaba conscientemente, otras, me sorprendía a mí mismo abandonado en divagaciones que me remitían a ellas. Algunas veces había oído comentar a los padres –incluidos los míos– lo muy diferentes que eran sus hijos entre sí, y este tipo de observaciones me resultaba aburrido y casi estúpido. ¿Por qué los hermanos se tenían que parecer?, ¿por qué se presuponía una correspondencia de los posibles parecidos físicos con los psíquicos?, ¡qué mentes más limitadas! ¡El mundo interior se forma por su cuenta y es intransferible! En el caso de Teresa y yo, por lo demás, no sólo estábamos, por dentro –y en todos los aspectos de ese interior que se manifestaban en el carácter y la personalidad–, a kilómetros de distancia, sino que en lo físico apenas teníamos nada en común. Nada me había molestado más, en la adolescencia, que alguien comentara que, efectivamente, parecíamos hermanos, porque, lo digo con un poco de vergüenza, yo me consideraba, en el ámbito de lo físico, muy superior a Teresa. Porque aunque Teresa era una niña de rasgos regulares y con el tiempo llegó a ser incluso guapa, me parecía, de todos modos, una afrenta que se la asociara conmigo. Para decirlo todo –y éste es el momento de decirlo todo–, luego empeoró. Los años, o lo que fuere, no sé qué clase de pesos o qué demonios, cayeron de pronto sobre ella, y envejeció de golpe, aunque mantuvo el optimismo y las energías de la ejecutiva perfecta. Pero su voz cambió de tono y llegó a ser muy bajo y despacioso, no tanto como la de Delia, desde luego, pero con ese matiz envolvente, deslizante, que caracterizaba a todas las voces que respondían al teléfono de su casa; las voces de sus amigos, los desconocidos amigos de mi hermana. Voces dolientes y quejumbrosas y, al mismo tiempo, empeñadas en parecer felices, plenas.

Nunca me sentí mínimamente orgulloso de mi hermana. En cierto modo, me la ocultaba a mí mismo, la negaba. Se me acumuló cierto sentimiento de culpa, hasta que descubrí que ella era completamente autónoma y, aunque a veces vislumbraba el rencor que la había ido poniendo contra mí, vagamente concluí que nuestras vidas eran tan dispares que ya era un rencor inservible, estéril, y quizá se había desviado ya hacia otras metas.

No sé, por tanto, cómo me asombraba ahora de que mis hijas fueran tan diferentes, si en el pasado yo me había considerado tan distinto de mi hermana.

La observación de mis hijas no sólo me remitió a mi remota e inicial relación con mi hermana, sino que me hizo pensar en la familia Berg, en la preocupación constante por sus hijos que Marta Berg me transmitía en todos nuestros primeros y continuos encuentros. Marta Berg se había esfumado de mi vida, mientras yo me sumergía, abrumado, sobrepasado, en nuevas preocupaciones. Es verdad que cuando visitaba a mis padres –aunque no los visité mucho durante aquella temporada, más bien venían ellos y se llevaban a las niñas al cine, un plan que surgió entonces y que me pareció bastante inopinado, porque mis padres no eran en absoluto aficionados al cine–, pensaba en ella, sentía la proximidad de su presencia física y me invadía una corriente de añoranza, de algo perdido, pero no podía permitirme caer en pozos de melancolía, y, de regreso en casa, Marta Berg dejaba de existir.

Pero cuando la nueva rutina fue cobrando cuerpo y mi atención, ante mi propio asombro, se centró en mis hijas, pensé en ella y recordé sus primeras y recurrentes confidencias. Ella observaba y analizaba a sus hijos, me comunicaba sus preocupaciones como si fueran terribles, dramáticas. Recordaba el tono de su voz, su mirada detenida en la plancha o en la ropa que cosía y que luego elevaba hacia mis ojos, interrogante, a la espera de una respuesta imposible, una clave, puesto que yo tenía la edad de uno de sus hijos y quizá sabía algo que ella ignoraba. No sospechaba ella que lo único que sabía yo mientras la miraba era que me gustaba mucho, y por eso me quedaba paralizado, asintiendo a sus palabras, e íntimamente pedía que me siguiera hablando –aunque fuera de sus hijos–, que me siguiera reteniendo. A veces ni siquiera podía escucharla, pero, de tanto repetírmelos, los problemas de sus hijos se me hicieron familiares y aún los podía recordar, aunque en su momento, mientras ella me hacía partícipe de sus cuitas, no les concedía la menor importancia. Por aquel entonces, yo también tenía problemas y sospechaba que nadie estaba preocupado por ellos, no de esa forma, al menos, en que la señora Berg parecía preocuparse, una forma que era sobre todo extrañamiento, perplejidad, como quien sabe que por muchas vueltas que les dé no sacará nada en limpio, como quien sabe que hay mucha distancia entre una madre y sus hijos, una distancia insalvable.

Ahora que yo me había convertido en padre entendía muy bien esa perplejidad, basada en una profunda sensación de impotencia. Cuando, algunos años más tarde de aquellas conversaciones medio furtivas que se desarrollaban entre la señora Berg y yo en su propio piso, me había encontrado con ella en la galería de arte y habíamos salido a la calle, casi literalmente empujados por la gente que abarrotaba la sala, y habíamos entrado en el refugio del bar de enfrente, ya sentados en los taburetes de la barra, Marta Berg había manifestado su sorpresa ante mis comentarios sobre las remotas conversaciones en su casa, no recordaba que me hubiera hablado tanto de sus hijos. «¡Pero si era de lo único que me hablabas!», llegué a decirle, mientras ella me seguía devolviendo una mirada de incredulidad. Puede que la memoria actuara así y, cuando pasaran los años, yo acabara por borrar el recuerdo de la preocupación que en aquel momento me causaban mis hijas. Sus inseguridades me dolían. La enorme confianza que Natalia depositaba en mí me asustaba. La desconfianza que vislumbraba en la mirada fugaz de Mónica me hería. ¿A quién contarle todo eso? Por un momento me imaginé, con todos los años que tenía ya sobre mis hombros, frente a la señora Berg en el cuarto de la plancha, hablando los dos de nuestros hijos, comparando sus problemas, dándonos consejos, apoyándonos y consolándonos mutuamente, compartiendo la perplejidad y la impotencia.

Sea como fuere, al pensar tanto sobre mis hijas, acabé pensando de nuevo en los Berg. En Marta Berg. Quizá estaba tan sola como yo. Siempre ha estado sola, me dije, recordando todas nuestras conversaciones. Y más sola aún cuando tenía más compromisos, cuando parecía que su vida estaba completamente llena, no sólo con las obligaciones que emanaban de su familia, sino con aquel largo enredo –cuatro, cinco años, no lo recordaba ya o ella nunca me lo había dicho, pero me quedó la impresión de que había sido muy largo– que había tenido con el escritor cuyo nombre no me quiso revelar y que luego se hizo muy famoso.

Pensé en Marta Berg con cierta melancolía, con el deseo de que se produjera un nuevo encuentro entre nosotros. Porque hay un momento en que las llamadas telefónicas quedan absolutamente descartadas. De golpe sabes que hay personas a las que no debes llamar, del mismo modo que sabes también que ellas nunca te llamarán. Personas que sólo se pueden acercar a ti a través de encuentros fortuitos. El destino se hace cargo, irrumpe en el tiempo, y tú no debes hacer el menor movimiento. Es algo que ocurre algunas veces y es más fuerte que una mera intuición, es una certeza. Y me dije, mientras pensaba en ella y su imagen se me reproducía en la cabeza, la que correspondía al último encuentro –Marta Berg vestida con aquella especie de pijama chino de seda de un tono azul pálido con brillos verdosos–, que posiblemente ésa había sido la última oportunidad que habíamos tenido para hablar y para conocernos más. Pero quizá esa intuición fuera parte del pesimismo que me invadía por entonces. Era un tiempo en el que todo se me iba de las manos, no había gestos ni explicaciones en las despedidas, pero el sentimiento de pérdida era constante, como el sordo ruido de un motor encendido que no se sabe dónde está, no puede determinarse de dónde proviene el ruido, parece lejano, como si estuviera encerrado en un sótano, no es un ruido agudo, pero puede llegar a exasperar.

Pensaba en Marta Berg alguna vez, con el deseo de volver a encontrarme con ella, cuando una pareja de periodistas –él, redactor, ella, fotógrafa– que habían quedado muy contentos con el trabajo que habíamos hecho en su casa-estudio Eduardo y yo, se empeñaron –lo fueron diciendo, insistentemente, mientras las obras finalizaban– en organizar una cena para celebrar nuestro trabajo y su satisfacción. Eran simpáticos, extrovertidos, como se supone que son los periodistas. Estuve a punto de excusarme y dejar que recayera sobre Eduardo y Beatriz todo el peso de su gratitud y su alegría, precisamente porque me resultaban excesivamente alegres. No es que nuestro trabajo no hubiese alcanzado unas cotas aceptables, pero, con franqueza, tampoco entendía su entusiasmo, y enseguida comprendí que provenía de su temperamento, les gustaba todo lo que hacían, tenían que celebrar todos sus logros. Sus vidas debían de estar llenas de logros y celebraciones.

Al final, después de una llamada de Beatriz, me dejé convencer. Tampoco tenía otra cosa que hacer aquella noche. Y lo cierto era que, a pesar de los empeños infructuosos de Beatriz por emparejarme, yo había empezado a sentir hacia ella cierta simpatía. Justo era reconocer que ponía en sus cenas una buena voluntad a prueba de bomba y que me había ido presentando a mujeres cuyo promedio de interés era bastante digno. Beatriz insistió aquella noche y yo fui a la casa-estudio de los periodistas. A ella le debo todas las sorpresas que me deparó la noche.

La primera de todas las sorpresas, siendo, de todos modos, la más insignificante, fue que apenas reconocí la casa-estudio. Nada me resultaba familiar, como si no la hubiéramos proyectado nosotros. Poco a poco, fue emergiendo nuestra obra por debajo de la capa de objetos de todas clases que la ocultaba. Era evidente que la feliz y entusiasmada pareja de periodistas, en lugar de seguir la corriente de nuestras ideas, que tanto habían alabado día a día y sobre todo al final, no había hecho otra cosa que contradecirla y negarla, de manera que todo había perdido su sentido. Es más, nuestra obra resultaba, una vez habitada, vivida, un completo contrasentido. No servía para lo que ellos eran. Podía percibirse en todos los rincones de la casa un denodado esfuerzo por darle la vuelta, por cambiar su utilidad y función.

Pero ellos no parecían ser conscientes de aquella radical transformación, y aún seguían alabando nuestra obra y daban ciertas explicaciones sobre por qué habían puesto un cuadro en aquella pared y comprado finalmente aquellas lámparas o colgado aquellas cortinas. Eduardo asentía, sonriente, casi complacido. Me miró. Bueno, nosotros no somos decoradores, parecía decirme.

Luego vinieron las otras sorpresas.

–Hemos invitado también a Julián Orozco –anunció Alicia, la fotógrafa, una vez que nos hubo servido las copas–. Es un gran amigo nuestro. Os encantará. Vendrá con su secretaria.

–¿Julián Orozco? –preguntó Beatriz, mirando llena de asombro a Alicia con una expresión que yo conocía muy bien y que, a pesar de la simpatía que ya

sentía hacia ella, aún me ponía un poco nervioso–.
¿El escritor? –insistió, los ojos cada vez más fijos y asombrados.

–El mismo –dijo, triunfal, Alicia–. Fede le ha hecho muchas entrevistas. Así se hicieron amigos. Es un hombre fantástico, con una cultura fenomenal. Tengo que reconocer que sólo he leído una novela suya, pero es que soy una lectora desastrosa. Son novelas muy largas, ya sabéis. A Fede le entusiasman, claro.

–Yo empecé una –dijo Beatriz–, la verdad es que no entendía nada y la dejé, ¿te acuerdas que te lo comenté, Eduardo? –Miró a mi socio en busca de confirmación, gesto que también era frecuente en ella y que, al igual que otras características suyas, también me irritaba un poco–. Pero es un hombre interesantísimo, muy atractivo.

–Las mujeres se vuelven locas por él –confirmó, satisfecha, Alicia–. No me extraña. Es muy ameno, muy ingenioso. Uno de esos hombres con quienes es imposible aburrirse.

Fede, por su parte, que se reunió en aquel momento con nosotros proveniente de la cocina, al ver que estábamos hablando de su ídolo, no escatimó los elogios. Parecía que nos estaban ofreciendo al famoso escritor como un regalo, el mejor que nos podían dar. Quizá me dije eso, quizá pronuncié interiormente en mi cabeza esas palabras, famoso escritor, pero creo que, antes de que Julián Orozco apareciera y se acomodara entre nosotros, tuve una premonición. Famoso escritor. Julián Orozco. Marta Berg. Creo que se produjo esa asociación de ideas en aquel momento, antes de conocerle. No estoy del todo seguro. No sé si la premonición ocurrió luego, cuando Julián Orozco entró y tomó posesión de todo el espacio. De nuevo sucedió otra transformación. La obra que habíamos realizado dejó de existir del todo, la decoración y la lucha en contra de nuestras ideas que Alicia y Fede habían llevado a cabo con tanto éxito también dejaron de existir. En cuanto Julián Orozco se sentó en una butaca y tuvo una copa en la mano, cosas que ocurrieron de forma simultánea, todo adquirió un aspecto distinto, todo giró en torno a él. Ni siquiera recuerdo si empezó a hablar inmediatamente, pero sí sé que su sola presencia introdujo en el ambiente un elemento tan poderoso que en cierto modo se cernió sobre todos nosotros la amenaza de la desaparición. Nuestra obra había desaparecido, la decoración de Alicia y Fede había desaparecido, ¿desapareceríamos nosotros también?

Tan poderosa fue su irrupción que tardé un buen rato en poder dedicar una parte de mi atención a su acompañante, que al final fue la verdadera sorpresa de la noche, la más importante para mí. Pero el protagonista de la velada, sin discusión alguna, fue Julián Orozco. Enseguida percibí la atmósfera de rendición que nos envolvió a todos. Nuestros anfitriones lo miraban embelesados, como si no se acabaran de creer que estuviera en su casa, aunque dejaron claro que ya había estado allí varias veces, todas antes de la reforma del piso –¿qué reforma, la que no se veía, la que estaba detrás de los muebles, cortinas y múltiples objetos que la ocultaban y negaban?–, y se dignara estar entre nosotros y tratarnos de igual a igual. No sé si se daban cuenta de que, ciertamente, estaba entre nosotros, eso no se podía negar, a la vista estaba, pero, desde luego, no nos trataba de igual a igual. Ni escuchaba ni preguntaba nada a nadie, como no fuese algo que enseguida le pudiera servir de pie para contar una anécdota o expresar una opinión muy personal, muy tajante y provocadora que, naturalmente, a nadie se le pasaba por la cabeza discutir. En aquel momento parecía la verdad universal.

La entrega de Beatriz casi superaba las cotas de los anfitriones. Eduardo mantenía la típica actitud de hombre silencioso que yo conocía tan bien. En ocasiones semejantes a la que estábamos viviendo, su mirada se hacía lejana, levemente irónica, y conseguía rodearse de un halo de enigma y de misterio que le sentaba muy bien.

Es difícil para mí analizar cómo me comporté yo. En primer lugar, no era la primera vez que veía a Julián Orozco, aunque nunca hubiera hablado con él. Le había visto de lejos, en algún acto público y, dado su aspecto y la fama que le precedía, me había fijado en él. Era un hombre que rondaba los sesenta años, pero tenía un resto bastante notable de juventud en todos sus ademanes. Un tipo de hombre que no sólo es admirado por las mujeres, sino por otros hombres que en cierto modo lo escogen como modelo. Alto, atractivo –no exactamente guapo–, buen conversador, escritor alabado por los críticos, cultísimo, seductor. A sus sesenta años, si los tenía, parecía estar en la plenitud. Yo había ojeado sus libros, pero no había entrado en ellos. Los libros que ojeé –no sé si eran todos como aquéllos, pero sospechaba que sí– trataban de un personaje de la antigüedad, un personaje arrancado de la historia que se dedicaba a meditar seriamente –y sin ningún humor– sobre su vida como si fuera algo objetivo y lejano –de la antigüedad– y, al mismo tiempo, parecía deducirse que dicho personaje vivía en nuestro tiempo, era un contemporáneo. El tono que empleaba el narrador –que, yo creía recordar, en una de las novelas que ojeé era el protagonista y en la otra no– era muy solemne y ampuloso, un tono heroico. Y ese tono, o ese estilo, que se había ganado muchos elogios de parte de los críticos literarios, había creado escuela. De manera que Julián Orozco tenía discípulos, admiradores con los que se reunía para hablar de asuntos de gran importancia, ya que sus conocimientos eran amplios y profundos. Discípulos y admiradores le rodeaban siempre.

Ahora que lo tenía tan cerca de mí, me dediqué a observarle –lo que, por otra parte, hacíamos todos–. En principio, el tipo de persona que tiende a ocupar el centro de atención de una reunión no suscita mis más incondicionales simpatías, de manera que lo miraba con cierta distancia, con una fuerte resistencia interior a dejarme envolver en la atmósfera de admiración que se había creado en el grupo.

Lo curioso fue que, casi inmediatamente después de que nos sentáramos a la mesa que nuestros anfitriones habían preparado casi con mayor esmero que el que se palpaba en las mesas dispuestas por Beatriz, Julián Orozco me escogió como interlocutor. Estaba sentado al otro lado de la mesa, no exactamente enfrente de mí, lugar que ocupaba Alicia, sino en el asiento que quedaba a la derecha de Alicia. Por eso su elección aún fue más evidente, porque tenía que girar un poco la cabeza hacia mí. Y eso fue lo que hizo durante toda la cena, y lo más relevante no era sólo que se dirigiera a mí, sino que había algo en sus ojos, en sus gestos, incluso en la forma de dejar en el aire una frase, que parecía transmitir cierta complicidad conmigo, como si él y yo fuésemos viejos conocidos y estuviéramos de acuerdo en todo. Me parece que eso fue lo que sucedió, que de repente Julián Orozco y yo estábamos de acuerdo en todo. Los demás se quedaron fuera. La situación no dejaba de resultarme halagadora y creo que, como resultado, hablé bastante, y, ante mi propio asombro, estuve, o me sentí, ocurrente e ingenioso.

La idea de que Julián Orozco hubiera podido ser el amante secreto de Marta Berg fluctuaba en mi conciencia. Estuve a punto de someterle a algunas pruebas, de preguntarle sus gustos respecto a las mujeres, incluso si era de esos hombres a quienes les gusta hacer muchos regalos a sus novias o mujeres, y también dejar caer alguna pregunta sobre los barrios de Madrid y si alguna vez había vivido en el de Chamberí, mi barrio y el de Marta Berg. Pero como él llevaba la voz cantante era muy difícil hacerle una pregunta que lo apartara del asunto que, bajo su dirección, se estaba tratando. Por lo demás, a lo largo de la conversación, no pensé siempre en Marta Berg.

Y en la sobremesa, que se desarrolló de nuevo en la zona de los sofás, mi atención ya se había desviado hacia Coral, a quien Julián Orozco nos había presentado como su secretaria, aunque la definición se quedaba corta, desde luego. Dentro de la indefinición de la palabra «ayudante», me parece que esta calificación se ajusta mejor a las funciones que desempeñaba Coral. Tuve luego ocasión de conocer toda la importancia que tenía Coral para Julián Orozco. Se ocupaba de la correspondencia, es decir, escribía ella misma todas las cartas, también las contestaba, sin consultarle, porque él se lo había pedido expresamente. No me consultes más que en casos de vida o muerte, le había dicho, y aquéllos no eran casos de vida o muerte. Al menos, hasta la fecha, no había surgido un asunto así. También se ocupaba del teléfono, por supuesto, concertaba y anulaba citas, conferencias, todo tipo de intervenciones públicas de Julián Orozco. Hablaba de los honorarios, si eran asuntos que implicaban honorarios, y le acompañaba cuando él se lo pedía, ya fuese a una fiesta, a un viaje, a una cena íntima y amistosa. Tenía, en suma, con ella una confianza total.

Todo eso lo supe con mucho detalle algo después, a través de los mismos labios de Coral, pero incluso aquella noche, antes de que nos levantáramos de las sillas que nos ataban a la mesa donde finalizaba la cena –era el momento de los postres–, Julián Orozco, siempre dirigiéndose a mí, lo declaró con mucho énfasis.

–Yo no podría vivir sin la ayuda de Coral –dijo–. Ni siquiera podría escribir.

Supongo que, después de decirle que tenía mucha suerte, la miré a ella, que estaba a mi izquierda, y vi que se ruborizó. A pesar de la eficiencia que Julián Orozco le atribuía, presentí en Coral algo que estaba por debajo de esas virtudes, algo que me hacía desear conocerla, como si eso que se escondía detrás de sus inmejorables cualidades profesionales sólo pudiera descubrirlo yo. A partir de ese momento, Coral me miró de frente en más de una ocasión, y no pude dejar de advertir que sus miradas eran intensas, casi provocadoras. Al parecer, era mi noche. Cuando regresamos a la zona de los sofás y nuestros anfitriones nos ofrecieron café y nuevas copas, Coral y yo avanzamos hacia allí a la vez, emparejados, y nos sentamos prácticamente al mismo tiempo en un sofá, ella a mi izquierda, es decir, en la misma posición en la que habíamos estado durante la cena. Pero yo me encontraba ahora en un extremo del sofá, me recosté sobre el amplio brazo de cuero del mismo, volviéndome un poco hacia ella, y así se inició, se estableció entre nosotros un diálogo particular, en voz más baja, como si los dos lo hubiésemos decidido de mutuo acuerdo.

Esto no quiere decir de ningún modo que Julián Orozco dejara de ser el centro de la reunión, ni siquiera que dejara de dirigirse a mí, haciéndome su cómplice, pero, dentro de ese estado de cosas, Coral y yo nos las arreglamos para hacernos un hueco. Aunque quizá, en esta vuelta al otro rincón de la sala, la atención que me dedicaba Julián Orozco se diluyera un poco, porque Fede, nuestro afitrión, le empezó a plantear una serie de preguntas concretas sobre su obra y actividades. Julián Orozco las contestó con una leve mueca de desprecio en la boca, como si le contrariara profundamente hacer alardes de vanidad y hubiese de vencer una infinita desgana y pudor para hablar de lo que le era más preciado. No obstante, habló y contestó a todas las preguntas y su tono se volvió más irónico, porque ahora él mismo era el personaje de quien se burlaba un poco.

Mientras mi diálogo particular con Coral seguía su curso, cada vez más confiado e íntimo, no tuve más remedio que concluir que, aunque las obras de Orozco nunca me habían inspirado mucho interés, más bien todo lo contrario, debido, sobre todo, al estilo ampuloso tan elogiado por los críticos literarios y por toda una corte de imitadores y discípulos, y a pesar también de que, cuando lo había visto de lejos, no me había suscitado, siempre rodeado de admiradores, ninguna simpatía, era un inmejorable conversador, un hombre sumamente ocurrente e ingenioso, bastante más ameno, en persona, de lo que yo había vislumbrado en mis rápidas ojeadas a su obra. Ocupaba el centro de atención, desde luego, pero era mucho mejor que lo ocupara él a que lo ocupase cualquier otro. Además, estaba el hecho indiscutible de que, desde el primer momento, Dios sabía por qué, me había hecho su aliado.

Nadie tenía ninguna prisa en marcharse, y la sobremesa se prolongó hasta bien avanzada la madrugada. Al fin, nos despedimos todos de Alicia y de Fede, les agradecimos la invitación y salimos de la casa en grupo. Alguien llamó al ascensor y Coral me susurró:

–¿Bajamos andando? No vamos a caber todos...

Nos lanzamos los dos, escapándonos, escaleras abajo. Cuando llegamos al portal, Julián, Beatriz y Eduardo nos miraron un momento y tuve la impresión de que todos volvieron cuanto antes, desviando los ojos de nosotros, al asunto del que hablaban, como si se hubieran propuesto no interferir en nuestros planes. De repente, Julián Orozco le preguntó a Coral si quería que la acercara a su casa, pero en un tono que no era en absoluto impositivo, era una pregunta verdadera, la expresión de una duda. Por fortuna, tuve el resorte necesario y me ofrecí, a mi vez, a acercar a Coral a su casa.

–Gracias, Julián –dijo entonces Coral–. Iré con Mario.

Lo dijo con enorme sencillez y, a la vez, con mucha firmeza.

Todos nos despedimos y me encontré caminando en dirección a mi coche con aquella extraordinaria mujer al lado.

–Da la impresión de que existe entre Julián Orozco y tú una gran confianza –dije.

–Sí –admitió ella–. Me siento muy a gusto trabajando con él. Es un hombre muy caótico, muy desordenado, y al principio me costó mucho comprender lo que quería de mí, hasta que concluí que lo quería todo, que le organizara la vida, que lo dispusiera todo según me pareciera. Todo lo que se refiere a su vida profesional, quiero decir. Incluso eso lo deduje luego, porque al principio llegué a pensar si no quería una especie de ama de llaves. Por fortuna, ya tiene una –rió–, una mujer de toda la vida que lleva la casa a su aire. Pero Julián, contra lo que pueda parecer, no es muy exigente. En la casa reina una especie de orden, se come razonablemente bien, todo está más o menos limpio. Y la mayor ventaja que tiene esta mujer, Manuela, es que considera que el trabajo de Julián es sagrado. Tiene por él, en ese aspecto, una veneración sin límites. Es un genio, suele murmurar, pero ya se sabe, los genios dan mucho trabajo... Bueno –concluyó Coral–, Manuela tiene algo de razón. Supongo que a ella nunca le ha dado instrucciones, del mismo modo que no me las ha dado a mí. Me costó adaptarme, pero ahora me siento muy bien. Quizá tenga un exceso de responsabilidad, pero también es cierto que si me equivoco en algo no pasa nada. Un par de veces he metido la pata —volvió a reírse—, yo estaba espantada y casi ni me atrevía a comentárselo a Julián, y cuando al fin se lo dije, él se encogió de hombros y dijo que tal vez fuera mejor así, que nunca se sabía, que hay jugadas que parecen erróneas y que, transcurrido un tiempo, se convierten en certeras. Pensé que trataba de consolarme, porque me sentía fatal, pero creo, por lo que le he ido conociendo, que eso es lo que piensa de la vida y por eso prefiere no encargarse él de la organización de su casa ni de los asuntos de su vida profesional. Además de que es más cómodo, claro, en cierto modo Julián es como un niño grande.

Estábamos ya dentro del coche y nos dirigíamos hacia su casa. Me preguntaba, inquieto, si la noche concluiría delante del portal, y me dije, para tranquilizarme, que Coral era una mujer acostumbrada a llevar las riendas, de manera que lo mejor era dejarlo todo en sus manos.

—Debo confesar —dije— que tenía ciertos prejuicios contra él. Su obra nunca me ha interesado, y como personaje público me caía más bien antipático. Me parecía el clásico egocentrista, el tipo de persona que no soporta no ser el centro de la reunión.

—¿Has cambiado de opinión? —me preguntó con un deje de ironía.

—No exactamente —dije—. Sin duda, es egocentrista y, si lo pensamos un poco, no ha dejado prácticamente de hablar, ¿ha hablado alguien que no haya sido él? Sin embargo, no sé por qué, pero no me ha caído mal.

–Bueno –dijo, riéndose, Coral–, es que te ha hecho mucho caso. Supongo que te habrás dado cuenta de que sólo te hablaba a ti. Eso vence cualquier resistencia.

–Sí –admití–. Eso me ha desarmado.

–Cuando decide ser encantador con alguien, se emplea a fondo –dijo Coral–. Es un seductor, no puede evitarlo. Por alguna razón, te escogió y se centró en ti.

–¿Y nosotros? –le pregunté, ya delante de su portal–. A mí me gustaría poder seducirte.

–En cierto modo, ya lo has hecho –dijo–. Aunque quizá haya sido yo la que ha iniciado el juego. –Me miró, como me había mirado en el sofá, larga, intensamente–. Pero ahora lo tenemos que dejar. No hay ninguna prisa.

Bajamos del coche y nos despedimos en cuanto ella abrió la puerta. Me dio un beso en los labios muy fugaz y desapareció.

Durante unos instantes, me sentí frustrado y desconcertado, pero luego, camino de casa, me fue invadiendo la dulce sensación de estar en el comienzo de una historia importante. Coral me había dado su teléfono, conocía dónde vivía y en qué trabajaba. Tenía, en fin, todos sus datos y, sobre todo, tenía sus últimas palabras clavadas en mi cabeza. Ella había iniciado el juego, lo reconocía, y había reconocido, también, que ya estaba un poco seducida.

Marta Berg había desaparecido porque Coral se había impuesto. No dormí bien aquella noche. Los pensamientos giraban en mi interior y daban saltos.

¿Cuál sería la mejor estrategia para conquistar a Coral? No le gustaban las prisas, de acuerdo, pero tampoco hay que dejar que el tiempo enfríe los recuerdos. ¿Debería enviarle un ramo de flores?, ésos eran detalles que, según Beatriz, todas las mujeres agradecían, pero ¿no resultaba muy convencional?, ¿no era, en suma, algo cursi?, ¿qué otra cosa podía enviarle? O no tenía que enviarle nada, sino llamarla por teléfono... ¿Qué pensar de Julián Orozco?, ¿por qué me había escogido como interlocutor, como cómplice? Y volvió a mi cabeza la imagen de Marta Berg. ¿Había sido Julián Orozco su amante?, ¿era del piso de Julián Orozco de donde la señora Berg acababa de salir cuando me la había encontrado, años atrás, por la calle y me propuso entrar en Hollywood y tomarnos una cerveza? ¿Y qué importancia tenía, al fin y al cabo, el que hubiera sido él, Julián Orozco, o cualquier otro escritor? Simple curiosidad, pero la curiosidad jamás es simple.

Estas últimas preguntas gravitaron sobre la primera fase de mi relación con Coral, aunque lo cierto es que no desaparecieron jamás. En cuanto a las otras, las que se referían al enigma de la estrategia que convenía seguir con ella, se solucionaron enseguida, porque, a pesar de haberme hecho aquella primera noche la declaración de no tener ninguna prisa, todo fue muy deprisa. Ninguno de los dos quería empujar al otro, y ninguno de los dos lo hizo y tampoco puede decirse que nadie nos empujara, pero día tras día yo la llamaba y al cabo del rato ella me llamaba a mí y enseguida empezamos a vernos todos los días, y llegó la noche en que Coral se quedó a domir en casa y conoció a las niñas por la mañana. Era la primera vez que ocurría una cosa así –la primera vez en mucho tiempo, porque Judy también se llegó a quedar a dormir en casa algunas veces–, y me asombró lo fácil que resultó todo. Por supuesto, las niñas ya eran mayores. Natalia, con sus catorce años, y Mónica, con doce, parecían incluso contentas de ver en la casa a una mujer que, por carácter, estaba casi más cerca de ellas que de mí. Coral era unos años más joven que yo, pero esa distancia la acercaba a mis hijas de manera sorprendente. Las tres parecían pertenecer a una generación que estaba muy lejos de la mía. Coral les hizo algunas preguntas sobre sus gustos y aficiones –a decir verdad, a mí nunca se me hubiera ocurrido comportarme así–, y ellas parecían encantadas de poder hablar y contarle sus gustos.

Quizá fue entonces, mientras las miraba, a mis hijas hablando con Coral, cuando caí en la cuenta de la juventud que emanaba del carácter de Coral. No sé cómo se las había arreglado para mantener casi intacta la inocencia, siendo, a la vez, poseedora de un gran sentido crítico que no sólo aplicaba a los demás, sino, sobre todo, a sí misma. No sé qué me admiraba más en ella, si esa inocencia y entusiasmo que ni podía ni quería controlar, o su inteligencia, su agudeza, su perspicacia y su voluntad de no ocultar cómo era. Quizá fue eso lo que más me llamó la atención en ella: no tenía miedo, estaba demasiado interesada en la vida como para considerar sus riesgos, y sin duda confiaba en su inteligencia o en su instinto, pero confiaba. No se le ocurría pensar que la vida puede jugar a veces malas pasadas. No era calculadora.

A veces me hablaba de Julián Orozco. En muchos aspectos, le admiraba, incluso le quería, pero eso no le impedía aplicar su sentido crítico a otros aspectos de su vida o su carácter que a ella le disgustaban o le producían rechazo. Llevaba tres años trabajando para él. Se desplazaba todos los días hasta la casa de Julián Orozco, en Aravaca, un chalet de los años veinte, rodeado de un jardín de tierra, con algunos frondosos árboles, ya añejos, y una pequeña piscina, más bien una pileta, una alberca. Allí vivía Julián, bajo los cuidados de Manuela. ¿Había vivido siempre allí?, le pregunté, pensando en aquel piso al otro lado de la calle Fuencarral donde se había instalado durante años –largos años, pensaba yo– el amante de Marta Berg. Daba la impresión de que Julián había vivido siempre allí, al menos de que había tenido ese chalet desde hacía mucho tiempo. Al principio, cuando empezó a trabajar para él, Coral pensó que había vivido siempre solo, pero luego supo que no había sido así. Poco a poco, sin tener la menor intención de indagar en ella –Coral no era especialmente curiosa respecto a las vidas ajenas–, había ido conociendo datos del pasado de Julián Orozco. Se había separado de su mujer, después de haber tenido con ella cuatro hijos. Ella se había quedado con los hijos –no pude evitar pensar en Claudia, en el escándalo que representó que se fuera de casa sin llevarse a las niñas–, pero Julián no había vivido siempre solo –solo con Manuela–. Algunas temporadas se había instalado en su casa otra mujer. Incluso sus hijos, de uno en uno, de dos en dos, o tres o todos a la vez, habían también convivido con él en algunas épocas. Y supo también que había desfilado por varios pisos de distintos barrios de Madrid, aunque creía que la casa de Aravaca había sido adquirida hacía bastante tiempo. En todo caso, cuando Coral había entrado en contacto con él, ya vivía en Aravaca y solo, solo con Manuela.

–Pero aún tiene líos con mujeres –dijo Coral, algo asombrada, me pareció–. Las mujeres, mujeres de todas las edades, se enamoran de él. En parte lo comprendo, sigue siendo un hombre atractivo y le gusta ser atractivo, no lo puede evitar. Ha debido de ser un conquistador profesional. Pero tengo la impresión de que, pasado el momento de la conquista, se desinteresa. No le veo capaz de adaptarse a la convivencia con una nueva mujer y tampoco sé si alguna mujer le podría soportar. Julián es el centro de la casa, no creo que pudiera vivir de otra manera. Se ha acostumbrado a vivir solo y, por lo demás, tiene muchos amigos y muchos compromisos sociales. A eso de las ocho de la tarde, sale siempre de casa para acudir a uno de esos compromisos, por no hablar de los viajes, que le encantan. La verdad es que tiene muchas energías y lo pasa bien entre la gente. Bueno, tú lo pudiste comprobar la otra noche, le encanta hablar. No creo que se sienta solo. No me da esa impresión.

Sí, podía ser él, Julián Orozco, el amante de Marta Berg, pero ¿qué importaba? Si yo llegaba a poder confirmar aquella sospecha sólo obtendría la satisfacción de ver que a veces la vida parece estar hecha de piezas que encajan entre sí. Es una satisfacción cercana al alivio. Poderlo pensar, imaginar que las piezas encajaban, también me proporcionaba un vago alivio.

Y lo cierto era que yo también me preguntaba otra cosa, y ésta no me proporcionaba alivio alguno, sino inquietud, ¿habría habido algo entre Coral y Julián? En aquel momento, no había nada más que una relación de trabajo, todo lo especial que se quisiera, pero centrada en las actividades profesionales de Julián, de eso yo no tenía la menor duda, pero sí dudaba respecto a los comienzos. Sin embargo, no le pregunté nada a Coral porque, al cabo de los años y de conocer, aunque fuera fugazmente, a bastantes mujeres, había cosas que ya no preguntaba, sabía que hay que convivir con ciertos enigmas.

Por lo demás, Julián Orozco desapareció enseguida de nuestras vidas. Coral se trasladó a vivir con nosotros y el trayecto diario a Aravaca empezó a pesarle. No le llevó mucho tiempo encontrar otro trabajo. A veces, Coral hablaba de Julián con cierto tono de nostalgia –y al principio se hablaban por teléfono a menudo, porque habían quedado asuntos pendientes o para que Coral le explicara algo a la nueva secretaria, o nueva ayudante, de Julián–, pero se percibía que en el fondo se sentía más libre, como si se hubiera quitado un peso de encima.

–Es demasiado absorbente –me dijo un día, tras colgar el teléfono–, no le va a resultar fácil encontrar a alguien que le aguante.

Y, por lo que supimos, no le resultó, en efecto, fácil encontrar una sustituta de Coral. Al fin, dio con una mujer de mediana edad, paciente, pero algo lenta, y Julián llamaba de vez en cuando a Coral para quejarse de ella. Pero sus llamadas, en algún momento, cesaron.

Entretanto, Coral se adaptó perfectamente a nuestra rutina. Natalia y Mónica ya no eran dos niñas pequeñas y se mostraron bastante abiertas y comprensivas. Creo que Natalia, que de algún modo me había dado más apoyo, se sentía a veces dolida y algo celosa, pero el torbellino en el que la metió su edad debió de ayudarla a tomarse los asuntos caseros con más relativismo. Para Mónica, aparentemente la presencia de Coral no supuso ningún problema. Ahora la seguía a ella por toda la casa, como antes, justo después de la desaparición de Claudia, me había seguido a mí. En eso, Mónica no había cambiado. Hablaba y hablaba y a veces te hacía preguntas para comprobar si la estabas escuchando y se enfadaba mucho si no las sabías responder y te acusaba de no prestarle la menor atención.

–Pero es que yo también tengo cosas en las que pensar –oí un día que le dijo Coral.

–Vale –contestó Mónica–. Cuéntamelas.

No sé si se las contó o no, pero todo eso me hacía reflexionar. Cuando Claudia se había ido de casa, yo me encontré de pronto observando a mis hijas, reflexionando sobre ellas, indagando en sus personalidades y en la relación que tenían conmigo. Cuando Coral se vino a vivir con nosotros, de nuevo me encontré observando a mis hijas y también a Coral, analizando las reacciones de las tres, reflexionando sobre todos los cambios y sus casi infinitos matices. ¡Cuánta reflexión! Me hubiera gustado ser capaz de abandonar mi puesto de observación, nadie me había obligado a situarme y a permanecer allí, pero se había ido convirtiendo en mi sitio.

Un río, sí, siempre acabo pensando en un río cuando pienso en la vida. Mi propia vida era el río que yo contemplaba. ¿Era eso normal?, ¿todos ven en determinado momento de la vida el río que fluye contigo dentro mientras tú lo miras desde fuera?

–Sencillamente, estás un poco loco –dijo Coral cuando se lo comenté.

Pero lo dijo sin ninguna preocupación, porque había conocido a muchos locos. En su opinión, todas las personas estaban un poco locas, y las que no lo estaban, aún estaban más locas.

–Es un milagro que te haya encontrado –le decía yo.

–Sí –contestaba ella–, pero se producen muchos milagros, así que el milagro no es en el fondo tan milagroso.

Parecía creerlo así. Era su parte inocente. Pero con su parte crítica y relativista llegaba a las mismas conclusiones.

Coral no me pedía una declaración de amor.

–¿De qué sirve que un loco te diga que te ama? Veo más allá de lo que tú ves –decía–, y lo que veo me parece muy bien, me gusta, ahora mismo –precisaba– es lo que más me gusta en el mundo.

–No entiendo cómo puede parecerte bien –le decía yo.

–No hay nada que entender –decía–. Son fuerzas ocultas.

Pero ella veía que a mi alrededor muchas cosas se desmoronaban. El trabajo en el estudio se había estancado, lo que significaba que el dinero sólo cubría ya las necesidades esenciales, no sobraba, y eso me empezaba a preocupar. La salud de mi madre había empeorado. Apenas se podía mover, aquejada de artritis, debilitados sus huesos. Pasaba temporadas en que regresaba al pasado y era muy difícil seguir el hilo de su conversación. Y Teresa, que aunque no me había dado la menor muestra de apoyo durante la época de mis mayores dificultades, sí se había ocupado de organizar la vida de mis padres, se mostraba cada vez más desinteresada, casi desentendida de ellos. Viajaba mucho. Había ascendido. Ahora era una ejecutiva importante y la única vez que coincidí con ella en casa de mis padres nos comunicó que le habían hecho una oferta muy tentadora, una oferta que quizá no podría rechazar, porque el mundo de la empresa es así, si rechazas una oferta de esa magnitud, estás perdida, empiezas a bajar y acabas en la calle. Nadie quiere a los débiles; los débiles, una vez descubiertos, no tienen cabida en el mundo empresarial. Mis padres asentían, ¿qué sabían ellos del mundo empresarial?

La oferta tenía algunos inconvenientes, no todo podían ser ventajas. Ganaría más dinero, desde luego, dispondría de ayuda, es decir, de subalternos –imaginé secretarias y un coche a su puerta–, pero los viajes serían continuos. Era una empresa norteamericana y la sede estaba en Nueva York. Sí, tendría que viajar con cierta frecuencia a Nueva York.

–Tan lejos –murmuró mi madre.

–Hoy todo está muy cerca –dijo Teresa–. Ir a Nueva York es casi como ir a Burgos.

Mi padre asintió. Mi madre se quedó con la mirada fija, hacia dentro. Nueva York no era Burgos.

–¿Tendré yo que ocuparme de mis padres? –le pregunté a Coral, de vuelta a casa–, ¿tendré que buscarles asistentas, si las que tienen les fallan?, ¿tendré que acompañarles al hospital si les ocurre algo grave, si empeoran?, ¿tendré que pasar la noche sentado en una silla, junto a la cama de mi madre o de mi padre, en la habitación comunal del hospital, escuchando los ronquidos de los enfermos, los gemidos, los timbres que reclaman ayuda y los pasos y las voces de las enfermeras por los pasillos?

—Sí —dijo Coral—. Tendrás que hacerlo, pero no debes pensar en eso ahora. Cuando llegue el momento, lo harás.

—Estoy desbordado —dije—. Y, más aún que mis padres, me preocupan mis hijas. Están en un momento muy peligroso. ¿Has visto la pinta que tienen los amigos de Natalia?, parecen pordioseros. Se diría que los escoge con premeditación, cuanto más sucios y peor vestidos, más le gustan. No me digas que todos los chicos de su clase son así, tiene que haber otros más normales. Pues no, a ella le gustan éstos. Ya verás como acabará enamorándose de un verdadero desastre, un desecho de tienta. ¿Y Mónica?, ¿no está cada día más antipática, más silenciosa y reservada conmigo, como si hubiera tomado la decisión de prescindir de mí y de su hermana e incluso de ti? Ya no te sigue a todas partes, supongo que lo has notado, se encierra en su cuarto y cuando está entre nosotros pone cara de no podernos soportar, como si la estuviésemos martirizando... ¿Crees que voy a poder con todo esto? Y, para colmo de males, el estudio va mal, estamos empantanados...

—Tienes razón, el panorama no resulta muy alentador, pero no sirve de nada desesperarse —dijo, después de un suspiro, Coral—. Te desesperas de antemano.

—No entiendo por qué continúas a mi lado —dije.

—¿Preferirías que me marchara? —preguntó.

–No –dije.

–A lo mejor me quedo por eso –dijo ella–, o a lo mejor me quedo porque me da la gana a mí, porque sí. A lo mejor, es una suposición, vivo contigo porque no tengo otro sitio mejor donde vivir. Si prefieres pensar que es por eso, piénsalo, a mí me da igual.

Así era como razonaba Coral, alegando finalmente razones que no se podían desentrañar. Pero yo estaba desesperado, era un desesperado de antemano, como ella me había definido, siempre había estado desesperado, desde que tenía memoria me venía la imagen de la desesperación, de caer una y otra vez en la zona oscura de las pesadillas.

Natalia y Mónica ya se movían por Madrid por su cuenta, no hacía falta que yo las trajera y las llevara de aquí para allá. Claudia también las llamaba directamente a ellas, de manera que, desde hacía mucho tiempo, yo no había visto a Claudia y, aunque mis hijas ya hablaban de ella con más naturalidad –Natalia, que al principio jamás la mencionaba, incorporó de repente su nombre a la conversación y Mónica, que se refería a Claudia siempre que quería demostrar que de ese lado le venían muchos más regalos y más buena vida que del cotidiano que compartía conmigo, ya no alardeaba de los regalos que le hacía su madre o el marido de su madre ni de los hoteles de lujo en los que se alojaban cuando viajaban–, su imagen estaba cada vez más lejos de mí, su recuerdo más borroso.

Inesperadamente, un domingo por la tarde Claudia me llamó. Natalia y Mónica estaban con ella. Era uno de esos fines de semana en que se iban todos de viaje. La voz de Claudia sonaba muy cerca, aunque me llamaba desde París, desde el aeropuerto, iban a coger un vuelo a Madrid, pero ellos tenían que estar cuanto antes en Roma y todo se les había complicado. Naturalmente, era más sencillo volar directamente de París a Roma, por lo que Natalia y Mónica viajarían solas a Madrid, no pasaba nada, ya eran mayores, pero quizá yo podría ir a recogerlas al aeropuerto. Podían coger un taxi, desde luego, ella les daría dinero –les daba siempre dinero, de forma que esa aclaración era innecesaria–, pero, en fin, había pensado que quizá yo podría ir a Barajas a recogerlas. Me dio el número de vuelo y la hora de llegada del avión. Luego dijo: Gracias. Un susurro leve, una palabra extraña en los labios de Claudia, más extraña aún pronunciada así, en tono tan bajo, como si, más que dirigida hacia mí, fuera una palabra que se dirigiese a sí misma.

Pero no sólo la palabra «gracias» me había resultado extraña. La llamada en sí era extraña. Natalia y Mónica podían viajar solas en avión y estaban más que capacitadas para coger un taxi y llegar a casa sin el menor problema. No era el tipo de asunto que podía preocupar a Claudia. Decidí ir a Barajas. Coral tenía la gripe –una gripe sin fiebre, pero gripe– y, aunque se ofreció débilmente a acompañarme y se incorporó un poco en el sofá mientras yo le comentaba la extraña llamada de Claudia, y a ella también le pareció algo rara y me dijo que debía ir a recoger a las niñas, la corté en seco. No hacía falta tanta movilización.

Llegué al aeropuerto con bastante antelación, de manera que me tomé lentamente un whisky en la cafetería. Me sentía intrigado, porque hacía tiempo que no escuchaba la voz de Claudia y se me había quedado grabada su última palabra y el tono en que la había pronunciado, como si estuviera poseída de un cansancio infinito. Mientras bebía mi whisky, cayó sobre mí, como una revelación, la nueva vida de Claudia, llena de viajes, apresurada. Una vida que no se correspondía con ese susurro que transmitía ensimismamiento y fatiga. Los aeropuertos siempre me han producido una gran sensación de desconcierto, como algunos escenarios de esos sueños en los que uno se pierde y busca y busca señales y todas resultan equívocas. Esa forma de estar atrapado en un espacio grande, tras el que se abren nuevos espacios y nunca se encuentra el camino de regreso, ¿de regreso adónde? Al sitio del que se procede, el sitio donde se conocía quién era uno, incluso su nombre. El whisky no consiguió hacer desaparecer del todo el profundo sentimiento de desorientación que sentía dentro de mí.

Busqué luego la puerta por donde debían aparecer mis hijas, el vuelo procedente de París, y me senté enfrente porque, por fortuna, no había mucha gente a la espera y desde la butaca de plástico se podía controlar perfectamente a la gente que cruzaba la gran puerta de cristal. Empezaron a salir algunas personas, las que sólo traían equipaje de mano. Mis hijas no se habían llevado maleta, sino mochilas colgadas de los hombros, por lo que me levanté y me acerqué a la barandilla de hierro cromado, ante la que ya empezaba a acumularse gente que me impedía la visión.

Se abrió la gran puerta de cristal y vi a mis hijas, con sus respectivas mochilas a la espalda. Levantaron la mano, saludándome, muy sonrientes, y vinieron hacia mí. Pero de pronto vi a Claudia, un poco detrás de ellas, Claudia, que al principio no me miró, porque no parecía que mirara a nadie, aunque estaba pendiente de algo, quizá preocupada, incluso podía aventurarme a pensar que sufría. Por poco que la hubiera conocido durante los ocho años que duró nuestra convivencia, algo sabía o intuía de ella. Entonces vi al hombre que iba a su lado. Levemente más bajo que ella –Claudia era una mujer alta y, además, usaba siempre zapatos con algo de tacón, como si su estatura no le bastara, como si aún quisiera resaltar más entre sus semejantes–, delgado, de tez oscura o más bien quemada por el sol, pelo entrecano, facciones correctas en un rostro lleno de arrugas, el rostro de un hombre casi viejo, visiblemente gastado, con ese matiz de desilusión o de hastío que tienen algunos hombres mayores muy bien vestidos, ese matiz que en el pasado pudo haber sido de cinismo y que ya había dado paso a una fase mucho menos animosa y activa. Si no había reparado en él cuando, por detrás de mis hijas, vi a Claudia fue, tal vez, porque, aunque iban uno al lado del otro, no se miraban, no se hablaban, y también porque, como es natural, yo había visto antes a la persona que sí conocía, que era Claudia, y no a su acompañante. Comprendí que ese hombre vestido con tanta elegancia –llevaba, por encima de un traje oscuro, un abrigo azul marino que tenía el brillo inconfundible del cachemir–, ese hombre de mirada vacía y rostro gastado, era el hombre por quien Claudia me había dejado, y me invadió una ambigua sensación de alivio y pesadumbre a la vez. Alivio, porque no le podía considerar un competidor, y sentí que, objetivamente, si se estableciese una lucha entre nosotros –basada en aspectos que no tuvieran que ver con el dinero y la posicion social–, yo sería claramente el vencedor. Pero, a la vez, sentí pesadumbre, porque el espectáculo de esa vida gastada, hastiada, que indudablemente era la que ofrecía a Claudia, no dejaba de ser lamentable, triste.

Todo esto lo pensé, o lo sentí y lo pensé luego, mientras me preguntaba, ya rodeado de mis hijas, por qué razón estaban Claudia y Cucho –ése fue el nombre que de pronto vino a posarse sobre el acompañante silencioso, abstraído, de Claudia– en el aeropuerto de Barajas, cuando precisamente Claudia me había llamado desde París para decirme que las niñas venían solas a Madrid ya que ellos tenían que estar en Roma cuanto antes.

Pero allí estaban todos, ya delante de mí. Claudia me dio un par de besos –un par de fugaces, levísimos roces de su cara contra la mía– y Cucho, que me fue presentado como tal, me dio un apretón de manos, ni muy fuerte ni muy débil, en el punto medio de la corrección. Al menos no dejó una mano lánguida dentro de la mía, que es algo que me produce una gran irritación. Le agradecí la corrección. Cuando no se espera nada de alguien, se le agradece eso, la corrección.

–¿No cogíais un avión directo de París a Roma? –les pregunté, mirando primero a Claudia y luego a Cucho, para no dejar a Cucho de lado.

–Lo hemos perdido –dijo Claudia lacónicamente.

Cucho hizo un gesto de leve fastidio, pero por alguna razón no me pareció que tuviera mucho que ver con el supuesto vuelo perdido.

–Hay un vuelo que sale para Roma dentro de una hora –dijo Claudia–. Ya hemos facturado el equipaje en París.

Nos quedamos un momento silenciosos, sin nada más que decirnos. Natalia y Mónica tomaron la iniciativa y se despidieron de Claudia y de Cucho. Presencié los besos, los amagos de abrazos –más amago en el caso de Cucho– y, torpemente, con la sensación de que aquel encuentro era demasiado breve y de que no se podía remediar que fuera breve, porque todos lo queríamos así, y las circunstancias únicamente expresaban nuestra voluntad, me despedí de ellos. Apreté de nuevo la mano de Cucho, intentando dar a mi mano la misma fuerza que él había dado a la suya momentos antes –y creo que lo logré, que el apretón fue, por ambas partes, un modelo de corrección– y acerqué mi cara a la de Claudia para volver a sentir por unos fugaces instantes la suavidad de su piel en la mía. La miré a los ojos, quizá esperando un mensaje, algo, quién sabe qué. Pero sus ojos no me dijeron nada. Más tarde me pregunté: ¿Había algo en sus ojos?, ¿vacío?, ¿decepción?, ¿cierto fastidio, incluso? Hubiera lo que hubiese, no estaba interesada en comunicármelo, no estaba interesada en mí. Yo no era un amigo, ni siquiera un hombre con quien se había vivido ocho años, era el encargado de llevar a sus hijas a casa, el padre de sus hijas, y la palabra «padre», así utilizada, no debía de tener ninguna resonancia en su alma, al menos no la tenía en su expresión.

Claudia me había borrado de su vida, pero ¿qué había ahora en la vida de Claudia? Su nuevo marido podía ofrecerle cualquier cosa, a excepción de algo nuevo, intacto. Todo estaba gastado en él, aunque la ropa que llevaba pareciese recién comprada. Quizá la ropa era lo único nuevo que tenía Cucho. Porque Claudia también estaba gastada, aunque ése no era el verdadero matiz que la definía. Claudia, en realidad, no había envejecido ni había desmejorado. Pero si la primera vez que la había visto, después de su abandono, ante el portal de nuestra casa, cuando había decidido reemprender su relación con Natalia y Mónica, yo había visto en ella una Claudia esencial, una destilación de Claudia, y de algún modo me había dicho que, fuera cual fuera su batalla, la llenaba, estaba plena de sentido para ella, ahora, bajo la luz invasora y al mismo tiempo lúgubre del aeropuerto, exactamente igual en todos los rincones, sin contrastes, sin la menor zona de penumbra, una luz plana, casi aterradora, la belleza destilada de Claudia parecía inservible, sin objeto. Sin objeto en sí misma, sin contenido ya. La fría obstinación –interna, intransferible, cultivada– que había visto en sus ojos aquella vez había dado paso al vacío, a cierta irritación, algo que sugería una vaga, indeterminada, conciencia de error. Claudia emanaba una sensación de acabamiento.

    Pero quizá esas conclusiones mías estaban muy condicionadas por la impresión que me había producido Cucho. No sé si de haber visto a Claudia sola habría llegado a ellas. De todos modos, toda la situación, tal y como se había desarrollado –la llamada de Claudia desde París, su petición, o sugerencia, de que fuera a Barajas a recoger a mis hijas, su inesperada aparición después, su mirada gélida y vacía, el silencio que reinaba entre ella y Cucho, el vuelo perdido a Roma...–, irradiaba extraños y enigmáticos rayos.

Era de noche y mis hijas estaban muy cansadas. Coral ya se había acostado y aunque abrió los ojos y nos vio y dijo algo, volvió a su sueño profundo. Cuando dormía, dormía. Y cuando tenía problemas para dormir, se tomaba un somnífero, de forma que en todos los casos lograba su propósito de descansar. Natalia y Mónica se acostaron también. Me quedé un rato en el cuarto de estar con un libro en las manos. Pero mis pensamientos estaban lejos del libro. Por primera vez se me pasó por la cabeza la idea de que Claudia había llegado a la conclusión de que se había equivocado, porque este Cucho no era el Cucho de los sueños de juventud y romper su vida por él había sido un acto desmesurado. Haber roto su vida no debía de ser lo que le dolía y le importaba; lo que la tenía que irritar –porque creo que era eso lo que primaba sobre todas las emociones, fastidio, irritación–, lo que le tenía que parecer insufrible, es haberla roto por ese hombre envejecido y gastado que la paseaba ahora por el mundo sin apenas decirle nada, un hombre que ya había tocado fondo, al que sólo le quedaba su vieja e irrenunciable tendencia a vestir con elegancia, incluso con un punto de modernidad. ¿La corbata?, ¿la bufanda?, ¿el color de la camisa?, sí, había algo en su indumentaria que lo hacía parecer un hombre de hoy, un hombre que sigue de cerca la moda.

¿En qué momento habría llegado Claudia a esa conclusión?, ¿en qué momento su obstinación había dado paso a un sentimiento de vacío traspasado por la rabia? ¡Basta de pensar en Claudia!, me dije al fin,

¿qué tiene que ver toda esta historia, comoquiera que haya sido y sea ahora, conmigo? Pero me fui a dormir sin conseguir desprenderme de aquella sensación de extrañeza.

–Quizá habían discutido y simplemente estaban enfadados –dijo Coral al día siguiente, cuando le comenté todo el asunto.

Tenía mala cara, pero ya se encontraba mucho mejor y se tomaba lentamente, saboreándolo bien, un gran tazón de cereales con leche y abundante azúcar.

–No me creo todo eso de que perdieron el vuelo a Roma –dijo después–. Todo esto suena a bronca. ¿Por qué no se lo preguntas a tus hijas? –sugirió con toda inocencia.

–Nunca les pregunto nada de lo que hacen con Claudia. Eso es tabú, ya lo sabes –contesté.

Se encogió de hombros mientras se metía en la boca una cuchara rebosante de cereales.

–Eso es una estupidez –dictaminó–. Si tienes curiosidad por saber lo que ha pasado, es absurdo que te la tragues. Si quieres que te diga la verdad, no entiendo cómo tratas a tus hijas. Cuando eran pequeñas, no parabas de vigilarlas para saber si te querían o no o si estaban traumatizadas y todo eso, eso es lo que me has contado siempre, y ahora te pones enfermo de sólo pensar en las cosas horribles que les pueden pasar. Siempre estás pensando en que las van a drogar y a violar. Les has metido el miedo en el cuerpo. No te comportas con naturalidad. Tanto tabú y tanto misterio y tanto cuidado... No lo entiendo.

–Vaya, nunca me habías dicho nada parecido –dije–. Llevas un año viviendo aquí y ahora sales con esto.

–No he tenido ocasión –dijo–. Éste es el momento adecuado.

–A lo mejor tienes razón –dije–. A lo mejor se lo pregunto a las niñas.

–No las interrogues por separado –dijo.

–¿Por qué dices eso? –pregunté, ya que eso era exactamente lo que pensaba hacer, hablarles por separado.

–Pues porque eso las puede asustar –dijo Coral–. Ya me imagino cómo será el asunto, muy serio, muy grave, un verdadero interrogatorio. Al menos, si están juntas se pueden defender, y le darán menos importancia. En realidad, ¿qué importancia tiene?, a ti, ¿qué más te da que Claudia y su marido no volaran directamente de París a Roma? Es simple curiosidad, ¿no? Pues no dramatices, diles eso, nada más, pregúntales qué pasó. A lo mejor no pasó nada y es verdad que perdieron el vuelo y entonces te olvidas. Pero no puedes pasarte un mes dándole vueltas. Eso es lo que haces con todo, como si no tuvieras nada más que hacer, les das vueltas y vueltas a todas las cosas, las cosas más insignificantes y pequeñas, dale que dale. La verdad es que no sé cómo puedes trabajar con todas esas cosas en la cabeza.

–La cabeza siempre está llena de cosas, eso no se puede evitar –dije–, a menos que esté completamente hueca.

–Una cosa es que esté llena y otra que esté mareada –sentenció.

Quizá tuviera razón, me dije luego, camino del estudio. Coral era extremadamente razonable. Daba la sensación de ser puro instinto, de moverse por el mundo a golpes de intuición, pero no, tenía razones

227

para todo, razones simples, sencillas, casi elementales, por eso se asombraba mucho si le preguntabas el porqué de algo que hacía o quería hacer; para ella era tan evidente que imaginaba que todos lo veían de la misma forma en que lo veía ella. Aunque no era en absoluto impositiva. Si no estabas de acuerdo con ella, allá tú, no pasaba nada. Las personas son como son. Las aguantas mientras puedas, mientras quieras. Pero todo tiene un límite y en cuanto el límite se sobrepasa, adiós, aunque si hay que decir «hasta luego», pues hasta luego.

Entonces me dije que quizá ése era el momento de preguntarle a Coral si entre ella y Julián había habido, al menos al principio, algo más que una relación profesional.

Quizá se lo pregunte esta misma noche, me dije, quizá esta noche sea la noche de las preguntas.

Cuando regresé a casa, a última hora de la tarde, Coral no había llegado. Había ido a una reunión de trabajo –tenía un puesto de administrativa en un centro de enseñanza especial para discapacitados psíquicos, creo que se llamaba así, CEEDP, no lejos de casa– y acababa de llamar por teléfono, me dijo Natalia, para decir que aún se retrasaría un poco, porque la reunión era de las interesantes, había recalcado, y por eso había querido asistir. Coral odiaba las reuniones de trabajo del equipo de profesores y administrativos del centro y más aún las que incluían a los padres de los alumnos, pero de vez en cuando sí, de vez en cuando había que asistir, porque algunas veces se trataban asuntos de interés.

Natalia y Mónica estaban en el cuarto de estar, ocupando los sofás, con los cuerpos bien acomodados entre cojines, la pantalla del televisor frente a los ojos. En la mesa del centro, un desorden de platos, vasos, botellas vacías de Coca-Cola y arrugadas servilletas de papel, y migas, migas por todas partes.

Me senté en una de las butacas, aunque teóricamente mi sitio era otro, y las miré sin que ellas me devolvieran la mirada, que permanecía fija en el televisor.

–¿Qué tal? –dijo al fin Natalia, mirándome de refilón.

–Nada de particular –dije, porque verdaderamente eso era lo que sentía. Mucho de particular, estar todos ahí, y nada de particular, porque era una escena corriente de nuestras vidas.

–¿Lo pasasteis bien en París? –pregunté, sin embargo.

–Vaya –dijo Mónica.

–¿Sólo eso? –insistí.

Natalia me miró.

–Riñeron –dijo–. Riñeron por nuestra culpa. Nunca había visto a Cucho así. No decía nada, però se le puso una cara horrible, como si fuera a matarnos.

–¿Por eso perdieron el vuelo a Roma? –seguí indagando.

–No perdieron ningún vuelo –dijo Natalia–. Mamá se empeñó en venir a Madrid con nosotras.

–Sí –añadió Mónica–. Y, además, ella no está en Roma, se ha quedado en Madrid. Cucho se ha tenido que ir solo. Peor para él.

–Peor para él –repitió Natalia, y las dos se echaron a reír.

–Eso fue lo que le dijo mamá –me aclaró Natalia cuando las risas cesaron–, que no tenía que ponerse así, que era peor para él.

Volvieron a reírse, y lo cierto es que yo también estuve a punto de hacerlo. Conocía muy bien esa frase, como la conocían Natalia y Mónica, porque era la última que pronunciaba Claudia cuando estaba verdaderamente enfadada con alguno de nosotros. Conocíamos todos la frase y, a sus espaldas, la habíamos citado con complicidad. Incluso yo les había oído pronunciarla entre ellas cuando una de las dos había hecho algo que sin duda iba a molestar a su madre. De manera que la frase seguía ahí, pendiente de los labios de Claudia, y ahora se dirigía contra Cucho. Me reí por dentro, quizá llegué a sonreír por fuera.

Y de golpe sospeché por qué me había llamado Claudia desde París: para demostrarle a Cucho que ella aún tenía sus propios recursos, que aún tenía capacidad de mando. Yo mismo, su ex marido, era un recurso, y podía llamarme y pedirme que fuera al aeropuerto de Barajas a recoger a mis hijas, que evidentemente podían venir solas a casa en taxi, y yo acudía sin pensármelo dos veces. Era eso lo que Claudia pretendía, darle a Cucho una pequeña lección. Y probablemente me había llamado cuando ya habían decidido los dos volar a Madrid, cuando Claudia ya había decidido que se quedaría en Madrid y Cucho, de mala gana, se había plegado a su voluntad y quizá se había visto obligado a acompañarla a Madrid y coger luego un vuelo para Roma. Eso era lo que Claudia quería: que Cucho me viera a mí. Quizá sólo para fastidiarle.

Enseguida llegó Coral, exhausta. Al final, la reunión no había sido tan interesante.

–Siempre se acaba así, discutiendo sobre las cosas

más pequeñas y estúpidas –dijo–. Si alguien tendría que estar presente en esas reuniones serían ellos, los alumnos. ¡Dios santo!, los tratan como a idiotas. Tienen sus problemas, sus limitaciones, pero no tienen ni un pelo de tontos. Vamos, algunos les dan mil vueltas a ciertos profesores. Y no digo nada de algunos padres. Aunque otros son impresionantes, la verdad.

Ésa era la onda en que aquella noche estaba Coral. Desde que trabajaba en el centro de enseñanza especial, era una onda muy frecuente. Ése era su carácter, se metía de lleno en las cosas. Durante tres intensos años, Julián Orozco había sido el centro de su vida, y Coral había estado rodeada de escritores, artistas y diplomáticos, moviéndose entre ellos como pez en el agua. Pero Julián Orozco y el mundo medio intelectual y frívolo que lo rodeaba se habían evaporado. Ahora sólo existían esas personas con todo tipo de problemas y limitaciones.

–Me fascinan estas personas –decía a menudo, y me relataba con detalle anécdotas que en su opinión eran reveladoras de su inteligencia, de su percepción.

Coral trabajaba en la administración, pero no se quedaba encerrada allí, iba de un lado para otro, como si tuviera la misión de estar al tanto de todo. Yo tenía la impresión de que se había hecho imprescindible en el centro. Pero también se había hecho imprescindible para Julián Orozco cuando trabajaba para él, recordé. Y al fin, cuando ya estábamos solos los dos en el dormitorio, le dije:

–Si no quieres, no me contestes, pero siempre me he preguntado si hubo algo entre Julián y tú.

Me miró como si yo fuera un marciano. Yo estaba acostado, y ella, en camisón, andaba por el cuarto en busca de algo, un bote de crema, un libro, las gafas... Se detuvo y me fulminó con la mirada.

–Pues no –dijo–. No quiero. Es algo que no debería tener ninguna importancia para ti y yo no tengo ninguna necesidad de hablar de eso. Si algún día tengo esa necesidad, te lo diré.

–A lo mejor entonces yo no lo querré saber –dije.

–Te prometo preguntártelo primero –dijo, y se metió en la cama como si nada.

Enseguida volvió a hablar de la reunión del centro y de las innovaciones que a su juicio deberían desarrollarse.

Coral no era rencorosa. No entendía el rencor. No le cabía en la cabeza tener algo guardado para arrojárselo luego a alguien. Yo me preguntaba de dónde había sacado esa claridad. Ésas eran las palabras que se me ocurrían para definirla: clara, nítida...

Así acabó la noche de las preguntas. Todo eso pertenecía al invierno, a días oscuros, fríos, desapacibles, algunos soleados y alegres, pero siempre demasiado oscuros y fríos. Cuando los días empezaron a alargarse, se produjo un agravamiento en la situación de mis padres, como si el invierno se resistiera a abandonarnos. Mi madre se cayó en el portal, bajando, con sus piernas debilitadas y sus pasos torpes, los dos peldaños de mármol que lo acercaban a la calle, y se rompió la cadera. Mi padre me telefoneó, asustado, descontrolado, y acudí en cuanto llamé a una ambulancia. Teresa estaba en Nueva York.

Me tocó a mí –y a Coral y a mis hijas– atender a mis padres, pasar la noche sentado en una butaca velando el inquieto sueño de mi madre en el hospital, calmar a mi padre, que se vino abajo. Pero la operación, dijeron los médicos, no suponía ningún peligro, o muy poco, el habitual grado de riesgo que conllevan todas las operaciones realizadas a personas de edad avanzada. Mi padre llamó a Teresa y ella dijo que vendría en cuanto pudiera, lo aceleraría todo, todos sus quehaceres. Cuando mi padre aparecía en el hospital para relevarme al punto de la mañana, me contaba su última conversación con Teresa. Hablaban todas las noches. Mi padre me relataba esa conversación como si fuera lo más importante que tuviéramos que decirnos, hablaba él antes de que yo le dijera si mi madre había dormido bien o mal o regular.

Por primera vez vi lo mucho que mi padre y Teresa se parecían, y el orgullo que había supuesto para mi padre, desde su modesta situación de funcionario, que su hija se convirtiera en una ejecutiva de altos vuelos. Con mi madre postrada y dolorida después de la operación, en la sala común del hospital donde otras pacientes estaban rodeadas por otros familiares, mi padre se aferraba al triunfo de Teresa. Necesitaba hablar de ella en ese momento para separarse del dolor acumulado en el aire, no sólo el dolor de mi madre, sino el de las otras enfermas, para separarse de la opresiva atmósfera del inmenso hospital, de los números que figuraban, en lugar de los nombres propios, en las cabeceras de las camas.

Y se me hizo más evidente también el carácter cálido, con matices de inocencia, de mi madre. Recordé los comentarios que más de una vez me había hecho Marta Berg sobre ella y el comportamiento de mi madre, cuando aún se valía por sí misma, con mis hijas. Me había costado mucho acceder a la personalidad profunda de mi madre. Seguramente porque, mientras había vivido en casa de mis padres, me había concentrado en la tarea de aislarme, me había empeñado en desligarme de mi familia. Entonces pensé: Mi madre ha vivido en el silencio. Yo era el único que hubiera podido hablar con ella, pero me había aislado, sin darme cuenta de que ella estaba aislada. Tendida en la cama del hospital, me recibía con una sonrisa y los ojos llenos de luz, levantaba las manos hacia mí.

A veces preguntaba por Teresa. «Claro, está en Nueva York», concluía, como un hecho irrefutable, invariable. Yo le hablaba de Natalia y de Mónica, que iban a verla algunas tardes. Apenas tuve necesidad de pedírselo, ellas enseguida se organizaban para ir a ver a mi madre. El hospital les horrorizaba, pero querían verla y hablar con ella, sabían que su visita la alegraba. Incluso alguna vez le llevaron flores. Me asombró que la quisieran tanto, me asombró, sobre todo, no haberme dado cuenta hasta ese momento del papel que mi madre jugaba en sus vidas. Recordé entonces los pequeños regalos con que mi madre las recibía cuando algún domingo, siendo ellas muy pequeñas, iban a pasar la tarde a su casa. Eran cosas muy pequeñas, baratijas compradas en el quiosco de la esquina o en los tenderetes de la calle Fuencarral, pero para ellas suponían verdaderos tesoros. Rasgaban el sobre o el paquete en que estaban envueltos como si se fueran a encontrar con algo distinto cada vez y cada vez más valioso. Hablaban de esos sobres en el coche mientras yo las llevaba a casa de mis padres. Sobres que guardaban siempre las mismas o muy parecidas cosas, sobres siempre misteriosos.

Mientras mi madre estuvo, después de la operación, en el hospital, el dolor se le fue mitigando, pero su mirada se fue haciendo más y más ensimismada, se volvió hacia dentro. Salía de sí misma cuando me veía, o quizá no salía del todo, pero expresaba alegría, más aún, sorpresa, como si hubiera pensado, mientras yo no había estado a su lado, que jamás me volvería a ver. En cuanto pudimos trasladarla a casa, en cuanto ella se vio instalada en su dormitorio, del que salía a dar vueltas por el pasillo y luego a sentarse en el cuarto de estar, frente al televisor, comprendí que algo muy profundo había cambiado en ella. No era la prótesis de la cadera, sino algo inmaterial y etéreo lo que había penetrado en ella, lo que transmitía en una mirada de desconcierto. Nos reconocía, pero no sabía a qué nos dedicábamos ni quién acababa de visitarla o con quién acababa de hablar por teléfono. Preguntaba por personas que habían muerto. Preguntaba por personas que seguramente vivían y que yo no conocía. ¿Cuándo van a volver?, preguntaba.

Teresa, a su regreso de Nueva York, se encargó de contratar enfermeras, como antes se había encargado de contratar asistentas. Cuando yo iba a visitar a mis padres, ya sabía con lo que me iba a encontrar: mi padre colgado de la retahíla que lo ligaba a Teresa, ese desglose de sus viajes, sus idas y venidas, su importancia; mi madre ausente, con ese instante de resplandor en la cara en el momento de verme aparecer y luego recitando incoherencias. Mi padre la contradecía una y otra vez, entre abatido e irritado, como quien ve que va a derrumbarse un edificio y no puede hacer nada sino lamentarse, culpar al destino, mirar horrorizado, a la espera del desplome inminente, paralizado, espantado por la catástrofe que se está produciendo, y sin poderse mover ni hacer nada para impedirlo, como si estuviera convencido de que su destino fuera quedar sepultado entre los escombros.

Coral también iba a ver a mi madre algunas tardes después de salir del trabajo. Sabía cómo tratarla. El comportamiento de mi madre no era tan ajeno al de los alumnos del centro de enseñanza especial donde trabajaba. Coral se entendía muy bien con mi madre, como se entendía con las personas llenas de limitaciones y deficiencias que acudían al centro donde trabajaba. Siempre encontraba en ellas, y en mi madre, un rasgo de inteligencia o sensibilidad excepcional.

Fue precisamente una noche en la que los dos habíamos acudido, cada uno por nuestra cuenta, a casa de mis padres, cuando decidimos, ya en la calle, ir a cenar a un restaurante, y allí me habló Coral de su relación con Julián Orozco. Empezó a hablarme de él, de lo mucho que había cambiado desde que lo había conocido.

–Todo el mundo que hay alrededor de los escritores es apestoso –dijo–, pero es muy difícil no sucumbir a él. Es un auténtico cerco, una red en la que van cayendo todos. Es una especie de mariconería literaria, y si digo mariconería es porque es la palabra precisa. No la utilizaría más que en casos como éste. Trueques, favores, llamadas telefónicas, notas, cartas, invitaciones a comer... No te imaginas cómo se transforman, qué voz se les pone... Yo creía que Julián no era así, que él no entraba en ese juego, y cuando entró, cuando yo misma le vi poner esa voz y redactar esas notas, me quedé perpleja. No entendía qué era lo que había cambiado. Me costó comprenderlo, pero al fin caí en la cuenta de que todas esas maniobras y tejemanejes nacían del miedo, del vacío interior. Entonces es cuando aparece la vanidad, para cubrir el miedo. Y, naturalmente, empiezan las maniobras. Lo importante es el honor, el premio. No ya el reconocimiento, eso es algo que no se puede medir. Se aspira a cosas muy concretas, algo que se pueda exhibir ante los demás, una prueba objetiva.

»Julián cayó en esa red en cuanto vislumbró el vacío. De repente se me hizo perfectamente claro. No escribía nada, no se le ocurría nada, y lo peor de todo es que dejó de intentarlo, dejó de perseguir lo que fuere que había estado persiguiendo. Fue como si todo el trayecto se borrase. Creo que él mismo se dio cuenta de que todo lo que había escrito se estaba borrando, y empezó a llamar a críticos, a directores de periódicos, a editores, incluso a políticos. Se sumergió en la vida social, eso era lo único que se le ocurría hacer para que su obra no se borrara, no desapareciera. Yo fui testigo de ese proceso. Fue penoso –sentenció.

–Yo diría –comenté– que ser sociable, comunicativo e ingenioso es natural en él. Allí donde va se convierte en el centro de atención. No lo puede evitar.

Coral negó con la cabeza.

–No es de eso de lo que te estoy hablando –dijo–, es de otra cosa. Siempre le había gustado ser el centro, y a ti eso te podía caer mejor o peor, y a mí no me gustaba, pero era casi inofensivo. De pronto empezó a utilizar sus dotes sociales para maniobrar, entró en el juego, ése fue el asunto, la transformación. Pero en fin, tu pregunta no se refería a esto. ¿Quieres saberlo o no?

La miré un poco perplejo, porque de pronto no sabía ni lo que le había preguntado yo ni lo que ella me estaba preguntando.

–Claro que quiero saberlo –dije, y sólo cuando terminé de pronunciar la frase caí en la cuenta de lo que estábamos hablando.

–Pues empezó como empiezan todas esas cosas –dijo Coral–. Empezó de noche y duró un par de semanas. Enseguida me di cuenta de que iba a ser algo rápido, quiero decir, ni me hice muchas ilusiones ni hubiera querido que Julián se las hiciera. No éramos la pareja ideal. Según Julián, soy demasiado analítica, demasiado racional y práctica. Bueno, puedo entender por qué me veía así. Sencillamente, no le seguía la corriente en todo. Desde el punto de vista emocional, Julián es como un niño. Necesita mujeres dominantes y mujeres que, a la vez, le admiren de forma absoluta, incondicional. Como esas amas de llaves inglesas de las películas de miedo, pero jóvenes y guapas, claro. Bueno, ya sabes que yo no soy así.

–Eres un espíritu independiente –dije.

Coral se rió.

–Acabas de hablar como Julián –dijo–. Creo que eso fue lo que me dijo cuando me propuso que trabajara para él. Me dijo que confiaba en mi independencia de criterio, en mi capacidad de decisión. Casi me hizo una lista excesivamente larga de mis virtudes. Después me dio una palmada en el hombro y me dijo que fijara el sueldo y que empezáramos cuanto antes. Mañana mismo, dijo. Entonces fue cuando empecé a conocerle de verdad, o a conocerle más, porque antes también había sido de verdad, eso no hay que negarlo. Pero esta segunda etapa fue la importante para nosotros, nos hicimos amigos. Y por mucho que me parezca lamentable su decadencia, porque no puedo por menos que llamarla así, decadencia, pese a todo, aún siento algo de simpatía hacia él. No le justifico, eso no, hay ciertas ruindades que no se pueden hacer, traiciones de amistad, utilización de las personas, no de cualquier persona, sino precisamente de tus amigos, eso me parece siempre inaceptable, tratar a tus amigos peor de lo que tratas a tus enemigos, no, eso jamás podré justificarlo, aunque tus amigos se conviertan en un lastre y tus enemigos sean los únicos que puedan ayudarte. Pero lo ha logrado, ya lo ves, se ha convertido en el escritor famoso que es, ya lo tiene todo, el prestigio, la fama, lo tiene todo y sigue estando ahí, siempre en medio, en el centro, como si aún quisiera más, y creo que todo lo que obtenga a partir de ahora le va a saber a poco, y sólo Dios sabe lo que conseguirá, pero da igual, ya está vacío, no tiene fe, sólo miedo, un miedo terrible, por eso no puede mirarse hacia dentro, sólo puede trazarse metas, seguir subiendo...

–Parece bastante terrible –dije.

–Es cosa suya –dijo Coral–. Por eso, siendo terrible, no lo es, no es terrible de verdad. Lo terrible de verdad es que te ocurran cosas que no deseas y no puedas hacer nada por evitarlas. Lo de Julián es simplemente lamentable, penoso.

Creo que no volvimos a hablar de Julián Orozco. Sólo comentarios breves, cuando leíamos su nombre en el periódico o veíamos una fotografía suya. Seguía su carrera ascendente. ¿Le darán el Nobel?, preguntaba irónicamente Coral. Puede, se respondía a sí misma con bastante seriedad y convencimiento.

Julián Orozco estaba ya tan lejos de nuestras vidas que aquella primera pregunta que me había hecho la noche en que le conocí, si no habría sido él el amante clandestino de Marta Berg, también se evaporó.

Pero Marta seguía viviendo allí, en el mismo edificio en el que habitaban mis padres, y en aquella época en la que, en razón de la postración de mi madre, aumentaron mis visitas, algunas veces pensaba en ella. No siempre, porque yo iba preocupado y con prisa, deseando llegar cuanto antes al piso de mis padres para aliviar el desasosiego de mi madre –que me había llamado por teléfono para formularme preguntas que no tenían respuesta, preguntas sobre personas que ya habían muerto, sobre catástrofes, sobre el engaño y la mentira que ella sentía urdirse a su alrededor–, y deseando estar ya fuera de él, olvidarme también cuanto antes de esa angustia que invadía a mi madre y que yo no podía resolver, olvidarme también de mi propia pregunta sobre el sentido que podía tener para mi madre vivir una vida tan deteriorada, con aquel constante flujo de enigmas que acudían a su mente y dejaban en sus ojos la expresión del dolor y la perplejidad.

Yo mismo era invadido también por angustias y

enigmas irresolubles. En un momento de la mañana o de la tarde, uno de esos momentos que no son el inicio ni el medio ni el final, sino que pertenecen a partes indefinidas del tiempo, partes detenidas, sentía como un clavo que me atravesaba el pecho el deterioro de la vida, la vejez, y no eran ya el deterioro ni la vejez de mi madre, sino conceptos que se referían a mí, que me dolían a mí. Sentía que había ya algo envejecido o roto dentro de mí, o erróneo, defectuoso desde el principio de los tiempos, una pieza que no había funcionado nunca y que se había ido haciendo más y más dañina. O a lo mejor se trataba de todo lo contrario, no que hubiera una pieza en mal estado sino que la pieza faltaba y su ausencia había ido creando más problemas, había ido generando la disolución de otras piezas. En momentos así, momentos eternos de la mañana o de la tarde y también de la noche y del alba, el dolor en el pecho casi se hacía físico, estaba a punto de hacerse físico, pero nunca lo conseguía, a pesar de que yo lo hubiera agradecido, que fuera palpable, algo que pudiera describir, comunicar, pero esa sensación, la de poderlo describir, transmitir, y tener por tanto la esperanza de que hubiera un remedio, como el enfermo que acude al médico con la esperanza de que le devuelva la salud, pronto se desvanecía y el dolor se hundía, bajaba, alcanzaba un punto interior invisible que se abría a un abismo por completo tenebroso.

Había días en que estos momentos lo inundaban todo, no me podía deshacer de ellos. Yo proseguía mis quehaceres, seguía el ritmo de mis costumbres y obligaciones para no sentirme más aterrado. Pero contra la desesperanza no podía hacer nada. Hacía como que me aferraba al trabajo, y quizá me aferraba, trataba a las personas cercanas y queridas como si las quisiera de verdad, y quizá las quería, aunque definir mis lazos con el mundo era algo imposible y profundamente inútil, irrelevante, pero tampoco hubiera podido negar que no quería a nadie ya, tampoco tenía en mi interior la claridad de una negación total, de una retirada drástica.

Andaba despacio por la calle, camino de la casa de mis padres. Ya se había hecho de noche, hacía frío, el diálogo con mi madre era previsible y desolador. Con todo, yo era la esperanza de mi madre aquella tarde. Esa contradicción de pronto me hizo sonreír y quizá alzara en ese momento los ojos del abismo que me habitaba. Vi a Marta Berg delante de mí, detenida, mirándome, sonriéndome. Me parece que después de un segundo en que los dos nos quedamos mirándonos a los ojos, como cerciorándonos de que estábamos el uno delante del otro, ella me tomó del brazo, y empecé a andar junto a ella, empujado y sostenido por ella, en dirección contraria a la que iba momentos antes. Apenas podría recordar de qué estuvimos hablando mientras nos íbamos alejando del edificio donde se encontraba el piso de mis padres y el suyo, el de los Berg. Cruzamos calles estrechas y atravesamos los bulevares. Luego entramos en un café y nos sentamos a una de las mesas, todas vacías, del local. Los dos pedimos whisky.

No recuerdo el nombre de ese café ni el de la calle donde se encontraba. Tal vez no me fijara demasiado en esos detalles, pero sí recuerdo que las mesas eran de mármol y el espacio bastante grande. Marta Berg se sentó de espaldas a la pared y yo en-

frente. Miré sus manos y me parecieron muy desnudas. Ella advirtió dónde se posaba mi mirada.
–Me he olvidado de ponerme los anillos –dijo–. Es raro, porque siempre me los pongo para salir a la calle e incluso suelo llevarlos puestos en casa.

Se había quitado el abrigo y miré el pliegue que la manga de la chaqueta formaba donde la doblaba el codo. La tela, oscura, brillaba allí.
–Tengo la impresión –dije– de conocer la chaqueta que llevas.

Marta se rió.
–No puede ser –dijo–. Me la acabo de comprar. El traje entero. Pero se parece a otro que he tenido, y que en realidad aún tengo, sólo que ya está muy viejo. Aquél era un buen traje, éste es mucho peor. Lo he comprado –dijo, volviendo a reírse un poco– en una tienda juvenil, una tienda de ropa barata.

Marta dio un largo trago al whisky y recordé que, por el contrario, en nuestros anteriores encuentros siempre me había llamado la atención lo despacio que bebía.

–A tu padre lo veo a menudo –dijo ella entonces–, el pobre anda como desorientado, tengo la impresión de que siempre está en la calle, dando vueltas de un lado para otro. Me da mucha pena. Ya sé que tu madre está mal. Le pregunté a tu padre si a ella le gustaría que la visitara pero me dijo que no, que no quiere ver a nadie, sólo a la familia.

–Sí –dije–, no quiere que la vean así. Cree que está horrible.

Marta Berg suspiró y se miró las manos desnudas.

–La decadencia –dijo–. Supongo que es algo por

lo que tenemos que pasar, pero no se acaba de entender, no sé si merece la pena vivir así.

–Yo creo que no –dije–. Es vivir con la muerte dentro y, lo que es peor, con el desconcierto, el caos. Es un espectáculo difícil de soportar, por eso creo que mi padre se pasa el día en la calle. No tiene ningún hobby, no sabe qué hacer en casa. Desde que se jubiló no hace sino dar vueltas por Madrid. A mi madre le encantaban los crucigramas, los juegos de palabras, las sopas de letras, todo eso, pero ha perdido mucha vista, de manera que a veces los hace con la ayuda de la enfermera, pero la mayor parte del tiempo no tiene ganas de hacer nada, no parece recordar lo mucho que le gustaban esos juegos, pero la enfermera se lo propone, abre el periódico y se sienta a su lado, le empieza a preguntar cosas y mi madre, sí, acaba respondiendo...

Nos quedamos callados, miramos los vasos, bebimos.

–Tu padre me ha contado cosas de ti –dijo Marta–. Bueno, yo le pregunté por ti. Sé que te separaste de tu mujer, que las niñas viven contigo y que están muy guapas, no son niñas ya, cada día están más guapas, dice tu padre. Me dijo que vives con una chica estupenda, no recuerdo su nombre.

–Coral –dije.

–Dice tu padre que es encantadora, y muy guapa también.

Asentí. Miré sus manos.

–No es la edad lo que nos ha separado –dijo ella, y yo pensé, asombrado: Se está refiriendo a nosotros, a ella y a mí, está hablando de nosotros–. Ha sido la vida. –Se quedó pensativa, mientras yo se-

guía mirando sus manos–. Aunque la vida sí tiene que ver con la edad, desde luego.
–¿Y tú? –pregunté–. Háblame de ti. Tienes muy buen aspecto, eso ya lo sabes.
Negó con la cabeza.
–¿Crees que lo sé?, ¿crees que tengo buen aspecto?, ¿crees que me hago esas preguntas? –Me miró, aún tenía mirada soñadora–. No sé qué creer –dijo, miró su vaso casi vacío, se lo llevó a los labios, lo terminó.
–¿Quieres otro? –pregunté, señalando su vaso.
Asintió y encargué dos whiskies más. Terminé el mío antes de que el camarero trajera los repuestos.
–Una depresión mal curada, arrastrada desde no se sabía cuánto tiempo –dijo Marta, cuando el camarero nos dejó de nuevo solos–, eso me dijo el médico. Fue después de romper con ese hombre, el escritor. –Me dije: No se lo voy a preguntar, ya no quiero saber si ese hombre era Julián Orozco–. Hubo un buen momento al principio, sentí que había recuperado la tranquilidad, fue como quitarme un peso de encima. Luego, me hice verdaderamente adicta a las compras. Siempre me había gustado comprar, pero entonces fue algo agotador, sentía una necesidad espantosa, una verdadera urgencia de tener esto o aquello. Entraba en una zapatería y me acometía una excitación tal que no me conformaba con un par de zapatos. Me compraba por lo menos dos pares, algunas veces el mismo modelo pero de diferente color. Creo que no me cabía en la cabeza que nadie me hubiera recompensado por haber sido capaz de romper con él, con el escritor. Había sido un acto heroico y nadie, excepto él, lo sabía, y, naturalmen-

te, él no iba a recompensarme. Yo era la única persona que podía recompensarme a mí misma.

–¿Cuándo ocurrió eso, la ruptura? –le pregunté, no pude ocultar mi curiosidad.

–Nada de fechas –dijo, con una medio sonrisa en los labios–, las fechas no son importantes en absoluto. He borrado esa clase de datos de la memoria. Y es una conquista, créeme. Hay un momento en que el tiempo deja de tener importancia, como si no existiera del todo, o existiera de otra manera. Lo haces tuyo, lo ordenas a tu modo o lo desordenas, dejas que cada cosa ocupe en la memoria el lugar que quiera. Las cosas son entonces como las manzanas que cuelgan de las ramas del árbol y coges la que tienes más a mano y luego te tienta otra y a lo mejor hasta te subes al árbol para cogerla.

»Nunca me ha gustado el carácter implacable del tiempo –prosiguió–, por eso creo que en cierto modo he vencido, porque he podido imponer mi propio juego. No fue fácil. Hubo una temporada horrible. Me ocurrió una cosa muy extraña, aún me atraía la idea de comprar, pero salía de casa y tenía que volver enseguida, no tenía fuerzas para entrar en las tiendas. Era como si la barrera de cristal del escaparate fuese un denso muro, no de hierro, puesto que era transparente, pero sí de un material denso y pesado. Tenía miedo de quedarme presa al otro lado del muro si al fin me decidía a entrar en la tienda. Porque también las puertas me parecían infranqueables. Ahora eran como las puertas de las cajas fuertes, de las que tienes que conocer la clave para poderlas abrir. Volvía a casa y algunas veces sentía la tentación de llamarle a él, al escritor, pero lo cierto era que no sentía el menor deseo de verle. Lo ideal hubiese sido llamarle y que ya no fuera él, empezar de nuevo a verle como si se tratase de un hombre distinto, una historia distinta, y eso era imposible, de manera que la tentación de llamarle se esfumaba enseguida.

»Durante aquella época hacía como que vivía, intentaba convencerme, decirme a mí misma que no estaba muerta, engañarme, puesto que sabía que estaba muerta. Supe que había empezado a mejorar cuando pude volver a entrar en las tiendas. Es curioso, ahora me horrorizan las tiendas caras, ahora voy a otra clase de tiendas, ya te lo he dicho, tiendas de ropa barata y juvenil. Ves a toda clase de personas en esas tiendas, señoras como yo, de mi edad, y de clases sociales muy diferentes. Me fascinan esas tiendas. No voy sólo a comprarme ropa, a buscar esa ropa con la que sentirme protegida y defendida y quizá hasta admirada, sino a mezclarme con la gente, todas esas mujeres que también quieren sentirse defendidas y admiradas. Me produce un gran alivio estar entre ellas, ser una más, una de ellas, haciendo cola ante los probadores, ante la caja, mirando lo que ellas se llevan, y viendo que ellas miran lo que me llevo yo... He de reconocer que mis bolsas son siempre las más grandes, mis cuentas las más elevadas... Es ropa barata, y eso me empuja a comprar más... De todos modos, esto no me va a arruinar, hay vicios mucho más caros... ¿Te acuerdas de Amalia?

Asentí.

–Claro, tú no eres de los que se olvidan de esas cosas, ya lo sé –dijo–. Se ha hecho adicta a los masajes. Sigue con sus amantes y sus juergas, pero en cuanto puede se saca un bono de masajes, incluso pasa fines de semana en balnearios, y se hace tratamientos intensivos de belleza, antiarrugas, antiestrés, todo eso... El año pasado me arrastró a pasar un fin de semana a un balneario cerca de Barcelona. Fuimos tres amigas, Amalia, Martina y yo. Martina es mucho más joven que nosotras, no tiene ni cuarenta años. Tiene una tienda de arreglos de ropa cerca de casa y un día fui con un montón de cosas que me quedaban mal, ya sabes, ropa comprada deprisa o en rebajas, por pura ansiedad. El caso fue que nos fuimos haciendo amigas. Cose bien y tiene muy buen gusto, empezamos a hablar, a contarnos un poco nuestras vidas, algunas veces quedábamos a comer juntas o ella me venía a ver casa o iba yo a la suya. Está separada y tiene un niño de diez años. Tiene novio, pero no viven juntos. De momento, prefiere vivir sola con el niño. Cuando Amalia me habló del balneario se me ocurrió decírselo a Martina. La idea la entusiasmó. Podía dejar a su hijo con el padre, desde luego. Eso era lo que necesitaba, alejarse de todo y dedicarse a ella misma. Así que nos fuimos las tres. Salimos un jueves y volvimos un domingo. Tres noches.

Me miró. Yo miré sus manos desnudas.

–Todo fue muy bien, muy agradable –dijo–. El sitio era acogedor, nos pasábamos el día en albornoz, sentadas en unas tumbonas, alrededor de una piscina de agua termal, muy caliente, y nos iban llamando para los masajes y los demás tratamientos, fangoterapia, ducha escocesa, todo eso... Yo me sentía muy bien, muy tranquila, me sentía a gusto con ellas, con Amalia y Martina, me decía que había sido muy buena idea ir con las dos, porque eran muy distintas y ninguna llevaba la voz cantante, las tres nos llevábamos a la perfección.

»Pero el último día, mientras estaba echada boca abajo sobre la camilla de los masajes, la última tarde, porque era por la tarde, me ocurrió algo muy extraño. Cuando te echas boca abajo en la camilla, o bien apoyas la cara en una toalla o la acomodas en un agujero oval, en el que encaja la cara, y eso es mucho más cómodo, desde luego. Eran unas camillas nuevas, dijeron, y todo el mundo estaba encantado con ellas. Yo también me sentí muy bien durante los primeros masajes. Siempre que me habían dado masajes me había resultado incomodísima esa posición, precisamente porque no sabía qué hacer con la cara, se me aplastaba la nariz y ponía la cabeza de lado y entonces me dolía el cuello. Ese agujero oval de la camilla me pareció un invento estupendo, y lo es, sin duda. No tiene nada que ver con lo que me pasó. El masaje fue estupendo. Aunque yo no soy, como Amalia, adicta a los masajes, me gusta que me los den, que me presionen los músculos, que desaparezcan todas las tensiones. De pronto, con la cara encajada en aquel agujero y los ojos abiertos (¡no sé por qué los abrí, por qué no pude mantenerlos cerrados!), y las manos de la masajista recorriendo todos los músculos de mi espalda, milímetro a milímetro, deslizándose suavemente, y a la vez, con fuerza, sobre mi piel, a la que aplicaba crema de vez en cuando, me sentí asomada al abismo. Al abismo de la inutilidad. ¿Qué habían sido esos tres días de masajes y cuidados?, ¿para qué esa repetición de tratamientos, de baños, duchas, de extender una y otra vez crema sobre la piel...? No se trataba de un engaño más, uno de los muchos engaños o distracciones de la vida, inofensivos, en realidad, y útiles, más o menos eficaces. De repente era el engaño, la mentira, la falsedad total.

Suspiró. Bebió.

–No sé por qué lo sentí en ese momento –siguió–, pero jamás se me había hecho una revelación de la falsedad con tanta claridad. No se lo dije a ellas, por supuesto, ni a Amalia, que no lo habría entendido en absoluto, ni a Martina, que quizá sí lo habría entendido. Pero no quería amargarlas ni entristecerlas. Salían de las cabinas de los tratamientos muy contentas, con la felicidad reflejada en la cara. ¿Cómo iba a decirles lo que de repente había sentido, que todo ese descanso era falso, un engaño, que no sólo no servía para nada sino que era contraproducente, nos cansaba más? Quizá eso me pasaba sólo a mí, sólo podía sentirlo yo, porque yo no padecía ningún estrés, no me proponía, como Amalia, adelgazar de esta o de otra parte, no me importaban las arrugas –sonrió–, no digo que no me importen, pero ahí están, no se van a ir, son la marca del tiempo, eso no se puede borrar... De manera que me callé, no dije nada, mantuve, por fuera, el buen humor. A la vez me preguntaba: ¿Por qué no soy capaz de derrumbarme delante de los demás?, ¿por qué tengo que esforzarme y seguir como si no hubiera ocurrido nada?

»Cuando aquella noche entré en mi habitación después de la cena –dijo tras una pausa–, me eché sobre la cama, agotada, como si estuviera a punto de morir. Pero luego tomé las pastillas para dormir que me había recetado el médico, de hecho tomé dos pastillas, cuando normalmente sólo tomo una, y me quedé dormida, diciéndome: Sólo falta una noche, mañana vuelvo a casa. Y sabía que la solución tampoco estaba allí, en el regreso a casa, pero de todos modos quería que aquello se acabara cuanto antes...

Marta, que mientras me hablaba, a veces me miraba y a veces perdía la mirada en un punto lejano, bajó los ojos y contempló sus manos, ahora vueltas hacia arriba, como si hubiera algo en ellas. Alargué las mías, cubrí sus manos con mis manos. Ella las retuvo, los dos reteníamos las manos del otro entre las nuestras.

–Pero no me he derrumbado –dijo suavemente, mirándome, ahora que teníamos las manos unidas, con mucha más profundidad, con mucha más confianza–. Me he derrumbado sin derrumbarme. Quiero decir que vivo con esa visión dentro de mí, la del derrumbamiento, pero no necesito decírselo a nadie, no porque quiera disimular, sino por mí misma, para no darme por vencida. Si nadie sabe que me han vencido es que no me han vencido, porque no lo he pregonado ni lo voy a pregonar. Eso me obliga a esforzarme, me produce una gran tensión –dijo, y sentí que, quizá para alejarla, para descansar, aflojó la presión de sus manos dentro de las mías–. Pero la tensión me mantiene viva. Es una frase de Amalia, aunque para ella tenga otros significados, otras aplicaciones. Ella sigue centrada en los romances. Cada vez que termina una aventura amorosa, incluso al final del acto sexual, se palpa la muerte, dice, y yo creo que es verdad, y es desde esa sensación de muerte de donde nace el deseo de vivir. Así, una y otra vez. Ése es su procedimiento, su método. El mío –sonrió– es más abstracto.

–¿Y Markus? –pregunté–. ¿Qué papel juega Markus en todo esto?

Marta volvió a sonreír, acarició mis manos.

–Bueno, yo podría preguntarte por esa chica, Coral... –dijo con su mirada soñadora.

–Coral es mi oráculo –dije instintivamente.

–Eso está muy bien –aprobó Marta–. Tienes mucha suerte. Quizá Markus también sea, en cierto modo, mi oráculo. Pero no, eso resulta exagerado. En todo caso, él sería su propio oráculo. Vivir junto a un oráculo: eso ya es algo positivo, ¿no? Markus es así, un convencido de la vida, un perfecto bebedor de cerveza, ya sé que suena muy tópico para describir a un alemán, pero resulta bastante exacto en el caso de Markus. Se ha propuesto ser optimista, se lo propuso desde que nació. Eso incluye ser generoso y egoísta a la vez, aunque parezca contradictorio. Siempre ha sido muy benigno con mis caprichos. Se reía cuando le enseñaba algo que me había comprado y yo le decía que era una ganga. ¿Una ganga de cien mil pesetas?, contestaba, riéndose. Bueno, eso era antes, cuando me lo compraba todo en las tiendas más caras. El caso es que nunca me hizo el menor reproche. Lo entiende todo porque no presta verdadera atención a nada, fundamentalmente a las personas. Es afectuoso, quizá lo recuerdes, abraza a todo el mundo, pero es porque ésos son sus gestos: abrazar, reír. No le demos vueltas a las cosas, dice a menudo, la profundidad no hace falta mencionarla, está ahí, en la vida, como la espuma en la cerveza, es algo obvio y esencial. Pero, de todos modos –dijo, pensativa, y otra vez abandonó sus manos en las mías–, empiezo a pensar que una mujer está sola siempre, sola de verdad. Tengo la impresión de que a las mujeres nadie puede ayudarnos verdaderamente, o es que a lo mejor desconfiamos profundamente de la ayuda que nos puedan prestar, no lo sé, no sé si es algo que viene dado por la naturaleza o por la historia o la educación o como quieras llamarlo. A veces me gustaría saberlo, conocer la razón de esta soledad.

–Hablar así de las mujeres en general, de los condicionamientos históricos y todo eso, nunca me ha convencido –dije–. A lo mejor hay algo de verdad en esos argumentos, pero no valen para explicarlo todo. ¿Crees que no hay hombres que se sienten así, profundamente solos, como tú lo acabas de describir?

–Sí –dijo–, supongo que es algo que no puede discutirse de forma teórica, sólo que a veces nos tientan las teorías, resultan algo consoladoras...

Creo que fue entonces, cuando la conversación rozó este punto, cuando acudió a mi mente la imagen de Julián Orozco, quién sabe por qué, quizá porque imaginaba que, de haber existido entre Marta y Julián esa relación clandestina, también habrían hablado de lo que ahora estábamos hablando. Pero la imagen de Julián Orozco enseguida se esfumó, porque Marta, soltando mis manos y cambiando de tono, dijo:

–¿Y tus padres?, ¿no te estaban esperando? Quizá debieras llamarles por teléfono. Yo también me tengo que ir...

Obedecí a Marta y fui al teléfono, mientras me decía que esa llamada telefónica era igual a la que había realizado años atrás desde la casa de los Berg, aquella vez para hablar con Claudia y decirle que me iba a retrasar, era igual a la llamada que no realicé la noche en que me encontré a Marta Berg en la galería de arte y luego fuimos a cenar con Amalia y José Luis, aquella larga noche que luego se prolongó en casa de Amalia, en el cuarto de estar en penumbra de la casa de Amalia. El teléfono estaba siempre allí, presente o ausente, mientras yo hablaba con Marta Berg, o mientras pensaba en sus manos y en sus posibles caricias, mientras, como en ese rato que acababa de vivir, había tenido al fin sus manos entre las mías.

Le dije a mi madre que se me había hecho tarde, que iría a verla otro día.

—No te preocupes —dijo—, vete a tu casa y descansa. No debes trabajar tanto.

Su voz, cada vez más enronquecida, más gastada y más inaudible, sonaba lúcida, sin confusiones. Triste, pero no asustada. No me hablaba, como tantas otras veces, desde el caos y el miedo.

Cuando regresé a nuestra mesa, vi que Marta ya se había puesto el abrigo. Debía de haber pedido la cuenta, porque en ese momento llegó el camarero y dejó la nota sobre la mesa. La cogí y saqué la cartera.

—¿Tienes tanta prisa? —le pregunté a Marta.

No sé si me contestó o dijo algo que no entendí, porque avanzó por delante de mí, guiándome hacia la puerta. Entonces vi que el local ya estaba lleno, que todas las mesas estaban ocupadas, y me dije que quizá Marta había querido irse por eso, porque a lo mejor le molestaba la gente. Pensé en la edad de Marta, que yo no conocía, en su aspecto siempre juvenil y tuve la impresión, mientras la seguía hacia la puerta, de que huía de mí.

Ya en la calle, Marta levantó la mano y un taxi se detuvo ante nosotros. Sólo tuve tiempo de coger su mano, aún desnuda –todavía no se había puesto los guantes–, y dejar en ella un beso.

¿Adónde iría?, ¿habría quedado con alguien para cenar?, quizá con el propio Markus, quizá sólo regresaba con prisa a su casa, puesto que al callejear nos habíamos alejado bastante de ella.

Anduve despacio hacia el aparcamiento subterráneo donde había dejado el coche, envuelto todavía en aquella sensación de irrealidad que me había dejado el encuentro con Marta Berg. Todos nuestros encuentros habían sido así, algo irreales, como si hubiesen ocurrido dentro de un sueño. Pero ¡qué fuerza puede alcanzar lo irreal! Todos mis encuentros con Marta Berg habían terminado dejándolo todo para luego, para otro momento, para nunca, para los sueños. Todos habían sido incompletos. Por eso parecían irreales, porque la realidad, buena o mala, justa o injusta, es siempre completa, es entera y palpable, mientras que los sueños jamás se pueden completar. Te despiertas cuando todo está a punto de finalizar, la pesadilla o la felicidad. Y me dije que si mis encuentros con Marta Berg habían sido siempre incompletos era, sobre todo, porque Marta y yo, uno a uno, por separado, éramos dos seres incompletos. Incompletos siempre. Sin embargo, eso me había permitido soñar, eso, en cierto modo, era lo que me sostenía, todo lo que había de incompleto dentro de mí.

Y eso verdaderamente mío, lo incompleto, lo que

me distinguía y singularizaba de los otros, era lo que hacía que mi manera de estar en el mundo fuera distinta. Quizá todos deseemos ser únicos y distintos. Con el olor del perfume de Marta Berg en mis manos, vi mi lugar, un poco al margen del mundo, un lugar que jamás me había ofrecido lo completo, y no me importó. Sin duda, habían existido, y existían, otras personas que se sentían también al margen del mundo. Quizá, me dije, de ese territorio es desde donde ha salido y seguiría saliendo lo que tan vagamente llamamos artístico. Pero, en carne y hueso, me dije, sólo he conocido a una persona a la que no hay que explicarle nada de esto. Sólo tú, Marta Berg, susurré, con el calor de los whiskies en mi cuerpo, sólo tú. Y bajé la rampa del aparcamiento con esas palabras en la cabeza, como si fueran el estribillo de una canción. Me sentía emocionado y contento, e incluso la oscuridad de la nave llena de coches en la que me adentraba en busca del mío me resultaba acogedora, casi artística. La nave era espantosa, los aparcamientos subterráneos son una de las muestras más evidentes de este mundo horrible en el que nos movemos, pero yo existía, en medio de todo, yo existía, nadie me había quitado de en medio, y existía Marta Berg, aunque siempre se me escapara, yo seguía existiendo, aunque se me hubieran escapado muchas personas y muchas cosas de las manos, y eso me asombraba, y ese asombro, en lugar de tener un tinte negativo, como tantas otras veces, quizá como ahora mismo, que fluctúo entre la tristeza y la alegría, aunque más bien me siento melancólico y perdido, en aquel momento me parecía un hecho digno de ser celebrado. Como no estoy dotado para la música, como toda nota musical, en apariencia bien formada en mi interior, en cuanto sale de mis labios se deforma y lo desorganiza todo, no canté, pero sí tarareé algo, una de mis admiradas y viejas canciones.

Pienso ahora en aquella alegría, una vez que he vuelto a pensar en Marta Berg, recién salido del piso de mis padres, y, sin fuerzas para ir al aparcamiento subterráneo en busca de mi coche, el aparcamiento donde siempre dejo el coche cuando vengo a visitar a mis padres, he cruzado la calle y me he sentado en el taburete de este bar, el peor bar de Madrid, horriblemente iluminado con tubos fluorescentes, cegadores, muy sucio a estas horas, el suelo lleno de servilletas de papel arrugadas y sucias, de colillas y ceniza y restos de comida, las paredes impregnadas de olor a calamares fritos, al pollo asado de los domingos, el bar de enfrente de mi vieja casa, un bar que he evitado siempre que he podido, en el que jamás emprendíamos Pedro Berg y yo nuestra ronda por los bares del barrio. Sin embargo, hoy me he encaminado aquí y aquí permanezco, mirando de vez en cuando el portal de la casa de mis padres, el portal de los Berg. No sé ya cuándo iré a recoger el coche, ni siquiera doy por seguro que sea capaz de ir o tenga que llamar a alguien, a Coral, quizá a Eduardo, para que me vengan a recoger, porque me parece que he bebido demasiado. Creo que he empezado con cerveza y he seguido con whisky, el caso es que no puedo ni quiero irme de este bar, este bar horrible, porque desde aquí vigilo el portal de enfrente, desde aquí puedo ver si sale o entra Marta Berg, puedo controlar ese momento de su vida desde aquí, aunque sé que no estoy hecho para eso, para controlar la vida de nadie, yo, que no controlo mi propia vida. Sólo el movimiento del portal de enfrente, y no todo el rato, porque no puedo mirarlo todo el rato.

Acabo de salir de ese portal. Acabo de bajar en el ascensor donde jamás he coincidido con Marta Berg, que baja al portal por las escaleras. Con la excepción de mis padres y de los Berg, no sé nada de todas esas personas que viven en el edificio de enfrente, en pisos diferentes al de ellos. Incluso me pregunto qué sé de mis padres. Acabo de pasar un rato con ellos. En realidad, he pasado un rato sólo con mi madre. Cuando he entrado en el cuarto de estar, que de repente me ha parecido un espacio muy pequeño, como si se hubiera ido reduciendo conforme han ido pasando los años, de la misma forma que se han reducido también mis padres, se han empequeñecido y encorvado, me he encontrado con la siguiente escena: en un rincón, mi padre, mirando fijamente el televisor, como prendido a él o enchufado, como si fuera vital lo que tenía ante los ojos, y el volumen muy alto, invadiendo el espacio tan reducido. En el otro rincón, el de la mesa camilla, estaba mi madre, con las piernas cubiertas por la falda de felpa descolorida de la mesa camilla, y mirando al aire o hacia dentro o no mirando nada, porque ya ve muy poco, y, a su lado, la enfermera, con el periódico sobre la falda, apoyado en un libro grande, y un lápiz. He deducido enseguida que estaban haciendo en comandita el crucigrama y que mi madre, con los ojos perdidos, en medio del estruendo que provenía del televisor, trataba de buscar una palabra que encajara en las casillas del crucigrama, que respondiera a la frase enigmática que la enfermera le acababa de leer. He sentido cierto asombro, porque hacía tiempo que no veía a mi madre así, relativamente interesada en algo.

Al entrar yo, todos levantaron los ojos hacia mí, mi padre, mi madre y la enfermera, todos me miraron como si les hubiera cogido en falta, algo asustados, aunque enseguida se repusieron y me saludaron, enseguida asomó a sus rostros un poco de alegría, toda la alegría que podían expresar, la que podían tener. Mi madre no apartó los ojos de mí, iluminados con esa alegría que en realidad parecía excesiva pero que era tremendamente verdadera para mí. La enfermera no me sonrió, pero me dedicó un saludo respetuoso. Luego dijo:

–Dejaremos el crucigrama para otro momento.
–Y se levantó para dejarme el sitio junto a mi madre.

Antes de desaparecer, me preguntó si quería que me trajeran algo de beber.

–No se preocupe –dije–. De momento no quiero nada.

Lo único que quería era que se fuera, porque ni esa ni las otras enfermeras me caían bien, aunque quizás ésta fuese la mejor, la más educada. Primero besé a mi madre y luego a mi padre, que había vuelto a concentrar la atención en la pantalla de la televisión, luego bajé un poco el volumen del televisor. Mi padre dijo:

–Me estoy quedando sordo.

Le di una ligera palmada en el hombro, quizá para hacerme perdonar, porque no pensaba subir el volumen. Me senté junto a mi madre. Cogí una de sus manos, una mano débil, temblorosa, pero muy suave, tan suave que daba miedo hacerle daño sólo de cogerla.

—Cómo me alegro de verte, hijo mío —dijo—. Ha sido un día muy largo, muy triste, no ha parado de llover. ¿Te has abrigado bien?, ¿qué te has puesto, la gabardina?

—La cazadora de cuero —dije—. Para eso es el cuero. No se empapa. El agua resbala sobre el cuero.

—Sí —dijo—, tus cazadoras de cuero. Me acuerdo muy bien de cuando te compraste tu cazadora de cuero. Nunca en mi vida he visto a nadie tan contento como tú el día que te compré la cazadora de cuero.

Yo no lo recordaba, sólo tenía un recuerdo vago de felicidad por tener al fin algo que había deseado, pero no estaba ligado a ninguna cazadora de cuero. Le dije que sí, que lo recordaba. En el fondo, enfadado conmigo mismo, decepcionado por aquel borrón caído sobre mis recuerdos. Si esa primera cazadora de cuero había sido tan importante para mí, ¿cómo era que la había olvidado?, ¿podía entonces fiarme de mi memoria?, ¿qué era lo que había seleccionado?, ¿por qué se habían borrado esos momentos de felicidad, el logro material y concreto de mis aspiraciones? Mi madre, con toda su confusión mental, sí los había retenido, y me dije que para ella sí debían de haber sido verdaderamente importantes, más que para mí, que, ingrato conmigo mismo, cicatero con mi bienestar, necesitado de sufrir y pedir y sentirme siempre justificado para la queja, los había olvidado. ¿Qué otros instantes de felicidad habrían sido, como ésos, sepultados por mi espíritu eternamente descontento, insaciable, por esa necesidad de padecer que parecía responder a la necesidad de hacer algo extraordinario, que me diferenciara de todo el mundo?

Miré a mi madre como si fuera la depositaria de muchos tesoros y comprendí que ese descubrimiento se había ido anunciando lentamente, desde que, desaparecida Claudia, iba ella misma a recoger a las niñas al colegio muchas veces y recordé, sobre todo, los sobres de papel que contenían juguetes sorpresa que les llevaba siempre, esos pequeños sobres que compraba en el quiosco de la esquina, que mi madre llamaba «carrito», porque así lo había llamado siempre. Era una palabra de su infancia y también de la nuestra y ahora pasaba a ser parte del vocabulario de mis hijas. Aquellos sobres pequeños, del tamaño de una mano, contenían las piezas de un comedor, un armario, una cama, una consola, y era asombroso que, siendo tan baratos, las piezas encajaran unas con otras con tanta perfección y formaran al fin un mueble diminuto y frágil, pero entero y verdadero. A mis hijas les fascinaban aquellos sobres, sobre todo a Natalia. En cuanto mi madre le daba el sobre, Natalia ya no quería otra cosa que ir corriendo a casa –unas veces, a la de mis padres, otras, a la mía, según lo hubiéramos convenido previamente–, para rasgarlo y saber enseguida qué clase de mueble contenía y concentrarse inmediatamente en la tarea de separar las piezas con tijeras y realizar la construcción. ¡Qué de muebles de aquéllos llegó a haber en casa y en la de mis padres! Pequeños muebles monocolores, de plástico azul o verde sobre todo, quién sabe por qué, muebles que al fin se acababan desarmando y deformando y que aparecían por todos los rincones de la casa. El propósito de mis hijas era amueblar con ellos los cuartos de una casa imaginaria que diseñaban, con ayuda de lápices y reglas, sobre la alfombra descolorida del cuarto de estar de mis padres, o en su propio cuarto, en nuestra casa.

Cuando mi madre, hacía años que ahora me parecían muchos, me llamaba al estudio para decirme que también esa tarde iría a recoger a las niñas al colegio, yo sabía que no era sólo por hacerme un favor, sino porque ella misma disfrutaba comprando los sobres sorpresa en el carrito y metiéndolos luego en el bolso para sacarlos después a la puerta del colegio y dárselos a mis hijas como quien ofrece un manjar al ser humano más hambriento de la tierra. Mi madre se había convertido, sin que yo me diera demasiada cuenta, en una atenta y fervorosa abuela. Sin embargo, en mis recuerdos de infancia apenas había imágenes de mi madre. La veía de lejos, en otra zona de la casa, al otro lado del comedor. Vivíamos entonces en un piso pequeño, en la calle Galileo, un piso con un pasillo muy largo, muy estrecho, muy oscuro. El cuarto donde dormíamos Teresa y yo, aún juntos, daba a un patio interior. Tengo vagos recuerdos de aquel patio. Era bastante amplio, o a mí me lo parecía. Concurrían en él las traseras de edificios muy distintos y yo me pasaba las horas contemplándolo asomado al pequeño balcón de nuestro dormitorio –un balcón en cuyo suelo sólo cabía una fila de baldosas–, imaginando cómo serían los interiores de los pisos correspondientes a todos los otros balcones y ventanas que daban al patio, imaginando, sobre todo, cómo serían sus habitantes, qué vidas misteriosas guardaban, porque, a pesar de que el patio me parecía grande, inmenso como el mundo, estaba, a la vez, lleno de penumbra, y eso lo convertía en un lugar donde todo podía ocurrir, las historias más tenebrosas y terribles. Sentía un escalofrío de terror al mirar algunas ventanas, ocultas tras polvorientos, densos visillos y cortinas, entreabiertas a veces. Me atraía y me estremecía ese patio. Pero la vida de mi madre se desarrollaba en el otro extremo de la casa. El comedor era el punto de inflexión entre nuestros mundos. Yo tenía la impresión de que el mundo de mi madre, un espacio cuyas ventanas –y dos balcones– daban a la calle Galileo, era más luminoso y, desde luego, no me pertenecía. Era un mundo abierto a la calle, al verdadero mundo. El mío no era verdadero, era sólo mío, y todo lo mío era irreal.

Pero estos recuerdos, en los que mi madre apenas aparecía, eran muy lejanos, pertenecían al oscuro piso de la calle Galileo, que en mi memoria era oscuro todo entero, porque nuestra vida, la de Teresa y la mía, se desarrollaba en la parte de atrás, y la pequeña sala donde estaban mis padres, que yo imaginaba soleada, como la imaginaba abierta al mundo, no había sido conservada en mi memoria porque no la había conocido lo suficiente. El piso de Galileo estaba en la prehistoria de mis recuerdos, que arrancaban con cierta coherencia a partir de la mudanza a la cercana calle de Vallehermoso, a un piso moderno, nuevo y resplandeciente, un piso a estrenar, en el que aún se respiraba el olor a yeso, a barniz, a pintura. Y este piso de Vallehermoso, en el que durante años vivimos en régimen de alquiler, fue luego comprado con los ahorros que mi padre había ido acumulando de su escueto sueldo de funcionario público. Recordaba vagamente esa operación, que debió de realizarse alrededor de la fecha de mi boda con Claudia, por lo que no quedó fija en mi memoria, absorto como estaba en mis propios asuntos. Pero sé que eso fue importante para ellos, sobre todo para mi padre, convertirse en propietario de un piso, y sé que aún es importante para él, porque a veces se refiere a esa operación de compra como si hubiera sido un golpe de fortuna que les puede resolver la vida, la vida que les queda.

Y tengo la impresión de que a mi madre le queda ya muy poco, a pesar de la dulzura que esta tarde llenaba sus ojos, últimamente tan inmersos en el vacío. Hoy ha volcado en ellos ese interior lleno de suavidad y belleza que ha guardado dentro de sí, como si supiera que ya no va a tener muchas oportunidades para darlo a conocer, para mostrarlo. Su mirada se quedó de pronto prendida en mi camisa, la señaló con el dedo, pequeño y curvado por la artritis, y dijo, muy complacida:

–¡Qué camisa tan bonita llevas!

Estaba tan interesada, que tuve que darle detalles de cuándo y dónde me la había comprado, e incluso quiso saber si al mismo tiempo y en la misma tienda me había comprado otras camisas de otro color, o un jersey, una chaqueta, cualquier otra cosa. Fue inevitable, mientras le daba a mi madre toda clase de explicaciones, que pensara entonces en Marta Berg y en su afición a las compras. Sentí que mi madre, pidiéndome todas esas informaciones, me estaba mostrando sus propias aspiraciones y aficiones, seguramente nunca, o muy pocas veces, realizadas. Había en sus preguntas, en la forma en que escuchaba mis respuestas, en sus ojos ilusionados, un evidente deseo de belleza. Miraba mi camisa y me pedía que le describiera la tienda donde la había comprado, que le dijera la calle donde estaba, qué otras tiendas buenas había por allí.

–¡Qué de cosas bonitas hay en esas tiendas! –exclamó, ahora mirando hacia el fondo de sí misma, hacia sus sueños.

Y comprendí que en aquel momento, inmóvil, entraba en esas tiendas que a ella siempre le habían parecido inaccesibles, y quizá, mientras yo le decía cómo era la tienda en la que me había comprado la camisa, en lugar de verme a mí, se veía a sí misma, o me veía a mí como si fuese ella, entre toda esa ropa maravillosa y carísima. La ropa de la señora Berg. Los gustos exquisitos y los gastos excesivos de la señora Berg.

No hacía falta decírselo, no hacía falta mencionarle a la señora Berg, pero en los ojos de mi madre de repente estaba esa misma mirada soñadora; había entrado en ella una corriente de placidez y belleza que mi madre, durante buena parte de su vida, se había esforzado por aplacar, por mantener fuera. Habríamos podido hablar de Marta Berg, pero yo sabía que mi madre no estaba interesada en esa conversación; quería hablar de su vida, o de la mía, quería lo cercano, lo más próximo, encontrar reflejos de sí misma en todo lo que la rodeaba. Había en sus ojos cierta calma, cierta expresión de beatitud, pero yo temía que esa tranquilidad, de pronto, se alterara, y mi madre entrara de repente en uno de esos laberintos oscuros por los que últimamente se perdía y de los que nadie éramos capaces de sacarla. Solo los fármacos finalmente surtían efecto y, después de uno de esos horribles ratos en que ella nos pedía, nos exigía, algo imposible –volver a su casa, por ejemplo, su casa, que no sabíamos cuál era, que desde luego no era ese piso ni el de la calle Galileo, a los que, si los mencionábamos, decía odiar con toda el alma, le parecían espantosos, y éste, el de Vallehermoso, el peor de todos, era un piso completamente descuidado, en decadencia, se respiraba el abandono por todos los rincones, decía–, después de contemplar con impotencia su desesperación, su exasperación, teníamos que enfrentarnos a su mutismo, su renuncia, al cansancio infinito que de repente se apoderaba de ella y que luego la sumergía en un sueño agitado, en el que ella no paraba de hablar, aunque no se entendieran sus palabras, no ya sus frases, sino que las palabras eran también indescifrables, se sucedían sin interrupción, como una inacabable palabra única, con ligeras variaciones de tono, mientras sus manos se movían en el aire, acompañándolas, como siguiendo el ritmo de la confusa y casi infinita frase.

Si eso sucedía de día y yo estaba allí, le cogía las manos y se las acariciaba y, aunque ella no dejaba de hablar, aunque nada de lo que decía se pudiera entender, sonreía entonces, consciente del contacto de mis manos, abría un instante los ojos y me reconocía e incluso pronunciaba con cierta claridad mi nombre. Pero, según me contaban las enfermeras, muchas de sus noches eran así, y yo no podía saber exactamente cómo se comportaban las enfermeras. Eran mujeres acostumbradas a tratar con el dolor, hablaban de él como de algo objetivo e inevitable que alcanzaba a todo tipo de personas, ese dolor siempre igual a sí mismo, abstracto, y por eso siempre era mencionado en el mismo tono de voz; las enfermeras no cambiaban de tono para hablar del dolor de cabeza o de un dolor de espalda, no importaba dónde nacía el dolor, no importaba tampoco si causaba malos sueños, todo era igual para ellas, las medicinas, la comida, el aseo, un dolor aquí, otro allá, un dolor físico, una perturbación mental. Para ellas sólo existía el día y la noche, ésa era la gran diferencia en su rutina. El día lo compartían con mi padre, que iba y venía por la casa y salía constantemente a pasear o se refugiaba en su rincón frente al televisor, y con nosotros, los familiares que la visitaban. Pero la noche era enteramente de ellas, y no les gustaba hablar de eso. A veces se quejaban, comentaban que la noche había sido muy mala, que no habían parado, no habían podido dormir ni un segundo, lo decían con cara de agotamiento, apenas sin mirarme, evitando cualquier explicación, y si me miraban, lanzaban hacia mí una carga de reproche y resignación. Ése era su trabajo, por Dios, que las dejaran en paz. Ya era bastante duro.

Yo evitaba pensar en las noches de mi madre. Cuando volvía a casa, si es que había ido solo a visitarla, la presencia de Coral y de mis hijas, con la fuerza de su juventud, con otra clase de problemas, todos cargados de ímpetu y de vida, borraba casi instantáneamente la huella dolorosa que la decadencia de mi madre acababa de grabar en mí. La ha borrado una y otra vez, aunque últimamente, como los episodios de descontrol han sido más intensos, he empezado a sentir que la huella reaparece a la menor oportunidad, en cuanto me quedo solo. Basta que ellas salgan del cuarto para que el desconcierto dolorido de mi madre se apodere de mí.

Pero hoy no, hoy mi madre no me ha pedido que la llevara a su casa, hoy no he tenido que preguntarle a qué casa quería que la llevara, mientras retenía sus manos dentro de las mías, aunque se me escapaban, se aferraban al chal en el que estaba envuelta –ese chal que otras veces pedía expresamente para salir bien abrigada a la calle, para no pasar frío en el largo viaje que la llevaría hasta su casa–, y a la funda de las gafas, con las gafas dentro, porque, aunque apenas veía y no le servían para nada, eran sus gafas y quería tenerlas siempre consigo, por si en la otra casa, o fuera de ésta, recuperaba mágicamente la vista, y se aferraba también, con sus delgadas, pequeñas y deformadas manos, esas manos tan suaves que casi daba miedo tocar, como si la piel se pudiese rasgar con el menor roce de algo mínimamente rugoso, con el contacto de mis propias manos cuya piel era un poco rugosa, se aferraba, como siempre lo había hecho, a un pañuelo blanco. Se lo llevaba a la boca, a la nariz, lo apretaba. De pronto lo perdía, porque se lo guardaba, sin darse cuenta, en la bocamanga del jersey, y por debajo del jersey o en algún pliegue del chal, y entonces, inquieta, se revolvía en el sillón, en busca del pañuelo perdido y, al encontrarlo, asentía, aliviada, lo encerraba en una de sus manos, se lo pasaba, estrujándolo, reduciéndolo, de una mano a otra. Un pañuelo blanco estrujado, ése era el soporte de mi madre.

En una de esas ocasiones dramáticas, ante la insistencia de mi madre en abandonar ese piso que le

causaba tanto horror –Me espanta, decía, no lo puedo ni ver, tienes que sacarme de aquí–, yo había tratado de indagar a qué casa quería que la llevara.
–¿Al piso de Galileo? –le había preguntado.
–No, no, allí no, de ninguna manera –decía enfadada, escandalizada de mi torpeza.
–Me tienes que ayudar –le pedí–. No sé a qué casa quieres ir.
Hizo un gesto de incredulidad, como si pensara que yo me estaba burlando de ella o engañándola. De repente, tuve una idea:
–¿Es a la casa de Huesca adonde quieres ir?, ¿la casa de tus padres?
Se me quedó mirando como si hubiera pronunciado unas palabras mágicas. Pero la sombra del desconcierto cayó de pronto sobre ella.
–Puede ser– dijo–. No lo sé.
–Es que yo no sé dónde está esa casa –dije–. No llegué a conocerla. No sabría encontrarla.
Fijó los ojos en los míos, era una expresión entre vacía y pensativa, obstinada.
–Pues entonces –dijo–, si no sabes a qué casa llevarme, hijo mío, te voy a pedir un favor, llévame a tu casa. A tus hijas no las molestaré, y Claudia no está, no se va a enterar.
Me quedé estupefacto, más vacío de palabras que ella de vida. Me levanté, le dije que iba a la nevera en busca de una cerveza, le pregunté si ella quería tomar algo. Negó con la cabeza.
–Ahora vengo –le dije–, no te muevas de aquí.
Era una recomendación absurda. Estaba sentada en la silla de ruedas, en su dormitorio, yo la había llevado allí con la intención de hablar a solas con

ella e intentar convencerla de que se acostara en su cama, de que reconociera y aceptara su cuarto. Eso fue lo que le dije al volver:

–Mira la cómoda, la mesilla, el armario, el busto de la Virgen sobre la cómoda, el jarrón, las fotografías enmarcadas de tus nietas, Natalia y Mónica, mis hijas, aquí, en estas otras estamos Teresa y yo, tus hijos, ¿no ves que todo esto es tuyo?, ¿que estás en tu cuarto?

–Sí –dijo–, ya sé todo eso, no me tienes que convencer, pero no me gusta nada, no quiero estar aquí, me espanta, no lo quieres entender. Es lo único que te pido.

Me miraba con reproche, con desolación. Se me pasó por la cabeza la idea de envolver a mi madre en unas mantas y llevármela a casa. Sin embargo, me quedé callado, me bebí la cerveza. Ella también callaba. Le dije:

–Es muy tarde y hace mucho frío. Tienes que descansar. Deberías comer algo.

Negó desdeñosamente con la cabeza.

–¿Y un vaso de leche caliente? –sugerí.

Asintió, y entonces supe que la había vencido, que mi madre claudicaba.

La enfermera trajo el vaso de leche, pero no la dejé entrar en el cuarto. Di a mi madre las medicinas de la noche. Fue una operación lenta, tragaba con dificultad. Me volví a sentar frente a ella, puse mis manos en sus rodillas. Ella tenía las manos aferradas al chal, medio escondidas en uno de sus pliegues. Volvió la cabeza hacia la cama.

–¿Quieres acostarte? –le pregunté.

–Sí –dijo–, pero quiero que sepas que lo hago por

tus hijas y por ti. Tenéis que llevar vuestra propia vida.

La enfermera acostó a mi madre y luego entré yo de nuevo en el dormitorio a despedirla. Se había dado por vencida, pero me sonrió.

–Eres el que tiene más carácter –dijo–, no lo parece, pero es así. Desde que eras muy pequeño lo he sabido. Pareces aragonés.

Le di un beso en la frente, acaricié su cara, salí del cuarto, me despedí de mi padre, que daba vueltas, nervioso, por el cuarto de estar.

–¿Y mañana? –preguntó–, ¿qué pasará mañana?

–Estará mejor –dije, y huí de la casa de mis padres.

Huí sabiendo que mi madre ya no iba a batallar mucho, que había sabido profunda y certeramente que ya no había solución, que era mejor acostarse en la cama, que era mejor morir. Huí con el dolor de haberla tenido que vencer, de haberla abandonado. Huí con aquella frase suya en la cabeza: «Pareces aragonés.» Me lo había dicho alguna que otra vez y yo sabía que, más que un reproche –porque el atributo de ser aragonés suele ir unido a un carácter fastidiosamente testarudo–, la frase significaba para ella un elogio, aunque impregnado de ironía. Siempre que me lo había dicho había sentido que mi madre se asomaba un poco a mi interior y atisbaba y aprobaba con complicidad, con una sonrisa invisible, ese punto de fe y de ambición que yo me empeñaba en mantener. Y ahora, vencida por mí, me daba ese regalo, me decía que estaba bien que yo fuera como era, que tenía que apoyarme en ese punto de fe y luchar por él. Por eso me había sonreído, para decirme que me comprendía y me apoyaba, permitiéndose, de todos modos, hacer un comentario un poco irónico pero indudablemente cómplice, como si ella también quisiera apoyarse en ese punto mío, como si mi fe y mi obstinación le sirvieran a ella.

Sucedieron luego unos días en los que apenas abrió los ojos, en que abandonaba el cuerpo en el sillón, sin poderlo sostener, y hablaba y hablaba sin esperar respuesta y sin que nadie se la pudiera dar porque nadie la podía entender.

La paz que hoy reinaba en el piso de mis padres me ha sorprendido tanto que, una vez en la calle, he tenido que entrar en este bar, porque necesitaba permanecer un rato más al pie del piso de mis padres para convencerme a mí mismo de que es verdad lo que he visto, que el piso está allí, al otro lado de la calle, y sólo tengo que alzar los ojos para verlo por fuera y sólo tendría que cruzar la calle y atravesar el portal y subir en el ascensor para volver a entrar en él y comprobar que la paz reina en el piso. Hacía tanto tiempo que no veía a mi madre así, envuelta en un aire de placidez, de aceptación, que tengo miedo de que la escena no exista ya, que se haya evaporado, que las piezas se hayan descabalado al marcharme yo, y por eso no podría volver a subir al piso, quiero quedarme con la escena que acabo de vivir, con la sonrisa de mi madre mirando mi camisa e imaginando las tiendas llenas de ropa maravillosa. Eso ha dicho: ropa maravillosa, bonita y maravillosa. Lo ha dicho con los ojos deslumbrados ante la contemplación imaginaria de tanta belleza, una belleza que iba más allá de la ropa exhibida en las tiendas. Ojalá pudiera detener esta calma de hoy, ojalá el empeño por regresar a su casa –quizá la casa desaparecida, vendida y derribada de Huesca, donde mi madre había pasado la infancia, que siempre describía como una infancia feliz y luminosa– se impregnara también de calma, como si el regreso fuera fácil, estuviera al alcance de la mano y la casa aún existiera, y su misma infancia. Pienso que la paz de esta tarde es el preludio del final, tengo este presentimiento y por eso no puedo moverme de aquí.

Creo que mi madre se ha despedido hoy de mí. Presiento su muerte, que para ella será un alivio y para mí la orfandad. Pienso en todo lo que ha querido darme y quizás no haya podido, pienso en su silencio, en sus ojos perdidos y en sus ojos iluminados, en cada rasgo de su cara, en todas las emociones que esa cara ha ido expresando y guardando, sobre todo guardando, escondiendo. No sé si estoy llorando.

Pienso, al pie del piso de mis padres, vigilándolo, lo poco que mi madre ha hablado de sí misma. Frases sueltas, perdidas, referidas a esa infancia feliz en la casa de Huesca, frases que incluían elogios y agradecimiento hacia sus padres, cultos, modernos, buenos conversadores los dos, aficionados a la fotografía, frases que sugerían una vida casi parisina, de tertulias literarias, representaciones teatrales, recitales de piano... Frases, en todo caso, que no se extendían mucho, porque nadie indagaba en ellas y mi madre tampoco parecía pedirlo, las pronunciaba muy pocas veces, como en cuentagotas, como si prefiriera guardárselas para sí, como si supiera de antemano que nosotros no podríamos entender aquella vida que había quedado tan lejos, que era del todo irrecuperable. Hay que vivir al día, ésa era una de las frases preferidas de mi madre. No se había permitido la nostalgia.

Y con su silencio, con su reserva, a mí me había transmitido, durante los primeros años de mi vida, una impresión de lejanía, de desinterés, y por eso me había llamado tanto la atención la actitud de la señora Berg con sus hijos, esa constante dedicación que yo había percibido en ella y que quizá me había hecho fijarme en ella y enamorarme de ella. No me imaginaba a mi madre hablando a nadie de Teresa y de mí, comentando posibles problemas con nuestros estudios o nuestro carácter. Había sido una madre silenciosa, refugiada en un lugar inaccesible, por mucho que se pasara las tardes sentada en la butaca, con las piernas cubiertas por la falda de la mesa camilla, el brasero encendido. Tardes de invierno que resumían todas las tardes de mi madre. Teresa y yo, ya en el piso de Vallehermoso, cada uno dueño de un cuarto, no permanecíamos, de regreso del colegio, mucho rato junto a mi madre, enseguida nos encerrábamos en nuestros cuartos, más Teresa que yo, ella siempre estudiando, y luego yo me iba a la calle o a casa de los Berg y finalmente a la calle con Pedro Berg, a cualquier bar del barrio, menos a este en el que estoy ahora, que estaba vetado, porque nos parecía horrible.

Se había casado tarde. Estaba a punto de convertirse en una mujer soltera para siempre, cuando mi padre, a quien había conocido años atrás en Jaca, apareció de nuevo por ahí y le pidió que se casara con él. Esa historia la conocíamos, pero era también una historia breve, escueta. Ni Teresa ni yo nos habíamos interesado en ella. Y ya era tarde para indagar. No quedaba nada de la casa de Huesca y, si era allí adonde mi madre quería volver cuando la acometía el rechazo al piso de Vallehermoso, un rechazo que parecía abarcar su vida entera, y sus ojos miraban a su alrededor con verdadero espanto, como si el piso fuera una cárcel, el peor lugar del mundo, si era ésa su meta, la casa de Huesca, era mejor no hablarle a mi madre de ella, no fuera a hacerse más real en su interior, más deseable, redoblando así el horror que le producía cuanto la cercaba.

Con mi padre tampoco se podía a hablar de recuerdos. En realidad, se había cerrado a todo, se limitaba a pasear por el barrio, algunas veces incluso calzado con zapatillas, como quien no tiene adónde ir ni propósito alguno en la vida, como quien está a punto de caer en el abismo de la no existencia, o, cuando estaba en casa, a mirar el televisor, hubiera en la pantalla lo que hubiera, eso no importaba, él sólo parecía querer ver desfilar imágenes, poder dejar los ojos ahí, tener una excusa para estar sentado en un rincón de la casa y callar y dejar que la vida transcurriera sin él. Los trastornos de mi madre, las visitas, el relevo de las enfermeras... Nada de eso le sacaba del rincón. Sólo cuando venía Teresa salía un poco de sí mismo para hablar de dinero. Le preguntaba cuánto costaba un billete de avión en clase turista y en clase preferente y en primera, quería calcular las diferencias. «¡Qué barbaridad!», concluía. Le preguntaba también por el precio de los hoteles, la diferencia que suponía alojarse en una habitación doble o en una sencilla, si se incluía el desayuno, a cuánto salía la pensión completa, si es que la ofrecían en ese hotel, y la media pensión. Siempre le había gustado hacer cuentas. Los años pasados en el departamento de contabilidad de un ministerio le habían ido convenciendo de que las operaciones de sumar y restar eran las más importantes de la vida. Sobre ellas descansaba todo lo demás. Las cuentas tenían que cuadrar, ésa era la única verdad, la esencia del buen funcionamiento social. Ante cualquier catástrofe, fuera del tipo que fuere, comentaba, monótono y convencido:

–No hicieron bien las cuentas.

A eso se reducía todo. Quizá la casa de Huesca era para él simplemente una resta, y una resta lejana, bien o mal hecha, quién sabe, el caso era que había dejado de contar.

Lo que no se ha indagado ya no se puede indagar, y aquí, frente a la casa de mis padres, debo admitir, con la terrible y dolorosa conciencia de que mi madre se ha despedido hoy de mí, que no le he hecho muchas preguntas, que he vivido un poco de espaldas a ella, y cuando he tenido que mirarla a los ojos, ya ha sido tarde. Es cierto que he sido consciente del acercamiento que se ha ido produciendo entre nosotros en estos últimos años y que expresaba un sentimiento subterráneo de complicidad que sin duda ha existido siempre aunque yo no me he dado cuenta, porque no me he detenido a buscarlo, porque la complicidad la he buscado siempre fuera de casa. Pero me ha faltado tiempo para hablar con ella con las cartas boca arriba. Habiendo tenido tanto tiempo, me ha faltado tiempo.

Esta tarde no, pero otras tardes me ha pregunta-

do por mis hijas, extrañada de que Teresa no tuviera hijas.
—Ni hijas ni hijos —dijo—. No tiene nada, ya ves qué caso tan raro. ¿Será por eso por lo que vive en Nueva York?
Ante una pregunta así, cargada de tan extraña lógica, no tuve más remedio que asentir.
—Sí —dije—, será por eso. Ya sabes que las mujeres en Norteamérica son muy independientes. Hay muchas ejecutivas en Nueva York. ¿No has visto las películas?
—Ya lo creo —dijo mi madre—, y son muy guapas.
Asentía, convencida, pero de repente volvía al asunto de los hijos.
—Hay un hijo que no sé de quién es —decía—, yo creo que no es tuyo ni de Teresa, no me acuerdo de su nombre... No tiene madre, y eso me da mucha pena.
Entonces era cuando podía empezar el dolor, y yo me estremecía. Me pregunto ahora si ese hijo sin madre que a ella tanto le preocupaba no sería yo mismo, si, con esa frase, mi madre no me estaría diciendo algo innombrable y extraordinario.
—No sé por qué me engañáis —decía—. Sobre todo el médico, y tu padre. Los oigo hablar en la entrada, en susurros, se ponen de acuerdo para engañarme y luego me dicen cosas absurdas, me tratan como si yo no me enterara de nada, como si fuera una niña. Eso es algo que no puedo comprender. Que lo haga el médico, que es un extraño, aún, pero tu padre, ¿cómo se cree que me puede engañar? No sabes la cara que pone el médico cuando me mira, como si nunca hubiera visto nada igual. Un médico tendría que estar acostumbrado, los médicos ven de todo...

Otra tarde, al entrar yo en el cuarto, me hizo encender todas las luces. Eso fue hace tiempo, quizás hace un año, antes de iniciarse las crisis de espanto. Mi padre estaba fuera, deambulando por el barrio, y mi madre se encontraba, como esta misma tarde, volcada en la tarea de descifrar el crucigrama con la ayuda de una enfermera. Me pidió que encendiera todas las luces, que lo mirara todo bien, luego me preguntó, con los ojos llenos de animación, todo su cuerpo en realidad lleno de animación, como queriendo levantarse de la butaca:

–¿Qué ves?

Enumeré todo lo que veía, lámparas, cuadros, muebles, objetos, libros...

–Sí, sí –dijo–, pero ¿qué más?

Comprendí que se trataba de una adivinanza y tuve una revelación:

–Es la casa de Huesca –dije.

Mi madre asintió, aliviada.

–Es exacta –dijo–, cosa por cosa, todos los detalles, no falta nada. ¿No es increíble?, ¿cómo pudo el arquitecto, o el decorador, hacer esta casa exactamente igual a la mía?

Aunque me impresionaron las palabras de mi madre, como ella parecía feliz, encantada, no les di mucha importancia, pero a partir de ese día empezaron las confusiones angustiosas.

–En cuanto me despierto –me dijo pocos días después–, no digo nada, me quedo absolutamente callada, pero lo miro todo con mucha atención, las paredes, los muebles, para ver si reconozco las cosas, para saber dónde estoy...

Entonces empezó la crisis, la obsesión por volver

a su casa, el rechazo hacia todo lo que la rodeaba. Yo salía de casa con su horror dentro de mí, me encerraba en el ascensor y salía a la calle, al mundo amplio y aireado de la calle, a los ruidos estridentes de la calle, a confundirme entre las personas que iban y venían, unas despacio, otras deprisa, algunas hablando con quien iba a su lado, otras tirando, suavemente o no, de la correa atada al collar de su perro. Era la hora en que los dueños de los perros sacaban a los perros a pasear, el último paseo del día. Yo estaba allí, a salvo ya del drama que se había desencadenado en el piso de mis padres. A salvo, pero con la muerte ya dentro de mí, la sensación de incomprensión total que produce el ver desaparecer lentamente a una persona delante de ti. Y aunque fuera rápido. La incomprensión de toda desaparición irreversible. La imposibilidad de recuperar los años de silencio de mi madre y de ahondar ya en esa sonrisa que a veces, incluso en los días de mayor enajenación, ilumina repentinamente el rostro de mi madre. Una sonrisa llena de sueños, unos sueños intactos. El drama de esa vida que se acababa se introducía en mí. No he conocido sus sueños, me decía, no hemos podido hablar ni conocernos. Hemos tenido tiempo, pero quizá nos haya faltado espacio. Ése no era el lugar. Quizá hayan sido las personas que nos rodeaban, quizá ellas nos hayan desorientado. Huí de todos los habitantes de mi piso, huí de mi madre y ahora su dolor se me clava en el corazón. Y, más que su dolor, su sonrisa. Su sonrisa de sueños luminosos es lo que verdaderamente se me clava. Esa sonrisa que se llevará la muerte, aunque algo dejará, algo se quedará flotando en el aire, rodeándome, la pena de la desaparición, la incomprensión absoluta ante este final radical al que estamos condenados.

Sí, sé perfectamente que hoy se ha despedido de mí, que se dio por vencida hace una semana, cuando me pidió que la llevara a su casa, que la sacara de allí, que por lo menos me la llevara conmigo, y como no lo hice, sino que, por el contrario, tuve que convencerla de que se acostara en su cama y se quedara allí, en aquel cuarto que, según sus palabras, era horrible, no le gustaba nada, como al fin se quedó, decidió sonreírme. Ya acostada, me miró con un leve brillo en los ojos, un brillo que me decía que yo la había vencido, pero que al fin me perdonaba porque quizá yo no podía hacer otra cosa y ella tampoco, ella tenía que quedarse allí, continuar su vida hasta el final en aquella casa que ahora le resultaba hostil, aborrecible, desconocida, pero que en el fondo sabía que era la casa en la había vivido muchos años y que ya no se podía retroceder, porque el tiempo no retrocede, aunque en sueños nos engañe y lo parezca. Tengo ahora la certidumbre de que hoy ha querido hacerme ese regalo, el de mostrarme la belleza escondida, la mirada más luminosa. Hoy he vivido la calma que precede a la tempestad, estoy seguro, el remanso que luego se despeña en cascada. Hoy se ha despedido de mí. Sé que dentro de unos días, seguramente muy pocos, su vida se acabará y sé que es muy probable que yo no esté a su lado cuando ella se vaya, porque no vivo en su casa, porque tengo otra casa y otra familia, y ocupaciones, una vida, en fin, que no es la suya y que seguirá su curso, el que sea, con más o menos dolor, con más o menos alegrías, cuando ella muera.

Pero eso me duele ahora, me duele extraordinariamente pensar en la soledad de mi madre en ese momento definitivo, cuando la vida se le escape y la abandone, la convierta en una muerta más, una muerta como todas las personas muertas, y, como a ellas, la sacarán de la cama unos camilleros anónimos, la envolverán en un plástico y la meterán en una bolsa que luego cerrarán con una larga cremallera, y allí se quedará encerrada, esta persona muerta, hasta que la muestren, horas después, en el ataúd, y parezca ya otra persona. Pero aún será mi madre. No sé si lloraré. No puedo prever hasta qué punto podré expresar mi dolor. Pero ahora lo siento, atacándome, punzante. Se me ha adelantado el dolor de la pérdida y el dolor de esa incertidumbre: quizá ella abandone la vida sin poder recibir yo su última mirada. Pero, con todo, pido poder estar allí, quiero recibir su última mirada, quiero acompañarla en cuanto la vida se le escape, quiero acompañarla mientras todos la tratan como a una persona muerta más, porque no es una muerta más, y si estoy allí, en su dormitorio, cuando se la lleven, mi presencia hará que no sea una muerta más, la miraré y sabré que es mi madre, como si ella, al saberlo yo, lo pudiera saber también, saber que en cierto modo me deja algo suyo dentro de mí, un silencio más, pero un silencio más cómplice que nunca.

Sé que tengo que despegarme de esta pena, que debería marcharme cuanto antes de aquí, pero no puedo, aún no quiero ir a mi casa, aún no quiero alejarme de este lugar desde el que puedo ver el piso de mis padres y el portal de la casa. Puedo ver también el piso de los Berg. Hace tiempo que no pienso en ella, en Marta Berg.

En nuestro último encuentro, en esta misma calle, en la otra acera, la que se curva luego hacia la derecha –allí fue exactamente donde nos encontramos–, Marta Berg me cogió del brazo y me hizo dar la vuelta para andar juntos alejándonos de la casa. Pero al cabo de un rato, a la salida de un bar cuyo nombre he olvidado o no supe nunca, se alejó de mí. ¿Dónde estará ahora?

La vida es un río, se ha dicho muchas veces, yo me lo digo muchas veces, me lo digo ahora, en este bar de enfrente de la casa de mis padres y de la casa de los Berg, este bar impregnado de olor a boquerones en vinagre y calamares fritos, el olor de los bares de Madrid, este bar horrible donde Pedro Berg y yo jamás emprendimos nuestras rondas de vinos por el barrio.

Miro el portal de enfrente y me digo que quizá Marta Berg salga ahora a la calle, que algo la empuje a cruzar la calle y a entrar en el bar. Podríamos hablar nuevamente de los extraños vaivenes de la vida, con esa predisposición que Marta tiene hacia las conclusiones un poco filosóficas. Ahora ya lo sé, ya lo he comprobado varias veces. No en vano ha sido la musa de muchos artistas, no en vano tuvo, quién sabe por cuánto tiempo, aquella aventura con el escritor de nombre desconocido, el escritor famoso, un escritor que quizá fuera Julián Orozco, aunque eso es ya lo de menos. Esa posibilidad no me importa nada. Lo que me gustaría es volver a hablar con ella, no de nuestras vidas y sus episodios concretos, unos felices y otros penosos, sino de generalidades, de principios, de ambiciones, frases que abarquen la vida, que vayan más allá de la vida.

Pero no puedo mirar todo el rato al portal por ver si Marta Berg sale a la calle a esta hora tardía en esta noche un poco intempestiva, lluviosa, triste. De manera que a lo mejor, si sale, no la veo, y a lo mejor, si la veo, no está sola, porque siempre he tenido la suerte de encontrármela cuando iba sola, y eso de repente me sorprende, me parece un regalo, una excepción que puede concluir. Después de tantos días –remotísimos– de verla en su propia casa, cuando iba a pasar la tarde con Pedro Berg, oyendo música y hablando de cosas que no puedo recordar, cuando, mucho más tarde, me la he ido encontrando, siempre iba sola, es decir, sin ningún miembro de la familia Berg a su lado, y eso me ha permitido hablar con ella con una confianza extraña y profundísima, hablar con ella sin tener que hablar de sus hijos. En todos esos encuentros, yo sabía que seguía siendo la madre de los Berg, pero en cierto modo lo olvidaba. Marta Berg era, sobre todo, una mujer madura y atractiva con la que se podía hablar a tumba abierta, una especie de amiga cuya relación era difícil de definir, porque estaba basada en intuiciones formadas tiempo atrás y en un enamoramiento casi platónico por mi parte, pero luego fue como si todo eso se hubiera olvidado y fuésemos sobre todo dos personas que se comprendían increíblemente bien. No es cierto que me haya olvidado de ella, jamás me he alejado de ella, la he llevado siempre dentro de mí, aun sin saber que la llevaba, aun sin estar pensando en ella. No importa que hayan discurrido largas temporadas sin verla.

    Aquí sigo, en este bar horrible, sentado en este incómodo taburete, como clavado en él, sin detenerme a pensar en cuánto he bebido, porque siempre puedo llamar a Coral y pedirle que me venga a recoger. Eso me estoy diciendo, que de llamar a alguien llamaré a Coral, no a Eduardo, sino a Coral, mi oráculo.

Me pregunto qué es lo que espero clavado a este taburete. Pienso en la sonrisa de mi madre, en el remanso de hoy, presiento la tormenta definitiva que se avecina y doy las gracias al destino, a quien fuere, por habérseme ocurrido venir a ver a mi madre hoy y haber vivido esta escena casi beatífica, aun en su frivolidad; hablábamos de tiendas buenas pero hablábamos, en el fondo, de la belleza, de la alegría de vivir.

Me pregunto si esto es lo que espero, clavado aquí, tener otra confirmación de esa belleza y esa alegría. Espío de vez en cuando los movimientos de la calle y del portal de enfrente, pero a veces concentro la atención en el espejo que cubre la pared del otro lado del mostrador y espío los movimientos de los camareros, los gestos de los otros clientes. A pesar de la iluminación cegadora de este bar, descubro que hay destellos de luz, como si todos estuviéramos inmersos en la oscuridad y sólo esos reflejos nos orientaran. De repente siento que ésta es la verdad de la verdad, la verdad indiscutible: vivimos en la más total oscuridad, pero hay destellos de luz que nos hacen avanzar o simplemente movernos de aquí para allá, en una u otra dirección. Destellos de luz. Me gustaría poder decírselo al camarero, que esto es todo lo que tenemos en la vida, destellos de luz. Y que el bar, por muy iluminado que esté, está completamente oscuro, es una caverna. Pero creo que si le digo una cosa así me miraría como se mira a los borrachos, asentiría para no llevarme la contraria, desinteresado y con un profundo fastidio, porque los clientes que se emborrachan son un verdadero suplicio.

Pero yo me considero ahora el más afortunado de los hombres, porque he sabido ver dentro de este horrible local invadido por esta luz cegadora, la oscuridad, lo que hay de verdad aquí, lo que la luz artificial, por poderosa que sea, no puede ocultar. No necesito cerrar los ojos para sumergirme en la oscuridad, la veo con los ojos bien abiertos. Y veo los destellos. Y sólo por haber caído en la cuenta de este pequeño detalle, el de saber que en esta espantosa oscuridad, tanto más oscura y espantosa cuanto mayor sea la intensidad de la luz artificial que trata de negarla, hay destellos de luz, sólo por esto me considero un hombre afortunado, un hombre tocado por la suerte. Porque sé, además, que a lo largo de mi vida siempre ha habido destellos de luz.

No se lo puedo decir al camarero, desde luego que no, pero aún me quedo otro rato en este bar horrible, aún pido otra bebida. Aún clavo los ojos en el portal de enfrente, esperando que salga de allí una mujer a la que confesé hace unos años que yo quería hacer algo que cortara el aliento y sé que esto que acabo de descubrir, los destellos de luz en la oscuridad, tiene mucho que ver con mi vida, y con lo que aún puedo hacer. Me gustaría decírselo a Marta Berg. Me gustaría que apareciera de repente en el portal, cruzara la calle y entrara en el bar.

Y miro y miro el portal de enfrente y a veces dejo de mirarlo. Marta Berg se me puede escapar mientras observo lo que ocurre en el bar y se refleja en el espejo de la pared al otro lado del mostrador.

Pero cuando miro de nuevo el portal, veo a Marta Berg y sé que lo sabía, sabía que la iba a ver. Lleva una gabardina bajo la que se entrevé un traje ligero. Esta Marta Berg vuelve a parecerse a la señora Berg de mi adolescencia. Ese traje ligero que se vislumbra bajo la gabardina pertenece a la época en la que yo me fijaba en sus trajes, la época en la que casi los conocía todos, en la que mi madre la criticaba por su frivolidad. Y ni el traje ni la gabardina que lo cubre están comprados en tiendas baratas. Marta Berg, después de empujar la puerta de cristal del portal, baja los dos peldaños de mármol y sale a la calle. Abre el paraguas. Mira un poco hacia aquí, pero es evidente que no va a cruzar la calle. Echa a andar hacia la derecha, su derecha, en la misma dirección que tomamos juntos la última vez. No es hora de ir al mercado ni a la perfumería. Las tiendas están cerradas. Marta Berg dobla la esquina y desaparece, quizá se dirija hacia la parada de taxis, justo al otro lado de la esquina, quizá vaya a acudir a una cita con el mismo señor Berg, Markus Berg, su marido.

Por un momento he tenido la tentación de seguirla, de saber si es cierto que va a coger un taxi o acude, andando, a donde sea, a un lugar que ignoro, en esta noche lluviosa y fría de noviembre. Pero, del mismo modo que, momentos antes, he sabido que Marta Berg iba a aparecer en el portal, ahora he sabido que no iba seguirla. Tengo esta cantinela dentro de la cabeza: destellos de luz en la oscuridad, algo que corte la respiración.

Puede que cuando Marta Berg vuelva a su casa, yo esté todavía en este bar, esperando a medias su regreso, mirando hacia otra parte, mirando hacia el fondo del vaso, mirando hacia el fondo del bar, o hacia al otro lado del mostrador, donde el camarero ordena los vasos, mientras los destellos de la luz van y vienen, erráticos, huidizos, etéreos.

Y por eso no miro mucho hacia la calle, por eso dejo de espiar la calle, porque de algún modo siento que lo he atrapado, que lo tengo entre las manos, como la señora Berg tuvo entre las suyas la sensación del tiempo detenido mientras regresaba lentamente a casa después de sus citas clandestinas. Miro las sombras que se forman en mis manos cuando las muevo, miro lo que guardan, lo que sostienen mis manos. Que no se caiga al suelo y se desparrame, que no se quiebre, pido, no sé a quién. Me levanto, pago la cuenta, y le digo adiós al camarero. Compruebo, asombrado, que puedo moverme sin tambalearme, que no hay ninguna necesidad de llamar a Coral y pedirle que me venga a recoger. De forma que salgo al fin del bar, y echo a correr bajo la lluvia, ahora más intensa, sin saber si Marta Berg ha regresado a casa, olvidándome una vez más de ella, o quizá ya con ella para siempre dentro de mí, echo a correr, porque lo único que me preocupa de verdad es llegar a casa cuanto antes y poner a salvo el hallazgo.